日记，记载着往事，
　　　　也承载着情感！

古农 主编

人民日报出版社

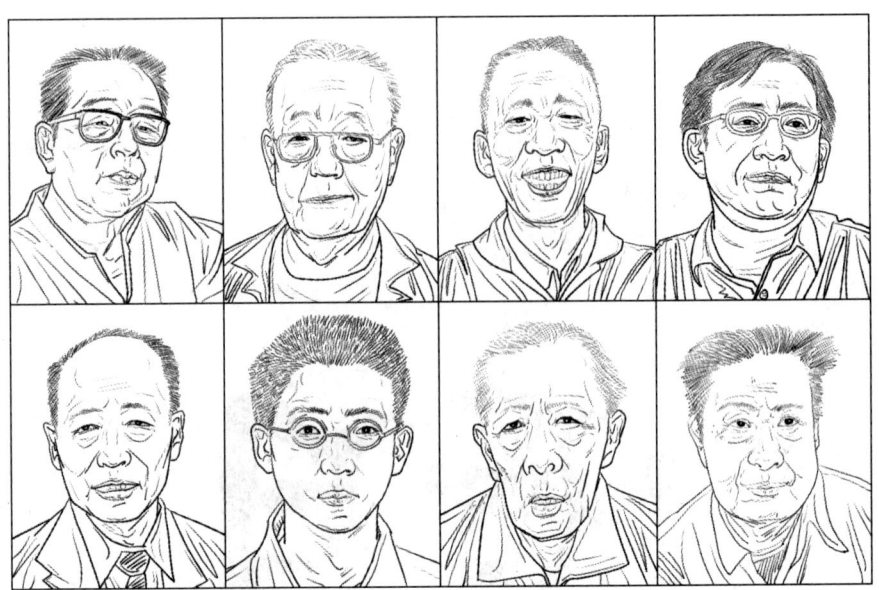

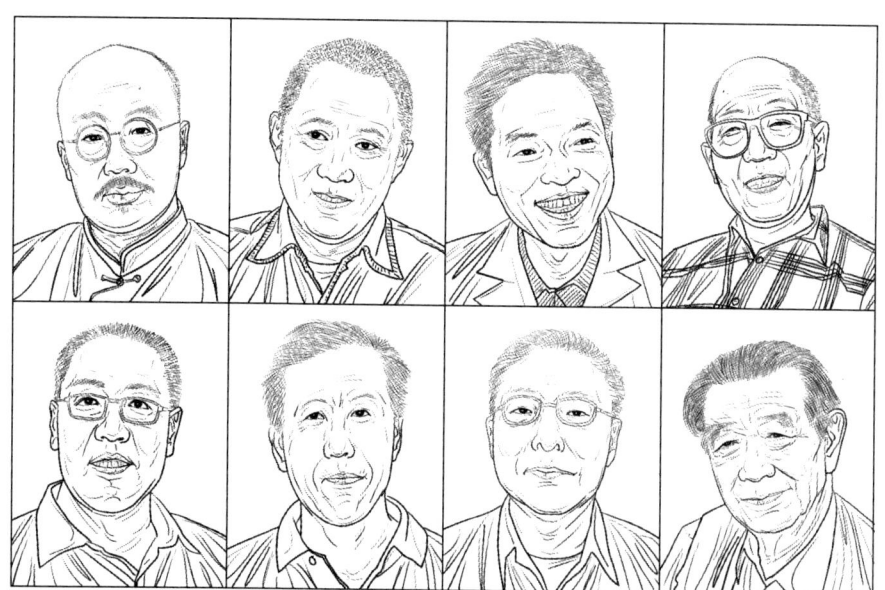

# 序一

天下事，真有不可思议者。这些日子，正在读《翁同龢日记》，某日下午，接古农先生函，说他编了一套日记丛书，拟由人民日报出版社出版，嘱我写篇序文。

古农先生者，鲁人于晓明也。早在多少年前，我就喜欢上了此君。不为别的，只为他的那种执著的精神。

这样说了，心里知道是不妥的。为何？执著得看做何事。有的执著，是不执著也得执著的，比如学者的读书，藏书家的购书，是执著也可说是本业或是本志。有的执著却是先须有见识，再须有定力，还须胼手胝足以赴之，才会有些微的成绩——有时连这些微的成绩也还在似有若无之间。这回不用比如了，说的就是古农先生，就是他多少年来，对日记文学的呼吁，对日记纪事的提倡，对日记学术的研讨，具体地说，就是多少年来，编创《日记报》和《日记杂志》。只是我前面的叙述，要稍作修改，些微的成绩，似有若无之间云云，是我前些年的感叹，或者说是担忧，现在可说是劳绩昭然了。

拟出版的几册，计《日记漫谈》《日记闲话》《日记品读》《日记序跋》四种。四种均为文章汇集，所汇文章，基本上都在《日记报》和《日记杂志》上发表过。我细细地看了这几种书的目录，并看了其中的一些文章，不能不惊叹，这些年来，古农先生在这方面，用心之细，用力之勤。同时也明白了，作者的心志之所在——在当今的中国学术界，建立一门名为"日记学"的学问!

建立一套学问体系,固然是一种成功的标志,但我却认为,对国人来说,普及日记理念,提倡记日记,记真实的日记,进而研读日记,有甚于建立"日记学"的意义在焉。这里,我愿不惮其烦,说说我自己记日记的经历,或许能更为清晰地说明我要说的意思。

为了真实无误,免得有人说我是为了写此文才编造出这样的故事,或是加重事件的意义,且让我引录一段自己先前发表过的文章:

> 1970年3月6日夜里,约摸十一点钟的样子,我们土坯房的同学都睡下了,系革命领导小组成员三人……那位教师冷冰冰地宣布:经系革命领导小组研究决定,从即日起,给韩安远(我在校时的名字)办学习班……又对我说:韩安远,听说你平常写日记,现在把你的日记全部交出来,还有什么笔记本,也一起交出来。说着指指我的床下……反抗是没有用的。我乖乖地拖出箱子,打开锁子,将日记一本一本取出摊在床上。共十三册,全是精致的厚厚的硬皮笔记本。那位教师像是不放心,又在箱子里翻了翻,见全是书本才住了手。最后由那位教师给我开了个收据,班干部抱起全部日记,三人一起走了。

(北岳文艺出版社2009年版《文坛五同学》,又见《人民文学》2010年第2期)

从1962年上高中起,直到这次抄家前,我一直记日记,约摸有八年之久。这里说是十三册,只是抄走的数字,还有一册将要记满的日记，在"大串联"途中丢失了。也就是说，八年间，我记了十四册的日记。抄去的十几册日记，学习班结束后，听从一位朋友的劝告，全烧掉了。此后十几年间，怕再惹麻烦，没有记日记。直到上世纪80年代中期，真的看出不会再有什么险恶了，又开始记日记。一天不落，已有二十多年。

此文开始，说我正在看《翁同龢日记》，也不是瞎说，可从我那几天的日记中得到证实。古农的信，是11月2日写来的，在我11月1日的日记中有这样的话："上午读《翁同龢日记》。"前一天即10月31日的日记中有这样话："上午读文廷式《南轺日记》，记述去江苏任主考官，一路行踪行事，主考任上作为感受。前曾看过《翁同龢日记》中，翁氏赴陕西、山西主考事，两相参照，对清代乡试之规矩，有了大致了解。"《南轺日记》是一本史料笔记书中收录的一篇，数千字而已。

这就要说到我近年来看书习惯的改变。我还是有点读书癖的。前些年爱看传记，连带的爱看回忆录，这两年，不知为什么，喜欢上了看日记。道理不难明白，不过是求真而已。在我看来，不管有人有着怎样的遮掩，大体来说，作为史料，日记还是最真实最生动的。档案材料，真实过于日记，生动就差多了。这两年，看日记上了瘾，陆续购买了《越缦堂日记》《翁同龢日记》《缘督庐日记》等多部，加上原先就有的《郑孝胥日记》等多部，我的晚清日记，也就相当可观了。

综合上述两项，一是我记日记的经历，一是我对"日记——史料"的认识，大略可得出这样的结论：能不能记日记，敢不敢真实地记日记，是一个时代清明与否的标志。再就是，能不能坚持记日记，是一个人有没有毅力的体现，也是一个人敢不敢坦然面对社会，面对历史的体现。我不认为我是什么好人，但我认为我是一个基本（不是全部）真实的人，在日记里，我记下了我做的好事，也记下了我做的坏事。

提倡记日记，真实地记日记。这，我想也正是古农先生十几年来所追求的，希望实现的吧。

看看这套丛书，至少会让你明白记日记的意义，还有一些可行的方法。

勇敢地记日记吧，这是你对社会的信心，也是你对你自己的信心的表示。

韩石山

2010年11月25日于潺湲室

# 序二

先来做回文抄公。1925年3月，周作人写了一篇《日记与尺牍》，开宗明义：

> 日记与尺牍是文学中特别有趣味的东西，因为比别的文章更鲜明的表出作者的个性。诗文小说戏曲都是做给第三者看的，所以艺术虽然更加精练，也就多有一点做作的痕迹。信札只是写给第二个人，日记则给自己看的（写了日记预备将来石印出书的算作例外），自然是更真实更天然的了。

一年四个月以后，鲁迅也写了一篇《马上日记》，公开声明：

> 我本来每天写日记，是写给自己看的；大约天地间写着这样的日记的人们很不少。假使写的人成了名人，死了之后便也会印出；看的人也格外有趣味，因为他写的时候不像做《内感篇》外冒篇似的须摆空架子，所以反而可以看出真的面目来。我想，这是日记的正宗嫡派。

周氏兄弟不约而同对日记发表了自己的看法，尽管表述各不相同，但观点还是较为一致的，即日记与其他文学样式相比，"更真实更天然"，更可以看出作者"真的面目"来。相隔八十五六年后重读这两段话，我仍深以为然。

在我看来，日记之所以是一种特殊的文字体裁，在于它原本是完全私密的，不加掩饰的，也不打算公开的，因而有可能更为具体地记录当时的历史语境和文化氛围,更为真实地袒露个人的思想和情感,以及揭示两者之间复杂的互动,许许多多不为后人所知的作者的交游、活动、观点和著述,大大小小鲜活生动的历史细节和世事线索,通过日记才有可能得以一一呈现。日记是时代风云和人情冷暖的投影之所在,能够承载这种投影的文类并不多,日记恰恰是其中最具代表性的一种。

但是,正是由于日记具有相当的私密性和敏感性,在很长一段时间里,名人时贤的日记很少公开,很少引起关注。就中国现代文学史领域而言,1927年9月郁达夫《日记九种》的出版,曾轰动一时;1937年6月,上海《青年界》月刊又出版了"日记特辑";但完整的作家日记面世,则自鲁迅始。1951年3月上海出版公司据手稿影印了《鲁迅日记》。冯雪峰在《〈鲁迅日记〉影印出版说明》中强调这部日记是"研究鲁迅的最宝贵和最真实的史料之一",将其影印出版"完全为的保存文献和供研究上的需要"。1963年11月,上海文艺出版社出版的《中国现代文艺资料丛刊》第三辑又发表了《〈朱自清日记〉选录》,王瑶在《题记》中也强调这些日记"关于他(指朱自清)全生命活动中最丰富的三分之一多的真实记录,如果都印出来,是非常可宝贵的",可"作为了解和研究他平生治学为人的参考"。由此可见,学界对作家学者的日记一直十分重视,一直肯定它们的研究价值。

我所见第一部系统研究作家日记的专著是包子衍的《〈鲁迅日记〉札

记》(1980年5月湖南人民出版社初版)，作者以几乎大半生的精力研究《鲁迅日记》，厚积薄发，出版了这部虽仅十五万字却有分量的《鲁迅日记》研究成果，书中把鲁迅的新文学创作与日记记载互证的研究路径，尤具启发。作者在此书《后记》中特地引用了冯雪峰的话，冯雪峰主张研究鲁迅日记"重点是在'考'与'注'"，颇有见地。其实，不但鲁迅日记，解读所有作家和学者的日记，考证注释工作都是至关重要，必不可少的。

1980年代以降，随着黄侃、胡适、周作人、郁达夫、徐志摩、朱自清、顾颉刚、吴宓、苏雪林、杨树达、宋云彬、萧军、夏承焘、夏济安、郭小川、顾准、王元化……等近现代作家和学者的未刊日记在海峡两岸陆续披露，尽管日记长短不一，又涉及不同的历史时期，内容或也有所删节（公开出版的日记有无必要删节，一直存在争议，我是主张不作任何删节以存历史原貌的），都无不引起海内外学界的极大兴趣，相关的研究成果接连不断。余英时著《未尽的才情——从〈顾颉刚日记〉看顾颉刚的内心世界》（2007年3月台北联经出版公司初版）对顾颉刚日记的精彩解读，江勇振著《舍我其谁：胡适》第一部（2011年4月北京新星出版社初版）对胡适早期日记的独到分析，都在"考"和"注"上下足了功夫，令人耳目一新。

在这样的文学和学术背景下，古农君与自牧君等合作，于十年前创办了《日记报》（后改名《日记杂志》），倡导日记写作和日记研究，推动民间与学界日记研究者的交流，别具一格，坚持出版，意义非同一般。现在古农君又精心编选了"日记丛书"四种，收录海内各家围绕日记和日记文学的各种著述，有评论，有漫谈，有自叙，还有序跋，妙论迭出，足资启迪。这不仅是对《日记报》创刊十周年的一个总结性的纪念，也为建构当代中国的"日记学"作出了新的努力。作为《日记杂志》一名并不勤奋的作者，在"书脉日记文丛"即将出版之际，我就写下以上这些话以为祝贺吧。

陈子善

2011年5月4日于海上梅川书舍

# 序三

正如古农君所感喟的,"日记,记载着往事,也承载着情感"。而以《日记漫谈》《日记序跋》《日记闲话》《日记品读》四册选集所构成的"书脉日记文丛",则记载着《日记报》《日记杂志》的成长历程。

十多年来,我们用一腔钟爱日记的热情和干劲,用菲薄的收入和赞助,再加上可贵的恒心和坚持,终于使《日记报》这株幼苗茁壮成长为《日记杂志》这棵树,同时还赢得了一系列赞誉和褒奖,从而被南京大学徐雁教授认定济南已成为中国当代日记研究的重镇;被天津南开大学来新夏教授引为知己和"启发者"——结识《日记报》后又忘情地开始了记日记;还有长沙诗人彭国梁也在已出版的《书虫日记》的序文中公开声明是《日记杂志》引导他开始记日记,并且一发而不可收,连续出版了两部《书虫日记》。不可否认,在我们周围,的确集结着一大批全国各地的"日记人",大家以日记为纽带,集思广益,协力同心,围绕日记学这一新学科展开了相关研究探讨,成功举办了四届全国日记及日记文学论坛大会,适时启动了《中国日记大辞典》的编纂工程,加快推动了创建中国日记博物馆的步伐……我们完全有理由这样认为:目前全国的日记写作、日记教学、日记出版、日记研究已成为历史上的最好时期。放眼前瞻,我们信心大增,随着古农君主持创建的中华日记网的开通运行,用不了多久，一批真正能够代表当代日记研究水平的成果将会陆续问世。

收入"书脉日记文丛"中的文章，几乎都在《日记报》《日记杂志》上刊登或转载过，检点《日记报》和《日记杂志》所设置的栏目，可以因栏目成书的还有《日记情怀》《日记书札》《日记人物》《日记论坛》《日记原版》《日记书林》等。除此之外，还有以《日记杂志》"半月日记系列"专号形式刊印的《半月日谱》《半月日注》《半月日影》《半月日志》《半月日识》等原创日记，都有再刊或再版的必要，殷切希望有胆识、有魄力的出版家慧眼识真货，及早组织再版与发行。

著有《清人日记研究》一书的学者孔祥吉先生在其《自序》中曾写道："要认识一个历史人物，最简洁的办法，莫过于细读其日记。因为日记是记载作者见闻以及感悟的文字。日记仿佛是一扇心灵的窗户，一旦这扇窗户被打开，一切便都呈在眼前了。许多历史人物的内心活动，并不见诸奏章尺牍，或文书档案，而只有在日记中才能看到他们内心深处的东西。"以"普及日记写作，促进日记研究"为己任的《日记杂志》同仁，我们有信心也有必要帮助大家推开日记这扇心灵的窗户，让大家观赏到日记百花园中的珍株异木和奇葩秀草——这也正是我们选编刊印这套"书脉日记文丛"的初衷和目的。

自　牧

2011年11月21日于历下东山居之百味斋

# 目录

008　序一 ◎ 韩石山
012　序二 ◎ 陈子善
016　序三 ◎ 自　牧

**陈左高** 日记是宝贵史料 001

**黄　裳** 日记・日记文学・日记侦察学 006

**孙　犁** 日记总论 010

**葛剑雄** 作为历史的日记 013

**邓云乡** 日记文学丛话 016

**郁达夫** 日记文学 033

郁达夫 再谈日记 039

郑逸梅 日记谈 044

施蛰存 谈日记 046

周作人 日记与尺牍 048

叶兆言 日记的好处 051

韦泱 日记文本琐谈 054

黄波 没有隐私的日记不是日记 058

书友茶 日记：穿着"肉色紧身小衫裤"的"私人写作" 060

何家干 日记漫谈 065

徐雁 关于"日记"的札记 071

高增德 075 日记及其历史价值

谢　泳 081 学人日记在中国现代学术史上之地位

谢　泳 097 传记不如年谱　年谱不如日记

智效民 100 从胡适日记看胡适与蒋介石的交往

马　嘶 122 我所珍视的文人日记

张国功 129 日记文本的论断之难

于光远 133 日记与日记体裁的文章

林　非 135 关于撰写日记的随想

周国平 138 写日记的习惯

陈昊苏 142 日记的社会价值

李　辉 在日记中感受历史 145

乐秀良 《日记何罪》与《日记悲欢》 148

耿林莽 日记：作家的心灵之窗 150

楼昔勇 日记漫议 153

储瑞耕 每天和自己谈一次话 157

龚明德 日记琐谈 160

鲁　冰 闲话日记 163

罗维扬 日记与出版 166

顾建新 关于"日记"的废话 170

何　民 最是可悲又"日记" 173

祝大同 出版日记不能删 176

郝孚逸 从"流水账"说到日记的本性 179

散　木 "日记学"大有可为 183

董丛林 日记的"异化" 187

苗得雨 我看日记 190

杨　臻 日记之我见 193

滕朝阳 建议贪官写日记 197

杨静远 也谈日记的出版——回应谢泳先生文《日记的用处》 200

平保兴 学术性日记和日记的学术性 204

罗以民 日记与史学 209

钱念孙 论日记与日记体文学 225

费在山  
王稼句 关于日记的通信  
239

杨静远 致淡庐自牧信  
243

刘宗武 关于日记——致古农  
246

韩少华 谈谈写日记  
249

乐秀良  
程韶荣 建立中国日记学的初步构想  
255

古　农 编后记  
266

# 陈左高

## 日记是宝贵史料

我国历史、文化悠久,许多珍贵遗产亟待发掘整理,日记就是其中之一。流传下来的古代日记,从公元808年唐代李翱《来南录》,经过宋、元、明、清,数量众多,内容十分丰富。由于大多是依照年月日时气候的程式记载的,往往展示了作者生活年代的政治变迁、经济动态、社会生活、战争始末、文艺活动等各个方面,可说是囊括万千。同时,它一般是写给自己看的,所以出语率真,史料价值较高。下举数例,试加论列。

### 一、自然科学的特殊资料

日记多记日常气候变化,为气象

学提供了新数据。过去，竺可桢作中国近五千年来气候变迁初步研究的报告，就曾引述元代郭畀《客杭日记》："公元1309年正月初，他由无锡沿运河乘船回家途中，运河结冰，不得不离船上岸。"又引陆友仁《砚北杂志》所记作旁证，证明"12世纪初期，中国气候加剧转寒"，杭州同样如此。至13世纪初和中期，一度转暖，"不久，冬季又严寒了"。最后，作出"中国12、13世纪的这个寒冷期，似乎预见欧洲要在下一二个世纪出现寒冷"的结论，获得各国气象学家一致赞许。

再以上海气候来说，普遍认为系亚热带海洋性季风气候，全年温和、湿润，四季分明。但是根据王萃元《星周纪事》，咸丰十一年（1861）十二月二十九日起上海从虹桥到新桥，"雪拥及肩，道路不明，足无从入"，连续十数天，雪不融化。徐家汇附近，也是"漫天积雪，风涌如浪"，这时太平军准备攻打沪郊东南，亦"为大雪所阻"，这些记载，确为研究上海气候，提供了参考资料。

关于开发天然气，清周星誉《鸥堂日记》曾作记述。1859年八月二十二日，称"井口仅一大穴，小如碗，气勃勃，若蒸釜奔腾喷涌，上彻霄汉。以纸向井口燃点，则火顿炽，平时惟烟气而已，不见火也。"这是一百二十年前南方发现天然气的记载。

还有勘探矿藏的记录，如郁永河《采硫日记》，着重叙写1697年台湾省产硫地区、采硫经过、采硫经验、炼硫土法等，特别是刻画走近硫矿种种感觉，很是生动，是二百八十二年前台湾省的矿藏史料。

## 二、政治史的原始记录

涉及时政的日记，为数极多。有的揭露统治阶级腐败状况，如清杜凤治《望凫行馆日记稿》，记有同治、光绪间官场黑幕，谓两江总督瑞麟卖官鬻爵，死后，其家百般勒索，始则收祭帐、门包，继而广收奠敬、程仪，俟棺柩待运北归，官府胁迫街坊设路祭。于是民怨载道，遍贴《白头贴》以讥刺。

有以记录典章制度的,如明代文征明之孙文震孟《文肃公日记》,触及当代朝章典故。清汪士铎、赵烈文日记,均详记太平天国史事,吴汝纶日记屡载南方各省多有仿外国字母,用反切拼音,另制省笔字母的。说明同光间南省一度推行过简化字。还有详叙一个阶段史事者,除熟知的谈迁、祁彪佳日记外,1638年,许德士任明将卢象升幕客,亲见卢象升抗击清兵,直至殉难经过。1659年,张煌言在《北征录》里,写到是年师次崇明,进行一系列军事活动,为《南疆绎史张苍水传》所本。类似晚明史料,每为《明史》所未详。又若孙宝瑄《忘山庐日记》,留存大量晚清史料,记及戊戌五月,撰者久居上海,和政变有关人物的密切交往,是冬参加三次"忘山庐"集会,对会议地点、人物活动、纵谈内容,均一一缕述,可见政变后拥护变法者在沪的一些动向。与此相反,后党廖寿恒在《抑制斋戊戌八月以后日记》中,自供曾写康有为结党经过的材料,曾缮《缉康有为电》,还称告发康氏焚毁信札等事的是黄桂鋆。类此反面材料,每为史事之佐证。更有某些日记作者就其长期生活经历,连续叙述不同历史时期的时事逸闻,其一如叶昌炽《缘督庐日记》,他就不断铺写了从甲午战争一直到辛亥革命时的见闻,往往此详彼略,堪资征引。

此外,有偏重科举史实的,除宋赵抃、清李慈铭、吕珮芬等日记外,若沈桂芬《粤轺日记》,志1861~1862年典试广东,适值英法联军北犯后一年,各省乡试举辍不定,试期勿循常例,福建、河南、湖南等省乡试不举行,所举行者仅顺天、陕、甘、山西、广东、广西而已。类似上述史料极多,治史者要加以积累、辨析,对研究学术,不无一得之助。

### 三、经济方面的多种史料

一为货币的发行,屡见于清代日记。李星沅日记谈及道光间,客居陕、甘,记载所见铸钱事甚详,诸凡天山南北如何铸普尔钱,甘肃省如何仿铸大钱,均逐一描叙。邓邦述《群碧楼庚戌巡行日记》。谓清末东三省纸币分官帖、民行两种。吉林多用江帖，沿边地区则以江帖发行过滥，加以拒用。

二为物价变动的记述。如安吉日记，写1794年前后七八年间用布细账，略见乾隆时物价递变具体指数。阙名在《得少佳趣日记稿》里，也按日附录购买烟、茶、酒、药、肥皂、帽子等清账，从数量价格上，推知光绪中物价涨落。

三为资产阶级工商业方面史料，除解放后印行的张謇日记外，又如日本汉学家冈千仞于1884~1885年写的日记，记载到光绪十年、十一年，上海的茶楼、酒肆、洋行、药铺暨内外航运。徐乃昌日记1911年部分，写辛亥革命后卜居上海，兼营商业，谈及若干企业公司股东会年终如何结账，以及市价行情，股票涨跌情况，皆属较有价值的上海经济史料。

四为暴露阶级剥削、阶级矛盾的。如李慈铭日记，叙同治八年至光绪十年，会稽田租苛重，地主用种种手段，层层盘剥。又如佚名《常昭水灾闹荒日记》，记1911年，苏南大水，常昭二县农民被迫掀起"抢米"风潮，显示阶级矛盾激化。

**四、各国交往资料**

中国与各国文化、经济交往的资料，在日记中俯拾可得。如徐兢《使高丽录》，描绘南宋使节出使朝鲜，排除长途的惊涛骇浪，抵达朝鲜后交好情状。王芝日记载有1871年中缅友好关系、缅甸女乐舞蹈的曼妙。李凤苞日记，刻画1878年赴德时，与德国汉学家白休士、赫美里、芍克等讨论汉籍研究的动态。郭嵩焘日记叙述光绪间新加坡市政和胡氏园的林泉之胜。李圭日记记叙1876年前后中美关系，及美国对容闳的评价。何汝璋、王韬等日记，详叙光绪初中日人民频繁的接触。

**五、文艺学术方面的资料**

日记有连续记载数十年的，除宋周必大、明袁中道、李日华、祁彪佳、叶绍袁等日记外，到了清代，更是屈指难数。著名的像李慈铭、谭献、袁昶、王闿运、翁同龢、叶昌炽等所撰日记，皆"有关学术掌故"，所涉面极广。单取某一方面，已值得征引。如谭献论词，袁昶谈清代学术界研究动态，王闿运的楚辞研究，周介楣自述纂修顺天府志的经过，李慈铭的明史研究，叶昌炽对金石版本的探讨等，举皆缜密可观。

日记中涉及戏曲史料的，如陆以湉日记，谈1833年北京三庆、嵩祝、四喜、春台等戏班演员演出情况。祁寯藻日记叙1842~1843年，宫廷戏剧的剧种、剧目和演员名单。此外，如何绍基日记偏重议论书法，李日华、张鉴、吴锡麒等日记，偏重赏析名画，钱大昕、吴骞日记，着重探讨版本，均有不可忽视的价值。

日记中既有上述丰富内容，它又具有一般书籍少有的特点：

一、真实。鲁迅在《华盖集续编·马上日记》里说过："我本来每天写日记，是写给自己看的；大约天地间写这样日记的人们很不少……不像做内感篇、外冒篇似的须摆空架子，所以反而可以看出真的面目来。"诚然，如张佩纶《涧于日记》，曾载有对其岳父李鸿章在甲午战败后屈膝求和，颇表不满的记载。称"合肥犹冀和议之成，殊可叹也"！"杏孙（盛宣怀）来三次，盖欲窃取余论，以迎合合肥，可厌之至！"翁同龢日记有些墨涂的地方，疑正是谴责李鸿章之所在！

二、具体。日记中涉及的时间地点、人物活动，经常是秉笔无遗，可补史传之不足。如要了解林则徐的一生，领导禁烟运动的全过程，就非得阅读林则徐日记不可。要掌握文学史资料，就得看一下黄庭坚、陆游、范成大、袁中道、王士禛、姚鼐、文廷式等日记。唐鹤征有鉴于日记具有"拾遗补阙"的价值，撰《皇明辅世编》，有些传记，即据日记以写成的。

三、新鲜。古代日记往往材料冷僻，给人以新鲜感觉。譬如要了解苏州怡园、留园的卜筑修建，就应翻阅顾文彬、王锡麒等日记。要讨论李自成三攻开封，就不免要参读李光壂《守汴日志》。要研究清代湘剧史，便不得不从杨恩寿《坦园日记稿》里找大量的第一手资料。

# 黄裳

## 日记·日记文学·日记侦察学

多年来的习惯，临睡之前，枕侧一定要摆几本书，好像不翻看几页，总不肯安然入梦。有时白天有什么事，当天的报纸有重要的文章来不及看，想在枕上补课，但效果往往不好。不是失眠就是弄得头脑发胀，引人入胜的小说也要不得，它会使你不能掩卷，就算下决心熄灯，也还是辗转反侧……我的经验，枕上读书，最好是短篇的散文、杂文，郁达夫的日记尤佳，简直是找不到更好代替物的了。

达夫的《日记九种》和后来的《达夫日记集》我都是多次读过的。说来可笑，二十多年前要写纪念上海工人三次武装起义的文章，缺少参考资料，达夫日记就曾帮了大忙。这怕是无论谁也想不到的。

不久前遇见刚从富春江上归来的苗子，闲谈中听他说起，达夫的日记手稿还安然保存在富阳的老屋里，由他的儿子珍藏着。最近这日记曾整理了一些陆续发表在浙江的刊物上，我曾草草翻阅过一点，说不出什么。据说，这日记的原稿和《日记九种》中所载，颇有不同。原来，达夫在发表之前，是曾加过工的。我这才恍然大悟，仿佛摸到了从"日记"到"日记文学"的途径。达夫先生在《再谈日记》一文中说起他发表自己日记的经过时，也没有透露这一节，这就使我非常高兴，因为又学到了一点过去所不知道的知识了。

日记，大抵总是写了给自己看的，不过当然也有例外。有些作者，当下笔之初，就已经打定了传世的主意了。如李慈铭，当写好了半年或一年日记，就装订起来，准备旁人来借抄。不过《越缦堂日记》里常常会遇到大片大片用墨笔涂得一塌糊涂的地方，使人看了气闷。可见他老先生在借出以前，曾经仔细地检查过一番。这可不是我心目中日记的正宗。此外，如曾国藩的《求阙斋日记》、翁同龢的《翁文恭公日记》……大抵都有类似的气味，不过这些到底都是名人，他们日记的手迹，也都早已影印出来，而且研经治史，朝章国故，以至封建教条的种种内容也各已辑印行世，当然也都有其参考价值的。但这毕竟不是我所向往的读物。

不知从什么时候开始，写日记竟成了一种危险的恶习。特别是过去十年，不少人弄得家破人亡，妻离子散，往往只不过是在日记里被发现了什么把柄。因为是白纸黑字，是定罪的头等证物，因此也更为某种人物所重视与欢迎。如此这般，我发现，一门崭新的学问，姑且名之为"日记侦察学"吧，已经产生。这确实不是我的耸人听闻，而是有确凿的事实根据的。

我是有写日记的"恶习"的，而且也已持续了数十年之久。解放前写日记，虽然因为年轻，阅世未深，不知此中利害，但到底心存顾虑。即使如此，今天看来，违碍之处着实还是不少。但上帝保佑，竟平安地保存下来了，没有出什么乱子。解放以后，放心大胆地记日记了，每年总有一本或几本。除了日常活动，书信往来，也记些读书笔记，创作意图，山川风物，文物图书。在我，是记得津津有味的，自然做梦也想不到有出版或辑录成书的好运。但事情往往就是这样奇怪，这些日记，十年前的一天，一股脑儿被拿去了。我还清楚地记得"英雄"们发现它们时得意的神色。当时我还奇怪地想，这又不是银行存折，有什么值得高兴的呢？可证执迷不悟之深。

不久以前，这些日记又回到了我的手中了，足足装了一麻袋。有趣的是，每本日记中，都有几十条夹签，上有红笔批注；在日记里面，又划满了红杠子，也就是夹签指出的要害所在。每本日记的封面上，都贴上一张纸，上写编号、年月、"已抄"等等字样。这实在不能不使我惊异、佩服，而且感激了。真是做梦也不曾想到，竟变成了如此伟大的人物。在"四人帮"的爪牙们看来，我大抵是有被"宣付国史馆立传"的资格的，不知道到底应该放进"黑帮传"还是什么传里，反正是一展卷而材料皆备矣，真是不胜其惶悚之至！

至今我还不敢擅自整理，夹签也一张都不敢抽去，也没有时间仔细研究。现在只能举几个例在这里。如日记中记与友人吃饭，就被归入"腐化生活"类；有记买书事就归入"进书"类（按，这是执行那个所谓"理论权威"的"指示"，搜集我"以伪乱真"的"罪证"的）；记写了什么文章，就归入"炮制毒草"类；记采访荣德生、郭棣活事，就归入"吹捧资本家"类；出版了一册新书分送朋友，就批"从赠书名单看黄的关系人"……我只不过多少翻了一下，就发现我的平凡生活竟是如此丰富多彩！真使我开了眼界，重新发现了自己。

从一个角度看,这正是新兴的"日记侦察学"的发展与实践的一个好例。那用心之细密,分类之严谨,着实使人吃惊;从另一方面看,这又是"四人帮"的道德观、是非观……总之是世界观的极丰富、全面的展览。我想什么时候稍有闲空,就要加以整理、研究,这是完全有可能成为一篇有分量的学术论文的,这可实在并非什么笑话。

# 孙犁

## 日记总论

我曾购置《曾文正公手书日记》《湘绮楼日记》《翁文恭公日记》《缘督庐日记抄》及《越缦堂日记补》等书，且择要读之。又浏览上述诸小型日记，兼及近代学术名家之日记，对于日记这一文体，遂积有一些感想，分述如下：

人之喜读日记，主要认为日记是一种可靠的史料，可反映一个时期的政治、社会的风貌。其实，并非如此简单。曾国藩、翁同龢日记，这是政治家的日记，然研究政治历史的学者，想从他们的日记中寻觅当时的政治材料，并非如入宝山，美不胜收，却似披沙拣金，十分不易。这是什么缘故？答案是：正因为他们是政治家，所以对于政治问题才讳莫如深，守口如瓶。日记是私人著述，不易传播，但向来稍有文化的人都知道，这是危险物品，一旦遭抄家之厄，要首先上缴。政治家对此尤其敏感。翁同龢称其斋为"瓶庐"，其含义或即为此。

对于文人名士的日记，也不要多抱幻想。王湘绮号称一代大家，郑振铎编晚清文选，把他列于首位。张舜徽笔记中，则称他在政治上能倾动公卿，驱使将帅。见到他那印制豪华的两大函三十二册日记，以为都是事关大局，名言谠论，那就会大失所望。他的日记极其平庸、琐碎，我几次都读不出兴趣来。

倒是越缦堂的日记名不虚传，自成一格。他的日记，包括读书记、创作的诗词，自圈自点，顾影自怜。加上评论时局、人物，喜怒无常，关起门来骂大街，然后用浓墨再涂去。正像鲁迅所说，他是把日记视为著作的，所以如此细心经营。他的日记的确很有内容，给后人留下了不少财富，可以说前无古人，后无来者。

日记，归根结底是个人的生活史。话虽如此，一个人既生存于一定的时代一定的社会，那么他个人的历史，也必然或多或少反映出那一时代，那一社会的某些面貌。例如《鲁迅日记》，简略之极，但还是能看出那一时期的文学史的轨迹。

《鲁迅日记》我购有人文两种版本，并借阅过影印本，可以说是阅读多遍，印象甚深。《鲁迅日记》只记天气、来往、书信、出门办事、学校讲课、买办物品、出入账目，也偶及大事，然更隐晦简略。

日记各有风格，各有目的。有的记事失实，有的多存恩怨。有人甚至伪造日记，涂改日记，以作自我修饰。另外，日记亦如名人字画，传者不必佳，埋没者或有真正价值。此乃天道之常，更难言矣。

总之，日记并非读书之要，然藏书家颇以收藏名人精印本为荣。余之购存，正值社会变革之时，日记已无人看重，故得以廉价收存，非为夸饰也。

有很多人记日记，一生不断，这实在是一种毅力，不管其内容如何，我对作者佩服得很。因为我自幼缺乏耐心，经历战乱，未养成记日记的习惯。晚年偶有感触，多记于书衣之上，为关心我的友朋看重，成为阅读的热点，实在出乎我的意料。

再，日记遗书，如字体大体清楚，最好影印，保存原貌。一经排印，反易出错。然今日语此，有些不合时宜。一切文言古籍，都在译为白话，不久将无能读中国古典书籍者，况古人书写之日记乎！

1995年5月9日耕堂记

# 葛剑雄

## 作为历史的日记

了解历史和研究历史都需要文献资料，当事人的日记是其中之一。但并不是所有的日记都能用作史料，因为很多的日记所记的并不是实际情况。

本来日记主要是记给自己看的，留作日后查考，起到备忘和自我修养的作用，青少年或兼作练习写作。一般说来，日记是个人隐私，秘不示人，轻易不会发表，至多只给最亲近的人看若干片断。这样的日记才会记得真实，才能不计功利，无所顾忌，才有史料价值。

但有些日记的功能已经改变了，特别是一些名人、要人的日记，本来就是为了日后发表才记的。或者正确地说，是为了发表才编造的。因为准备发表，作者一定会尽其所能地记得详略得当，生动可读，有的还反复修改推敲，当作文学作品来创作。胡适的日记据说就是准备发表的，近代以来流行的几种日记多数也是作者为日后或身后发表才记的。前几年，某出版社就曾在年初向几位名人约稿，次年初就推出了他们上一年的日记，有的还颇有销路。

准备发表的日记未必就没有价值，也不是完全不能用作史料。因为日记中固然会涉及一些与个人利害有密切关系或者相当敏感的方面，但必定也有大量不妨实说的实话，或者非实录不足以流传的内容。如前人以日记形势记下的大量游记、行记，基本上都是为发表或传世而记的，但是《徐霞客游记》就有其重大的科学价值和文学地位，古代一些使臣的日记往往也包含着重要的史料。

不过，一些特殊的日记自当别论。如政界人物出于政治目的而编写的日记，假道学家的自我标榜、自欺欺人的日记，就千万不能当真，否则就中了他们的圈套。还有一些产生在特殊条件下的"日记"，尽管作者大多是无辜的、不得已的，但除了可以保存一些样本供后人了解外，其余只配作废纸处理。记得"文革"中，作为中学教师的我经常要布置学生记"红色日记"，并且要定期收上来检查，挑出一部分来张贴展览。当然这不是我的创造，而是执行上级的指示，是当时形势使然。但那些可怜的学生们只能天天写下满纸的大话、空话、假话，不是欢呼最新指示，就是学习"两报一刊"社论；不是"斗私批修"，就是阶级斗争和路线斗争新动向。报上不断涌现出来的英雄模范，在他们的先进事迹后总会附上几篇他们的"红色日记"，不管他们文化程度的高低，其中必定有一些富有号召力的"豪言壮语"。

有"红色日记"，就会有"黑色日记"，当时称为"反动日记"或"变天账"。在一次抄家、打砸抢或强迫"自觉上缴"的"革命行动"之后，总有一些"阶级敌人"、"牛鬼蛇神"或审查对象的日记落入"革命群众"或"无产阶级专政"的手中,成为揭发批判的靶子或定罪的证据。在这种情况下,对幸存的日记,本人和家属毁之唯恐不及,少数被设法隐藏起来的也未必都能重见天日,而绝大多数原来记日记的人都就此搁笔,或者只能记"红色日记"了。坚持记日记,并且不记假话的人已是凤毛麟角,他们的日记能够保存到今天的当然弥足珍贵了。这样的日记不仅可以作为史料,而且本身就已经成为历史的一部分,先师季龙(谭其骧)先生留下的日记就是如此。

1981年5月,我第一次作为先师的助手陪同他外出开会,就发现他每天临睡前都要拿出日记本记日记,以后十一年间都是如此。偶然因病因事没有记下的,他会及时补全。1991年一个夏天的午夜,他是在记完日记后坐在椅子上失去知觉的。而就在他最后一次发病的前几个小时——1991年10月18日凌晨三点,他记了最后一次日记。十几年间,我随先师外出不下数十次,他对我几乎无话不谈,但没有让我看过他的日记,只是说:"我记的都是流水账,以后你可以看。"

先师归道山后,哲嗣德睿先生代表家属,将先师的日记和其他文稿资料交我作为撰写传记的参考。我发现先师日记是非常宝贵的史料,本着他一贯倡导的"学术乃天下之公器"的精神,我认为这些日记不能只供我一人使用,而应该加以整理发表,使之充分发挥作用,得到了德睿先生的赞同。果然,先师的日记选在《史学理论研究》杂志上分期连载后,就受到了学术界重视,也引起了广大读者的兴趣,但这份杂志的发行量有限,很多想看的人还看不到,或者根本不知道,所以我接受陆灏兄的建议,将先师的部分日记汇编为书,交付出版,以便更多的人能够了解和理解这段历史,研究这段历史。

# 邓云乡

## 日记文学丛话

我很爱读前人的日记,我感到日记也是一种很好的文学体裁。

陈子昂《登幽州台歌》云:"前不见古人,后不见来者。念天地之悠悠,独怆然而涕下。"人生是短暂的,历史是无穷的,世界是广阔的,不要说"古人"、"来者"不能见到,即使是同时代的人,住得很近的人,又有几个能成为可以互通心声的好朋友呢?即使是交友遍天下的人,而能经常朝夕相处、言谈欢笑的朋友也是不多的。因为各人有各人忙碌着的世事,各人有各人生活的场所,各人有各人的性格爱好,是不可能总在一起的。至于一般的人，那接触的朋友就更少了。即使仰慕"名人"，想同他们来往来往，但又常常是相隔云泥，高攀不上。勉强凑凑，也只是热肚肠碰着冷白眼，自讨无趣罢了，这又何苦呢？而在读日记时，却可以打破这种界限了，既不管时代的古今，也不管位置的高低，只是把他的日记摊在面前，读下去，读到会心处，真如看到他的人，听到他的声音，和他生活在同一个环境之中，成为极熟的朋友一样了。

比如南宋的范成大，生活在12世纪，从时代上说，我们很难想象他的面容和为人，更不要说和他做朋友了。再说他当时的官职做到资政殿大学士、成都制置使等职务，即使在当时，一般人也是很难高攀的。但我们一读到他的日记中显露性格的地方，马上便有活的范石湖出现在眼前的感觉了。淳熙丁酉（1177）他罢成都制置使回苏州，道经武昌，官船停泊，当地的官吏都来见他，请他吃饭，他在"排日记事"的行纪《吴船录》中记道：

辛巳晨，出大江，午至鄂渚，泊鹦鹉洲前南市堤下。南市在城外，沿江数万家，廛闬甚盛，列肆如栉，酒垆楼栏尤壮丽，外郡未见其比，盖川、广、荆、襄、淮、浙贸迁之会，货物之至者无不售，且不问多少，一日可尽，其盛壮如此。监司帅守刘帮翰子宣而下，皆来相见邀饭，皆曰未敢定日。及欲移具舟次，余笑曰："若定日，则莫若中秋；张具，则莫若南楼。"众变笑许。

这则简洁的日记，不只是给我们生动地记录了八百年前武昌繁华的市容和富庶的金融的情况，而更生动地记录了这位大帅路过时的情况，"余笑曰"几句，文字虽然不多，却有"颊上三分"之妙，把当时的气氛活生生地写出来了。这位制置使的豪爽的性格，高尚的生活情趣，融洽的友谊气氛，都浮现在读者的眼前，真像是听到他的笑声，看到说话时的神态一样。

再比如近代的林则徐，离开我们也已一百四五十年了。林则徐官做到湖广总督、钦差大臣，不要说今天，在当时要想见见这位林大人，也是十分不容易的。想接近他，和他做朋友，又是谈何容易呢？但如果细细地读他的日记，那情况马上便两样了，一切距离便会缩短到最小限度，你便可以理解他的中年、老年，你就会变成很熟悉他、知道他个性的老朋友了。嘉庆十八年（1813）十二月二十五日记道：

二十五日，戊午，阴，上午将军贡差来，接十月二十五日家书一封，刘敬余一信。午后抚署折差来，又接十一月十三日家书一封，张中丞一书，并夏肇东、沈荫士、李兰卿、陈二舅、杨雪椒、郑倬亭诸书。晚又接清江郑文轩之信。是日双鱼竞达，笺翰纵横，快同晤语，然持笔作答，亦倍觉劳劳矣。

这还是林则徐外放之前，在北京翰林院做庶吉士的日记。林则徐在发达之前，就是以精明能干著称的。道光三年十一月初九日的日记就记载在京引见时，道光帝说他："汝是精明的人，要不自恃精明……"上述日记则写他年终时收到许多信件，忙于作答的情况，也正显示了他在发达之前，年轻有为，精明强干，交际频繁，踌躇满志的得意形象。从日记中我们好像看到他那手不停挥地忙于写回信的神态一样，这样你就非常熟悉这位林大人了。

再如鲁迅先生，现在虽然当年与先生有过往还的人，不少都还健在，但究竟年代也很久了，六七十年前和先生往还的熟人，在今天恐怕也真如凤毛麟角了。因而我们今天单从人的接触上，也是很难生动地想见鲁迅先生早期的亲切形象了。也只有细细读先生的日记，才能使我较形象地想一下先生当年的音容笑貌。1917年正月二十二日记云：

二十二日，晴，春假。上午伍仲文、许季市各致食品，午前车耕南来。下午风，许季上来，并贻食品。旧历除夕也，夜独坐录碑，殊无换岁之感。

这年是民国六年，正是五四运动的前两天，当时北京人过"年三十"，黄昏上灯之后，正是接神的热闹时刻，不要说别的，单是街坊四邻都放"二踢脚"的火爆声，就能吵得你心神不安了，何况是住在会馆中的只身羁客呢？而鲁迅先生却能际此京华除夕夜，一个人坐在宣南古老的山会邑馆小室中，在昏黄的煤油灯下安静地录碑，这种特殊的镇静，不是客中的寂寞，而正是伟大的行动前的片刻的宁静。"殊无换岁之感"，不是宁静地忘去了岁月，忘去的人生，而正是集中地、深沉地思考岁月和人生的时刻。

我以上举了三位先贤的三则日记，真可以说是沧海之一粟，不过如果说从一滴水可以看到世界的话，那么从一则日记中，往往也能看到一个人内心深处的精神世界。这是从任何列传、家传、外传、别传、事略、墓志铭，以及本人的诗、文等著述中得不到的。这是因为日记的特殊体裁所决定的。日记的特征是排日记事，记下主人每天的生活情况，一般来说，原来不是当做著作的，也不预备给别人看，因而它文字上并不着意修饰，只是根据写者当时的思想感情、文采水平信笔记下来的。如果作者写时那天兴致好，事情多，文思泉涌，信笔写来，都能成为极好的文字；反之，如果那天因特殊原因，作者情绪极坏，那就写得极少，甚至写上"无事可记"，或者干脆不写（当然这是指习惯于坚持写日记的人说的，根本不写或间或写的人不在此限）。读者于这种地方，同样能看出作者的活生生的形象，听到读者的心声，所谓"此时无声胜有声"。我们读《林则徐集》日记分册，知道这位林文忠公当年是坚持写日记的，每天都记得很清楚，可说是数十年如一日。而在道光二十年（1840）十一、十二月日记中，则有许多天都是"没字的"，只记日期、干支、阴晴，如十一月"朔日，丁亥。晴"，"初五日，辛卯。晴"等等。这些日子里，作者虽然只字未记，而于这些突然的无字处，不更可以听到时代的滚滚风雷声，看到作者内心激动的神情吗？

日记对其作者来说，虽然是随手札记，并不把它当做文章来着意铺排，但在名家笔下，往往是"浓妆淡抹总相宜"的，一样能写出十分优美的文字来。而且文字这种事，说也奇怪，常常是和人的品貌态度一样，随随便便倒很好，有意做作反而不好。在写日记时，写景、抒情，寥寥几笔，倒真能写出感人肺腑的文字，其功力绝不在宏文高唱之下。下面也随意举几个例子。陆游《入蜀记》乾道五年闰五月二十八日记云：

二十八日，同仲高出阊门，买小舟泛西湖，至长桥寺。予不至临安八年矣。湖上园苑竹树皆老苍，高柳造天，僧寺益葺。而旧交多已散去，或贵不复相通，为之叹绝。

六月八日记云：

八日，雨霁极凉如深秋，遇顺风，舟人始张帆。过合路，居人繁多，卖鲊者尤众。道旁多军中牧马，运河水泛滥，高于近村地至数尺。两岸皆车出积水，妇人、儿童竭作，亦或用牛。妇人足踏水车，手犹绩麻不置。过平望，遇大雨暴风，舟中尽湿，少顷霁，止宿八尺。闻行舟有覆溺者。小舟叩舷卖鱼颇贱。蚊如蜂虿可畏。

第一则不足百字，但叙事、写景、抒情样样俱到，且寓意深远，感慨良多，放翁八十年来万首诗，是以诗传世的，但这则小日记所表现的意境，则又是和诗韵味迥殊的，是诗所不能表现的了。第二则是像一幅江村盛夏风景画一般的散文诗（不过我国古代无此名），如果写成歌行、乐府自然也可以，但那韵味又会是两样的。正因为是作者旅途所记的日记，未事琢磨，所以更加使人感到有一种文字上的自然美，真可以说是历历如绘了。

在近代，日记写得最漂亮的是李慈铭。他的连续三十五年的《越缦堂日记》和《越缦堂日记补》，皇皇六十余册，到现在为止，可以说是日记中的绝代巨著。虽然鲁迅先生曾说："我觉得从中看不见李慈铭的心，却时时看到一些做作，仿佛受了欺骗。"但这也不能据为定论，它的历史文献价值，还是要给以充分肯定的。李越缦由绍兴到北京，一住几十年，摆名士架子，目空一切，看不起人，这是一个方面。而另一方面，他勤于读书、著述，把日记当成传世的大著作来写，并且才华过人，文字优美，因而在日记的写作上取得了极大的成功。这里随便引几小段，看看名士的内心世界和他的优美文字。咸丰十年五月初三日记云：

初三日，丙申，未初三刻夏至，浙江未正初刻。上午晴，大热。……子恂来。午雷雨，顷止。秋蘅来。与縻叟谈。傍晚偕淑云登平台，骑屋脊望西山，远绿如抹，时乱云景凤城，浓树远近，鬟绕粉墙，靥靥高下接比，不复知有软红十丈矣。

初七日日记云：

初七日，庚子，昧爽雨作，终日萧槭作声。时有薄阳，庭院树石晼净幽㜎，益耐寻赏。傍晚小雨，倚徒碧阴，或据槁木，或憩孤石，觉寻丈间地，宛然有濠濮上想，叔子谓吾两人得此小室，不减深山。余谓今日有三事最难得，夏日得雨，都中得闲，京师尘埃中得小园林，便为奢愿具偿，新赏无纪，又非凤具烟霞痼疾、泉石性灵者，未能语此也。

咸丰十一年六月初三记云：

初三日，庚申，早雨，上午阴，下午薄晴，凉可著夹衣……日来贪甚，今晨命奴子卷絮被质钱十五千，适问月携武进臧玉林先生《经义杂志》一书来，遂以购之。昔吾家元忠令婢卷褥质酒，时人叹其率素，若仆者，可谓不坠家风矣，书此一笑。

《越缦堂日记》卷帙浩繁，无法精选举例，这只是随手引几则，以尝鼎一脔。不过就是这一点也足以看到作者的"心"，第一则骑在屋脊上看西山，第二则论三事难得，第三则当了棉布买书，都自有其率真处，而不是写了骗人的事。总之李越缦有才华、有学问，恃才傲物，不免偏激。加以功名心切，而偏又文战不利，仕途坎坷，早年连个举人也考不中，只能入赀为郎，直到光绪六年才成进士（同治九年回浙江考中举人），已经五十三岁了。在这漫长的岁月中，他既有一肚子不平，但又急于想在科举、仕途中出头，所以他尽管到处骂人，十分刻薄，但对最高层皇帝宫迁中的政治变化，他却是十分谨慎的。鲁迅先生说他的日记"一是抄上谕，大概是受了何焯的故事的影响的，他提防有一天要蒙御览"。这真是看到了李越缦的心曲。李在日记中不但抄"上谕"，抄"宫门抄"，而且在特殊时刻，还在日记中写迎合最高统治者的政论。如咸丰十一年十月初五日所记，在录邸抄"诏赐载垣、端华自尽。……诏以明年同治元年"之下，并写了按云：

臣慈铭曰：改号纪元，前代所慎。唐宋以来，多以法祖为义。至元顺帝欲法世祖，复号至元，是贻笑千古矣。"祺祥"二字，创见不经，奸庸不学，至于如此。今兹改元，盖欲以法世祖也。但愿圣敬日跻，官府协力。

这是咸丰死后，西太后那拉氏联合恭亲王搞政变成功，消灭载垣等顾命大臣，废去"祺祥"年号改称"同治"时，李越缦迎合政局变化，把金殿策问式的文章，写到日记中，除去说他想功名有些疯痴之外，还能说他什么呢？这是李越缦作为潦倒名士的可恶处，也是他的可怜处。不过他的日记文章的确是才华四溢，充满了文学韵味的。

当然，以上所述，都是诗文大家的作品，本以诗文著称，其日记有文采，原是不足为奇的。下面再举两则不以诗文名家的，也都各自有其感人情趣的日记。如明末清初人谈迁《北游录》甲午顺治十一年（1654）三月初一日记云：

三月辛犯朔，大慈仁寺伽蓝殿，海棠二株，亚韦词。烟姿猗那。贵人方席其下，亟去之。颇似汉武帝帷中见李夫人也。

这一则很短，却极有情趣，以汉武帝为喻，亦是奇想。谈迁是史学家，而文字亦极传神，使人联想到《儒林外史》中逛西湖的马二先生。

清黄小松（易）《嵩洛访碑日记》中一则云：

初十日，出偃师南门，山田多井，辘轳相望，童叟熙熙，言今年麦稻棉花倍收，数十年所未有也。饭府店铺。望嵩少诸峰，愈近愈翠……

峭坡盘曲，数夫牵舆而上，回视巩洛山川，历历可数。及巅。达县城，山岗起伏，悉皆坦途，始知此境已在云霄之上。径行岩谷间，曲涧奇峰，应接不暇。

黄小松和阮元、钱大昕等同时的金石专家，而其文字亦十分可喜，一边叙事，一边写景，读来颇有兴味。他又是画家，所以文字中也很有画意。

当然，以上所述，还只是从文学的角度谈一谈日记的价值，如果再从历史文献的角度来谈日记，那可谈的就更多了。因为前人的日记，不论所记何事，都是一种最朴素的、最原始的历史文献，其可靠程度，较之加工过的史书，不知要详实多少倍。而有正史中不记录，在文献中无从查考的具体情况，在日记中常能遇到，足以印证正史，补齐缺欠，其功用比录诸传闻的野史笔记更可靠，因为日记中的事不少都是亲历目睹的。下面先举一个小例子加以说明。《越缦堂日记》咸丰十一年十月初六日记云：

初六日，辛酉，晴。病少间，强起食粥，朝夕华一瓯。始用火炉。是日肃顺弃市，囚车过门，强出观之。肃顺白服，缚甚急。载以无帷小车，亲屑无临送者。

当时李越缦赁屋而居，住在宣外大街一所小有花木之胜的房子中，肃顺囚车赴菜市口，正从他门前经过。他这则日记很简单，也未加修饰，所以更朴实可信些。薛福成的《庸庵笔记》亦记此事云：

肃顺身肥面白，以大丧故，百袍布靴，反接置牛车上。

这里的"牛车"二字便是修饰之词，已失真矣。因当时北京市内交通都是单骡轿车，平时一年四季都要上车帷子。囚车（俗名"出红差"）装犯人，或用无帷亮车，或用载物小板车，市人可以看得见。当时拉车都用骡子，找辆在当时说来十分古老的牛车倒是很少的。从这一件小事的记载上，也可以看出日记的史料价值。

再如林则徐道光十八年日记，记十月初七奉到"来京陛见，湖广总督着伍长华暂行兼署"的圣旨，十一日由武昌起身北上，十一月初十到京，当晚住东华门外烧酒胡同关帝庙。十一月十一日入宫递折、第一起召见。十二日第四起召见，十三日第六起召见，奉恩旨在紫禁城内骑马，十四日第五起召见，蒙谕"你不惯乘马，可坐椅子轿"。十五日肩舆进宫，第四起召见，奉旨"颁给钦差大臣关防"。十六日第七起召见。十七日第五起召见。十八日第六起召见，即日跪安陛辞。十八下午及十九、二十、二十一、二十二日四天拜客，理行装。二十三日午"开用钦差大臣关防，焚香九拜，发传牌，遂起程，由正阳门出彰仪门"。计至京共住十二日，召见八次，日记中写得极为清楚。

所有记载都写得十分细致、清楚，而和《清史稿》核对，却又有出入。《清史稿》卷三百六十九、列传一百五十六林则徐传中记云：

十八年，鸿胪寺卿黄爵滋请禁鸦片烟，下中外大臣议。则徐请用重典。言："此祸不除，十年之后，不惟无可筹之饷，且无可用之兵。"宜宗深韪之，命入觐，召对十九次。授钦差大臣，赴广东查办，十九年春，至。

这里所说"十九次"，显然有问题，甚至是错误的。《清史稿》列传出于多人之手，所据文献亦公私均有，此点不知有何根据。但据理推测，林在京前后只住了十二天，如何召对十九次呢？且日记中每次召见都写明第几"起"（即依传见次序，第几个见皇帝）。写明奏答时间，有"三刻"、"四刻"不等，这都是不会错的，相反列传所记自然是错的了。

在各家日记中，类似这样足以考订正史的资料是极多的，问题是如何去利用它。《鲁迅日记》壬子（1912）年六月二十七日记云："下午假《庚子日记》二册读之，文不雅驯，又多讹夺，皆记'拳匪'事，其举止思想直无以异于斐、澳野人。齐君宗颐及其友某君去皆身历，几及于难，因为陈述，为之瞿然。"鲁迅先生所见的这二册《庚子日记》，不知谁作的，也不知此书现在是否还在。不过用日记的体例记载"庚子"事件的书还是较多的。中华书局出版的《庚子记事》一书,其中有四种都是日记体。即仲芳氏的《庚子记事》一书,其中有四种都是日记体。即仲芳氏的《庚子记事》、杨典诰的《庚子大事记》、华学澜的《庚子日记》、高枬的《高枬日记》,这些都是研究"庚子"事件、义和团、侵略者八国联军蹂躏北京的最具体的第一手资料,是很有价值的。下面各举一则,以见一斑。仲芳氏《庚子记事》,六月十五日记云:

十五日,西北浓烟骤起,哄传西什库堂大楼被焚。各处男妇老幼,人人鼓舞欢欣,随声附和,晃动街市。又由义和团内传出,令住户、辅户门前各用红布书写"红天宝剑"四字,贴于门头之上。一时各街巷传遍,大家小户无不遵循。

记录者文字很朴实,而且遣词造句真正是老北京的口吻。短短的几句,把当时北京百姓的感情、神态都记录下来了。即一方面是爱国的、反抗的热情,善良的、奉公守法的品德;一方面则是愚昧的、迷信落后的思想,易于上当、受骗的弱点。这可以说是那个时代北京百姓的普遍情况。杨典诰《庚子大事记》七月二十一日一则,除记了西太后逃跑的狼狈情况外,还有一小段云:

有赵珰("珰"就是大太监的别称)者,先期买新骡一头,良马一匹。以备随驾之用。二十一日早,令御者驾车,安放银十口袋,赵珰乘马后行。出神武门,见街市旗、民人等,呼啼号哭,扶老携幼,人山人海,异常拥挤,车不能前。不得已,加鞭猛进,车马均在人身上轧过。出西直门,至万寿山,一路如是。其苦楚情形,惨不忍看。

这些太监对待善良老实的绵羊般的百姓,真比恶狼还凶狠。这是那拉氏和李莲英的罪孽。记录者用《春秋》笔法,还加"不得已"三字。如说"暴露",还也是暴露吧。

华学澜《庚子日记》七月二十四日记云(按七月二十一日侵略者八国联军打进北京):

二十四日,早,命家人取米,送石九龄五十斤……鸣西往前门看告示。有洋人二,带领教民数人进巷,按门搜掠银物,到寓。扈三、陈庆皆避去,惟余与翁德周旋之。一洋人持余衣不放,令为觅物,一持洋枪,一持刀,外有大斧二柄,为打门开箱柜之用,濒行,留白旗一,悬之门首(由"扈三"到"门首"一节,在原文为小字——注),掠去银洋元、貂褂、女衣、首饰、木箱各一,骡一,水车一,并饮茶、食肥桃一器。寻薄底靴,答以无此物。持去折扇一柄。对门石先生向其所跟教民言,此宅本官,出差病故于途,其子往迎丧,家道素寒,无多银物,此已罄其所有矣。伊闻之始去,幸前二日用银易钱数百千;不然皆为掠去,何以度日。闻各邻皆抢掠一空。书庵家无长物,亦遭此惨,其女儿终日哭泣,可怜之至。鸣西归云:于路拾得枪弹甚可观玩,执之前行,被洋人看见,几乎缚去。未出前门即还,枪弹亦掷于路旁……晚东南仍有火光,街上偶有枪声,犬吠相闻,且有人声。

这里所记是外国侵略者初进北京,挨门抢掠的情况,有几点值得注意:一是侵略者强暴和教民(小汉奸)之奸究;二是某些过惯太平岁月的人的麻木。在这样的时刻,居然能忘掉现实,路上拾枪弹"观玩";三是北京市民的恐慌情绪,作者很会写文章,结尾简单的四句记事,便把这种情绪活现于纸上矣。作者华学澜是天津人,当时是翰林院编修。其《辛丑日记》,1936年商务印书馆出版,有陶孟和序。《庚子日记》正与辛丑衔接,是距今八十年前的旧事了。"薄底靴"是练武穿的,义和团穿此靴,所以文中特别记明。《高玙日记》五月二十三日记云:

二十三日,下午大雨到夜,又闻津警。焕如(高家中人)在街,见一老道,精神甚旺,服红缎衣,画八卦于其上。有儿童四对,叉其刀而负于背,"拳匪"从者五六人,人轰传曰:"老团来矣!"

辛丑(1901)三月十二日记云:

十二日,正午,入城到贤良寺,则皆未在。乃过陈季襄,亦未在,下车入室饮茶而归。晚茂宜、金波来。茂家以为宜言漕事。过翰林院，独刘文定植槐尚存，生意尽矣。门前两树向多鹊巢，今已无之。敬一亭所藏《永乐大典》及讲官厅文章皆烬焉。

高垱，四川泸肥人，己丑进士，庚子时正在北京做御史。这两则日记，一则是义和团初进北京时所记，对团民有所污蔑，但记"红缎八卦衣"的老道则至为逼真，可见当时街头之迷信形象，以此抗击帝国主义侵略者，纵使稍具头脑之普通人，亦可想见其结果，况当时之在朝当政者。只这一个"老道"，就可想见当时的愚昧、迷信与腐败了。第二则是侵略者占据北京七个多月后，李鸿章住在金鱼胡同贤良寺议和时的日记。旧日翰林院在东交民巷，科甲出身的人，极重视翰林院。庚子时毁于战火，他去贤良寺途中，正好经过翰林院，则不胜荆棘铜驼、故国禾黍之悲矣。

上面所引，是根据《庚子记事》一书中所收的日记，每种酌引一二则，并略加说明，以见其作为文献资料的历史价值和作为文学体裁的文字体例。当然，这本书的出版，只是作为史料印行，但文史不分家，也自有其一定的文学价值在。何况近二三十年中，古人的日记出版的极少，虽然它文学性的成分不是很多，却也是难能可贵的了。

按古人日记的体例，其最大特征就是"排日记事"，南宋周必大诗云"旧迹时将日记开"，目的就是将每天的事情记下来，以备日后翻阅，以存雪泥鸿爪之迹，要"排日"、要"纪事"，这才是真正的日记。如果也叫"日记"，而又非"排日记事"，那就不是真正的日记了。如清代卢抱经（文）弟子臧庸所著的《拜经日记》，专记汉学家论"经"谈学的问题，那实际不能叫"日记"，只能叫"日札"或"日抄"了。再如《吴挚父先生日记》十六卷，起同治五年丙寅，迄光绪二十九年癸巳，历时三十八年，但其中有的排日记，而大多不标日月，且经其门人辑录。这样的日记，前人说它"不以年月排次，于考证史迹，间有未便者"。又说："似是读书记事日札，而非必如翁叔平、李纯客之以月日为主也。"（见黄浚《花随人圣庵摭忆》），因而书名虽是"日记"，实际仍非纯粹的日记。严格区分"日记"应该是专指排日记事的。不过在这专门排日记事的日记中，还可以分出许多类来，如居家的称作"居家日记"，舟车行旅的称作"行旅日记"或"行纪"，持节出使的称作"奉使日记"等等，都各有各的特征了。

以"行纪"作为书名，早在《隋书·经籍志》中就有著录，但是那些书都失传了。传世的日记体的著作，是从宋代开始的。最出名的就是范石湖的"三录"（《揽辔录》《骖鸾录》《吴船录》）、陆游的《入蜀记》、楼钥的《北行日录》、黄山谷的《宜州家乘》等，李越缦说是"皆前贤日记"，"吉光片羽，以人增重者也"。周中孚《郑堂读书记》对这些著作也各有专评，如对楼钥《北行日录》的评价是："南宋人使北诸记，当以是录称观止焉。"元人日记传世的最出名的是郭畀的《客杭日记》。郭是书画名家，本来是四册手迹，清代扬州程松门所藏，题曰《郭天锡日记真迹》，后被厉樊榭看到，把其中至大（年号）戊申客杭一册，改写删节之后，刻入了"知不足斋丛书"中。明代日记流传下来很多，其中最出名的就是《徐霞客游记》。他采用排日记事的写法，实际是继承了宋人"行纪"的体例，《四库全书提要》说它"足迹所经，排日纪载，未尝有意为文"，这正是"行纪"的特征，只是他突破了"行纪"的旧框框，专记游历，成为既非行纪，更非日记的专门的地理著作了。所以《四库全书提要》先说"宏祖耽奇嗜僻，刻意远游，既锐于搜寻，尤工于摹写"，又说"此书于山川脉络，剖析详明，尤为有资考证，是亦山川之别乘，舆记之外篇矣"。所以在《四库全书》中，《吴船录》《入蜀记》等编在"史部"中"杂录之类"，而《徐霞客游记》则编在"舆地门"。日记传世最多的，自然还是清代。时代近、刻书多、散佚少是一个方面；勤于著述、持之以恒、喜欢写日记又是一个方面。因而清代，尤其是后期，流传下不少大部头日记，从时间上讲，动辄绵贯数十年；从卷帙上讲，动辄洋洋数十卷。著名的如李慈铭的《越缦堂日记》五十一册、《越缦堂日记补》十三册，翁同龢的《翁文恭公日记》四十册，曾国藩《求阙斋日记》四十册，王壬秋《湘绮楼日记》三十册，二十年前排印《林则徐集》"日记"部分也有三十万字，还有十分著名而未获刊行的，如《钱竹汀日记》六十卷等等，真可以说是洋洋大观。至于十卷八卷，一册二册的小部头日记，那更是数不胜数了。仔细思量，每一则日记都是当年一个人一天生命的痕迹，"大江东去，浪淘尽，千古风流人物"，面对这些日记，想看前人活着时的日日夜夜，能无动于衷吗？这就是读日记之所以能够动人心弦处。所谓"情之所钟，正在我辈"，当然，这也只能为知者道，而不能为不知者言也。

近年来前人日记虽然出版的不多，但各处图书馆收藏的日记手稿或抄本、孤本则是不少的。虽然见闻极为有限，但也看到几种。著名的如清初查慎行的《南斋日记》稿本、吴骞《吴兔床日记》写本、袁昶《袁爽秋日记》写本、张荫桓《奉使日记》进呈本等等，都是极有刊行价值的。下面把查慎行《南斋日记》稿本，略作介绍，以飨同好。

查慎行的日记稿本，分上下二册，重新装订过，两层封面，外面封面题《查他山南斋日记》款署"乙卯冬广桢为执之题签"，有广桢白文小印。里面封面题《查他山太史日记》，无款，也不是查慎行原来的封面。因而这书起码装订过三次了。原稿是白绵纸簿子，因年代久远，多有破损处，所以重新装订的人每页都加了衬纸，使之能保存得十分完整。所记是康熙四十六年（1708）的事，当年查慎行正在南书房行走，和《敬业堂诗集》卷三十一《直庐集》同时。上册自正月初一至七月初四，下册自七月初五至十二月二十九，整整一年的日记。下面摘引几则原文：

甲申，正月，朔。五鼓入东长安门，皇已幸堂子，黎明，驾回官，各官于午门外跪迎。上赴宁寿官行礼诸臣于午门外排班叩头。辰刻上御太和殿受朝贺，文武官入昭德、贞度二门，依品级出。次第立。乐作。鸿胪焚拜。行三跪九叩头毕，退分东西列。次高丽，次安南，陪臣俱从贞度门入，亦于丹墀下行礼。礼毕，上退朝，诸臣以次出，至太和门，东望皇太子官行两跪六叩头礼。巳刻散朝。余辈复至起居馆与两学院公揖。

对照《敬业堂诗集》，本日有诗，题为《元旦太和殿早朝》，其腰联云："五云淑气开蓂叶，一日春风曳柳条。"自注："前一日立春。"

初二，早起，收拾书卷。霞岩明日出者，往送之。附寄须儿金十二两，信一封。辰刻出平则门经西直候驾，至乃行，遇家谕德（谕德，官名，指查升，康熙乙丑翰林。）于途，午刻抵小东门，时直庐三层新经改造，余辈住第一层。紫沧、杨孙、亮功及玉符、潜斋两前辈先后至。时少詹蔡方麓先生赐第西华，与正詹陈乾斋先生奉旨俱当直，今日尚未来。值晚直宿自怡园。

入直南书房，乃清秘近臣，例须一甲、二甲科第出身，方可担任。查慎行四十岁后才考中举人，其后连考三科进士都未考中。入值南书房，是因诗名大，为康熙特诏征入的。所以他《赴如纪恩涛》序中说："年逾四十，始举于乡，三上礼闱，未成一第……不知微贱姓名，何由上达，闻命之下，惭恧恛惶。"南书房的词臣，跟着皇上跑，初一在宫里行礼，初二便到西效畅春园去了。

初十，上御太和殿，亲阅祈谷祝板。余辈集起居馆候。驾回官，然后入南书房，巳刻发下御试医生《三焦命门今古异同论》十余篇，又召臣升至乾清官暖阁谕云："圣质宸理，俱有一定之谕。至于医卜星相，言人人殊，世有庸医，寒热虚实且未能辨。南人善用补，北人好用泻，总非适中之道。朕早年多病，每用艾灸，亦不甚见效。大抵滋补之药，其效甚微，而酷烈之药，其验立见。方土所载，汤头甚多，若一方可疗一病，何用屡易。西洋有一种树皮名金鸡勒，以治疟症，一服即愈，可见用药只在对症也。尔可传与诸臣知道。"早膳后，驾复幸景山。是日手录虎诗终卷。申刻下直，同诸臣赴右卿正詹席。

这则日记很有意思,与前几年出版的《李煦奏折》参看,颇可看出康熙十分懂得医理。

二月廿七日,早入直庐,苑中早桃尽开,弥望无际,晴光照耀,红霞夺目,人间无比奇观也。是日阅元诗四本。

这则是日记后附《畅春园看早桃》诗原稿,一首绝句,有数字改动三次,亦可使后人看出当年文字细致处。

三月初五,早出前门,祝泽州陈师母寿,杯分二两,门包三钱。过绍京家早饭。收俸银廿二两五钱。

京官俸银很少,从这则日记可看出,份子钱和门包钱都反映当年官场情况。"宰相门前七品官",泽州是指大学士陈延敬,他的门房对拜寿的每人收三钱门包,如一百个客人,便是三十两,远远超过查慎行的官俸了。

(三月)十一,黎明入直庐,早饭赐鲜鱼一盘。发下赵松雪泥金小楷《孝经》二册,细观纸色,乃宣德磁青纸,后人赝笔也。

十二,黎明入直。午刻发下赵公雪泥金书《观音经》一小册,圣上知其赝笔,令臣等识认,时辈中仿佛何人手迹。正詹澹远及余辈俱回奏云:"疑是户部郎中陈奕禧所临。"

类似这种记载还很多,可以看出当时宫中收的假古董也是很多的。亦可看出鉴别古书画,是十分困难的了。

七月初五。早雨,腹痛,不能入直。付轿夫七月工食文银四两。静坐寓中,无俗客到门。阅《史记》八卷。

这则日记很简单,但记录了当时的生活程度,轿夫最少四名,平均每人每月工食只一两,折合江南一石白米的价钱还有余。

不再作文抄公了,这部珍本日记的介绍就此打住吧。最后再引一段佚文,也算是看善本书的意外收获,不敢自秘,也一起献给读者吧。上海图书馆善本部藏有王国维父亲的日记手稿十六厚册,书名《娱庐随笔》,

都是用白绵纸订的六寸多高的簿子，里面蝇头行书小字写得密密麻麻。在光绪十九年一册中，无意中发现夹有一纸，乃王国维写给他父亲的一封信，是由南通经上海回海宁，在上海丢了钱写的，不是信纸，是一张六寸高、八寸宽的白绵纸，现按原件抬头格式横抄在下面，原件无句读，今酌加标点，以便阅读。

父亲大人膝下，敬禀者：男十厂日寄一禀，亮（原字系笔误）已收到。男十二日由通动身，昨抵沪，时已昏黑。是日无三公司轮船，即搭美最时行之美顺轮船。船停浦东。因嘱长春栈接客，将行李等用船约至该栈。迨至码头，检视行李，则见箱锁已断，裘尽湿。细行检查，失在整包英洋壹百元及纸卷等物，（下双行小字："内有诸香直联等。"）另包洋拾陆元及陈枚叔托带洋十二元未失，昨晚一面报明捕房请缉。（下一行小字："该栈自知不了，亦已报捕。"）（夹缝中又注小字云："此箱旁见人系落水，其洋或落水，或拾起后藏匿，虽不可知，虽〔唯字笔误〕箱已交该伙，其责任自全在该栈也。"）今日托汤蜇仙（下双行小字："渠署两淮盐运使，不往。"）函请沪道饬会审公堂担该栈主索赔。男为此事不搬农报馆，仍住栈中。叔蕴闻须于年底返沪。男总须此事停妥后方可还爱，大约非一礼拜，不能了此。此事恐不能合璧而归，况皮衣尽失，所损为不小耶。男虽住栈，不过夜间住此，有谕仍寄农报馆可也。专禀敬请
福安

男国维百拜

十四日

以我爱读日记开头，以照抄王国维私信结尾，这文章难免有些首尾不一致，岂不为读者所笑。但是感到引其家信，都其有它的共同之处，即都是人生的最真实的材料，何况又是大学人如王静安先生的家信乎？因而就全文引用了。读者如把这封信和《观堂集林》等大著作对照看，不是也可以加深对王国维的认识，不也是很有意思的吗？

# 郁达夫

## 日记文学

散文作品里头，最便当的一种体裁，是日记体，其次是书简体。

我们都知道，文学家的作品，多少总带有自传的色彩的，而这一种自叙传，若以第三人称来写出，则时常有不自觉的误成第一人称的地方，如贝郎的长诗 Childe Harold 里的破绽之类。并且缕缕直叙这第三人称的主人公的心理状态的时候，读者若仔细一想，何以这一个人的心理状态，会被作者晓得这样精细？那么一种幻灭之感，使文学的真实性消失的感觉，就要暴露出来，却是文学上的一个绝大的危险。

足以救这一种危险，并且可以使真实性确立，使读者于不知不觉的中间受催眠暗示的，是日记的体裁。

我们大家都有过记日记的经验，都晓得在日记里，无论什么话，什么幻想，什么不近人情的事情，全可以自由自在地记叙下来，人家不会说你在说谎，不会说你在做小说，因为日记的目的，本来是在给你自己一个人看，为减轻你自己一个人的苦闷，或预防你一个人的私事遗忘而写的。

日记有此种种便利的特点，所以小说家在初期习作的时候，用日记体裁来写的时候，其成功的可能性，比用旁的体裁来写更多一点。而我们读者，因为第一我们所要求的，是关于旁人的私事的探知（这一种好奇 Curiosity 是读小说心理的一个最大动机），所以对于读他人的日记，比较读直叙式的记事文，兴味更觉浓厚。

由我个人的嗜好来讲，我在暇时翻阅旁人的著作的时候，最喜欢读的，是他的日记，其次是他的书简，最后才读他的散文或韵文的作品。以己度人，类推起来，我想无论哪一个文艺爱好者，大约是人同此心，心同此理的。

几礼拜来，呻吟在病床上，床头没有书读，从朋友那里借了两部日记来，一部是 Henri Frederic Amiel 的日记，一部是中国吴毂人祭酒的《有正味斋日记》。亚米爱儿的日记，我从前只读过英译的拔萃，及德文的 Rosa Schapire 译的更短的几段文字，这一回却得了一部全集，糊里糊涂的翻翻字典，竟帮助我消磨了许多无聊赖的黄昏。

古今中外的文人，以日记传世的很多，就浅陋的我所读过的几家日记说来，如德国近代剧作家 Hebbel，英国的日记专家 Samuel Pepys，俄国的 Dostoyevsky, Tolstoy，中国的李莼客及许多宋遗民明遗民的随笔日录之类，真是数不胜数。然而三十年如一日，中间日日在自己解剖自己，日日在批评文化，日日在穷究哲理，如亚米爱儿的日记，实在是少见的。

因为这一个原因，我想就我所读过的记忆中所及的，抄一点出来，向大家来推荐推荐，并且同时可以把日记体的文学来说一说。

作者亚米爱儿，于1821年生在瑞士的Genf。在外国留了七年学——大部分是在德国的大学里——1849年去故乡的大学里当美学的教授，一直到1881年他死的时候止。他的一生都平淡无奇，少时境遇也不好，天资极高，同学辈都以为他将来是了不得的，然而出乎他们的意料之外，他的一生，除出了几本小品感想文及小诗集后，竟一无所成，到他的死时止，他的事业文章，没有一样可以使人纪念他，使他不朽的。然而他的内心的苦闷，自己解剖的精细，批评的眼光的周密，直到他死后的那部日记发表的时候，才有人晓得。

他是天生的一个忧郁病者，自己怀疑自己，对世界一切，当然更怀疑了。然而到了穷无所归，他却还保留得一丝信仰，他觉得还有一个唯一的神在，可以使我们安身立命，不过这一种矛盾的心理，就是使他一生苦闷的原因，而同时也是救他的灵魂，使他不至于自杀的一个最大理由。

据Berthe Vadier——Henri Frederic Amiel Etude Biographique的著者——说来，他的抑郁性，和当时的政局有关，因为他是生于有产阶级的贵族中的，然而心里却在同情于无产阶级，而无产阶级者，又不能信任他，所以他一生不曾与政治发生过关系，虽则处在1846年前后的革命世纪里头，但他的孤独，他的无聊，却比任何时代的人还要厉害。这也许是真的，尤其是由我们当这一个举国若狂的时代中，看了两派的投机师的活跃，使我们良心稍为纯正一点的人，一点事情也不能做，一句话也不能说，不得不坐以待亡的状态推想起来，这一种苦闷，这一种Dilemma却是千真万确的。

1851年3月26日

多少伟人杰士，我所认识的，都被死神拉入冥冥中去了。Steffens, Marheinecke, Neander, Mendelsohn……学者，艺术家，诗人，音乐家，史学家，旧的时代，死灭过去，新的时代，将有什么产生？几个老者，Schelling, Alexander von Humboldt Schlosser，还在把我们联系在过去的有荣光的时代之中，然而形成伟大的将来者，又是何人？年事将终，不可逃避的命运，若要向我们寻问：你所有的伟大在那里的时候，我们哪能够不颤栗惶恐？现在是时候了，是自家振作的时候了，是我们的力量或我们的无聊的暴露的时期了。是你的天才，英气，力量的显现的时期了，你究竟准备好了没有？（大意）

看哟，由苦闷而发的这一种自己鞭挞，是如何的伤心，是如何的可痛！

1851年4月6日

……我的心太柔嫩，我的幻想太不安定，我太容易感到失望，我的情感的回响太不容易消灭。我的成就的可能，都被未成就的现实所腐蚀，而一种成就的必然，只增长了我的心身的苦痛。所以现实，目前的事实，事实的必然，总之不可救药的一切，只是使我忧闷，使我苦痛，我的幻想太发达了，思想太精细了，自觉太灵敏了，总之是我的性格不强的原故，所以弄得现实的生活，实际生活，与我两不相入。

家庭生活，现世的快乐，他并不是不晓得，但是他的高尚的理想，终于不能使他安闲的享受这些庸人俗人及投机师所特有的安宁。人生实在是一个危险的东西，是一种争斗，天堂与地狱，只隔了一张纸，恶魔与天神，都存在在一个人的心里的。

1860年5月22日

我有一种莫名其妙的矫情，总不愿意把我的感情直现出来。可以使人满足的话，自己总不愿意说……

这一种矫情，实在是使他陷入孤独，使他在世不能成功的一个大原因。

1861年3月17日

今天午后，对于死的热望，烧满了我的全身，厌恶之情，生的厌倦，不断的苦闷，征服了我的心身……到墓地里去徘徊，或者可以得到一点

*安慰，然而也不能够……*

一个不安被困的灵魂，想得到慰安，想得到神助，是不可能的，因为他不晓得要往哪里去祈求，向哪里去寻觅上帝。教会是不中用的，冷冰冰的牧师的说法是不中用的。他们没有同情心，不了解灵敏的感觉，不晓得深沉的苦痛是什么？

像这一类的日记，在全卷内在在皆是，批评宗教，解剖自己，阐明苦闷的心理的记载，若要摘录出来，总有千万条好摘，我不再写下去了。读者若要认识这一位日记作者的大胆的记录，及内心苦闷的全史，请先去看 Mrs. Humphrey Ward 的英译本，若要看对于 Amiel 的评论，则 Matthew Arnold 的批评文集里，有一篇关于他的文章，亚诺儿突说他是一个批评家，却是很适当的评断。

就孤陋寡闻的我看来，像亚米爱儿的这一部日记，大约是可以传到人类绝灭的时候的不朽之作。读他的日记，觉得比读有始有终，变化莫测的小说，还要有趣，所以我说，日记文学，是文学里的一个核心，是正统文学以外的一个宝藏。至于考据学者，文化史学者，传记作者的对于日记的应该尊重爱惜，更是当然的事情，此地可以不必再说。

因为日记文学里头，有这样好的东西在那里，所以我们读者不得不尊重这一个文学的重要分支，又因为创作的时候，若用日记体裁，有前面已经说过的几个特点，所以我们从事于创作时候，更可以时常试用这一个体裁。或者有人要说，我们若要做自叙传，那么用第一人称来做小说就行了，何以必要用日记体呢？这话也是不错。可是我们若只用第一人称来写的时候，说："我怎么怎么，我如何如何，我我我我……"的写一大篇，即使写得很好，但读者于读了之际，闭目一想，"你的这些事情为什么要这样的写出来呢？""你岂不是在做小说吗？"这样的一问，恐怕无论如何强有力的作者也要经他问倒（除非先事预防，在头上将所以要做这一篇自叙小说的动机说明在头上者外）。以此看来，我们可以晓得日记体的作品，比第一人称的小说，在真实性的确立上，更有凭藉，更有把握。

  上边说过的是日记文学的重要，和我们创作的时候用日记体裁的便利。底下本应该说到除真正的日记以外，作者特以日记的体裁而做的小说及各种作品上去了，但是因为手头的参考书没有，所以只好等下次有机会的时候，再来补作一篇。最后我更想加上一句，就是以日记体写下来的文章，除有始有终的记事文之外，更可以作小品文，感想文，批评文之类，它的范围很广很自由的。现在我手头所有的这一部吴毂人的日记里，就有许多很好的小品写生文在里头。就是那部亚米爱儿的日记里，也有许多很美丽很细腻的散文诗包含着，并不是拘于一格的。此外更有书简体的小说，最浅近普通的例如《少年维特之烦恼》和《穷人》之类，也是和日记体一样的便于创作，富于趣味的，但是这一种书简的体裁，我们可以说是日记体的延长，所以关于日记体的作品所说的话，是完全可以应用在书简体的作品上面的，此地不再说了。

         1927年6月14日作于病床上

# 郁达夫

## 再谈日记

1927年的夏天,在杭州养病,曾写过一篇名《日记文学》的杂文;其后鲁迅先生在广州写了一篇对此文而作的随感,说文学作品的写实与读者的幻灭,不限于作品的体裁,即在读日记时,若记载虚伪,读者也同样可以感到幻灭,此论极是。七八年来,日记作者渐多,而坊间的单行本,汇选本,也出得有十数种以上,足见中国近来大家都有了记日记的习惯;从事文笔的人,为备遗忘,录时事,志感想起见,日记更记得勤,当然是意想中的事情,将过去所发表过的日记全部记录改订了一遍之后,我更想来谈一些关于日记一般的话，用以代作书的序文。唯前作的杂文，曾谈到以日记体作的小说之类，而现在所谈的，却只限于日记。

英国恩斯脱·彭 Ernst Benn 书店发行的小丛书里，有一本阿谁崩松倍 Arthur Ponsonby 氏著的《英国日记作家》(British Diarists)的小册子，他在序文上说，日记之作，也许是由于自小的习惯，可是作者并无问世之野心，只为了取悦于自己，如女作家法尼·排内 Fanny Burney 之所说，只有技痒难熬之隐衷，而并无骄矜虚饰，坦白地写下来的关于自己关于当时社会的日记，才是日记的正宗。好的日记作家，要养成一种消除自我意识的习惯，只为解除自己心中的重负而写下，万不可存一缕除自己外更有一个读者存在的心。从前有许多人的日记，往往死后遗言，命子孙辈为他销毁，这些才是可贵的真日记的作者。所以日记总是无始无终，没有一定的结构，没有谨严的文体，也没有叙述的脉络的。

好的日记作者，不一定是文人或名人，也有一生并不知名的人，能写下很好的日记来的。一个人的事功职业性别年龄以及道德学识之类，也不一定会影响到他的日记的好坏；大人物大作家写的日记，有时候也可以比无名作者或盗贼小贩写得更干燥而无味。

西洋日记的开始发达，是在文艺复兴的末期；17 世纪以后，在英国，记日记竟变成了一种流行的风气。威廉·达格代儿爵士（Sir william Dugdale 1605~1686）虽系一位收藏古物的保皇党，但他的日记，却是关于那一个革命时代的好史料；至如法律家的桦衣·脱洛克（Bulstrode Whitelocke 1605~1676）的《英国时事记》《出使瑞典记》之类，更是日记之有关于历史社会的重要记录。此外像福克司（Elder George Fox 1624-1690）、约翰·衣夫零（John Enelyn 1620~1706）、萨母儿·配比司（Samucl Pepys 1633~1703）等，都是英国 17 世纪的日记名家，他们的日记，到现在还是为我们所爱读的东西。

18 世纪的英国作家之以日记著者，有斯味夫脱的 Journal to Stella，系1710年至1723年间的日记,是感情泼剌的文学作品;约翰·维斯莱(John Wesley1703~1791)的日记,法尼·排内(Madame d'Arblay)的日记,早已宣传众口,是大家公认为日记中的白眉之作,此地当然可以不必再说了。

鲍司惠而的《希勃拉衣此旅游之记》(Boswell: Journal of a tour to the Hebrides),罢倍零的《失望者的日记》(W.N.P.Barbellion: The Journal of a Disappointed Man 1919. A last Diary 1921.)等,都是作者还活着就印出来的日记,虽系可以当作文学创作品看的产物,但按其体裁记叙来说,当然也是日记无疑。

法国中世纪,有一位无名的牧师,曾写过一部《巴黎一市民的日记》(Journal d'un Bourgeois de Paris),系记谢儿六、七世时代的时事的,从1409年起至1431年终,后来由他人续记至1449年的。路易十四世时代前后的日记作者,自然更多,此地只介绍几个名字在这里:Dangeau(有一部沉闷的日记)、Saint-Simon(他的回忆录系1691至1723年间之日记)、法学家Edmond Barbier(有1718至1762年间之日记)、Bachaumont(有1762年前后的私记)等,是重要的人物。

近世的日记作家,以法文写出,而为大家所激赏者,当推那位生在俄国,长在欧洲,以二十四岁的青春死在巴黎的少年奇女子马利·白须葛采夫(Marie Bashkirtseff)氏,其次则龚果尔兄弟的文艺日记(Edmond et Jules de Goncourts)与亚米爱儿的内省日记(Amiel's Journal Intime),是日记中的仙露明珠,不可多得的逸品。

崩松倍氏把日记的种类,分作了历史的,宗教的,游历与佃猎的,社交与文艺的,军事与职业的,家庭的,妇孺的七类;在序文上他也在说,把日记来分类,本来是一件不可能的工作,可是为叙述的便利起见,勉强把它们分成了这样的七类,我觉得也很适当。

日记的有功于考据,使历史家于干燥的史实之中,得见到些活的关于个人关于当时社会的记载,原是不可掩没的事实;而热心于宗教,想将心里的邪念怀疑,尽情吐露,以求一时的安心立命,以祈将来的德积行修的人,日记当然也是一个最上的忏悔之所。游历的行旅者,遇到了新的山川景物,风土人情,要想把眼前的印象留下,可以转告他人,并且日后也可以唤醒自己的追怀,记日记自然是一个最好的方法;所以在我们中国,自古代遗下来的日记中间,特以这一种记行程,叙游迹的游记为最多,外国的作家,于漫游世界之后,也差不多每个人都有些记行的作品,足见一逢新异,手痒难熬,每日于游倦之余,在旅舍的灯下,弄弄笔杆,终是古今一例,中外相同的心理。

记交游的来往,叙俗尚的迁移;遇见了伟人,发生了一种怎么的感想,留下了些如何的印象,逢着了大事,受到了些怎么的激刺,写下了怎么样的批评,也是日记中常有的事情;所谓社交与文艺的日记,就是指这一类的日记而言。

除宗教与游历之外,战事自然是日记的人最注意的一件事情,自1591年,英国的汤麦斯·柯宁斯倍(Sir Thomas Coningsby)记了他的鲁安(Rouen)被围的日记以来,每次战争,总有这样的日记出现。所谓职业的日记者,就是负有记这些日记的使命,或当战争起后,任有职务的人所记的日记。

于这些大事之外,家庭的琐事,也是反射社会风俗的一面镜子;像主妇的气分行动,小孩的疾病治疗,男女佣人的脾气,日常起居的调度之类,也是日记的材料,这一种日记就是所谓家庭的日记;记者也许不很出名,而当我们读他或她的记事时,却也能感到无上的快乐。妇人观察精细,并且也较多闲暇,所以记下来的日记,虽觉累赘,但在另一方面,却能把当时的琐事,比较正确完全地记叙下来;崩松倍氏之所以要分立妇孺日记的一类者,实因妇孺所记的日记,为人传诵者独多的缘故。

上面所说的,是关于日记的一般的话,现在要说到我自己的记日的经验了。在日本读书的时候，当然也断断续续的记下了许多的日记，但这些稿本，不知丢到哪里去了，现在简直一本也找不到。回国之后，做了些编杂志和教书的事情，中间虽也不曾断过记日记的习惯，可是刻板生活的记载，就是自己看了，也要生厌。自从南下广东，北回北京，生活上起了变化之后，日记方才记得多了一点；但当记载的时候，当然是没有把这些无聊的日常琐事，公之于大众之前的意识的。可是为补救生活之故，将《日记九种》刊行之后，销路也居然有了好几万部，于是为了版税，就一版再版地任书局去印行；其后为杂志编辑者及书局之催逼，也曾经将零星记下来的日记，拿去塞过责；于是于《日记九种》之后，又发表了许多断篇的日记。现在当将全集改编一道的时候，当然是要先从容易做的事情来着手，《达夫日记》的汇录改削，就于是乎成功了，这就是我这一册日记的所以得与诸君相见的缘由。

1935年6月

# 郑逸梅

## 日记谈

日记为文体之一,信笔所至,什么都可以述写进去,成为最随便、最自由、最活泼、最率直的一种文体,是值得重视的。我们在教语文课时,总是指导学生每天写日记,认为写日记足以练习写作,这样写熟了,临到作文,也就思路条达,文笔流畅,是具有辅佐作用的。我以身作则,也每天写日记,积累的数十册,深惜于浩劫中失掉。一自厄运告终,我又继续写,成为惯例,无论怎样忙,还得挤出时间来,写上若干条,迄今未辍。

我善谈掌故,有关日记的也足资谈助,翁同龢的《翁松禅日记》卷帙很多，大都已刊印出版，尚有未经问世的稿本，由翁氏曾孙翁宗庆保存着。按翁氏生于癸卯十二月初一日，殁于丁卯七月六日，享年八十五岁，积日记六十二年，临卒前一日，犹不辍笔，都四十五册。但我友陆丹林阅读了日记，对于翁氏颇加排语谓："翁罢官返乡，修坟墓，祀祠堂，简直与鬼为邻。"又阅读《翁松禅书札》，谓："翁在北京做官，做书好写叩头中跪拜，十足奴才态度。"

高吹万的日记，累累数十册，毛笔行书，写在竹纸簿上。吹万逝世，哲嗣高君宾以所有日记给我阅览，嘱根据日记为作年谱。奈其时我教务甚忙，时作时辍，逾年未能完成。秦翰才知之，乃自告奋勇，从事续编。不意十年动乱，翰才病卒，年谱未知是否完成，日记亦失踪迹，那是很可嗟惜的。

吴中叶鞠裳有《缘督庐日记》四十多册，自壮年至终年，述写从不间断，由他的幕友汪寿金为之誊抄。内容颇多涉及时政，又褒贬亲友，无所避忌。临卒遗命，此稿托汪寿金保存。可是不久，寿金亦下世，其妻贫困，无以为生，寿金和潘博山、景郑为中表戚，便把这日记稿归潘氏昆仲，酬以三百金。王季烈听到了，愿为刊行，即借去删存四分之一，付上海隐庐影印流传。但被删的，颇多重要文字，其中也有贬及季烈家的，亦不录入。当时由博山、景郑担任校勘，成十二册，现行世的便是这个本子。抗战胜利后，季烈与景郑相商之稿的善后办法，景郑坚持捐献苏州图书馆，俾重妥善保存。深希有一天全部刊印，于清末掌故，具有史料价值。

# 施蛰存

## 谈日记

其他的文学作品都是预备写给别人看的,而唯有日记是写给自己看的;其他的文学作品大都是写别人的事情,而日记则完全记自己的言行思想;其他的文学作品是宜于早日印出来的,日记则最好是永远没有印行的机会;否则,宜于在作者死后尽可能迟缓的时期中印行出来。从这几点上看起来,日记岂不是一种最个人的文学作品吗?

　　因为是最个人的,所以它的写作技艺也与其他的文学作品不同得多。我们在写论文的时候,所要注意的是阐释,而日记是不需要阐释的;我们在作小说的时候，所要注意的是描写，而日记是不需要描写的；我们在写其他一般散文的时候所需注意的是文体之明白畅达，辞藻之风华典雅，而这些又不是作日记时所必要的。

虽然不要阐释，不要描写，但是我们在中外名家的日记中，往往看到寥寥数语，实在是尽了阐释与描写的能事。对于文体及词藻也一样，虽然作者无意于求工，然而在那些简约质朴的断片中，往往能感觉到卓越的隽味。所以，从这几点上看起来，可知日记的写作技巧是与戏剧及小说之类完全不同而更需要一些精致的。

而日记的动机也与戏剧及小说之类的文艺作品的动机不同。倘若必须要判言一种写日记的动机，那么最适当的还得归之于"习惯"。是的，写日记完全是一种习惯，除了"习惯"这个理由之外，我们对于写日记还有怎样好的解释呢？

凭着这种习惯，人们每天写着他的日记。在晚上，临睡之前，随意地写上几句，把一日来的行事思想大略地作一个记录。因为并不是预备给别人看的，所以文字不必修饰，辞句不必连贯，而思想也毋容虚伪了。所以日记这种东西，当作者正继续写日记的时候，是只对于作者个人有价值的；必须要作者死后，为人发现，被作者视为作者的文学遗产而印行之，它才成了文艺的价值。

因为日记纯粹是个人的作品，也不需要连贯的字句，所以日记之特点往往就存在于它的许多断片之连续处；向来选录日记者往往忽略了这一点，他们在选录一个断片之后，常常因为下文所记录的事情不在选录对象之内，或不免枯燥无味这些理由而删节了。这就不能表达原作的特点。我们往往需要在这种不相关的两个片断的连续中，看出作者在写日记时的思想转移的痕迹。

日记的体裁大约有两种：一是排日记事，一是随笔式的。但是排日记事的当然是日记的正体。

# 周作人

## 日记与尺牍

日记与尺牍是文学中特别有趣味的东西，因为比别的文章更鲜明地表出作者的个性。诗文小说戏曲都是做给第三者看的，所以艺术虽然更加精练，也就多有一点做作的痕迹。信札只是写给第二个人，日记则给自己看的（写了日记预备将来石印出书的算作例外），自然是更真实更天然的了。我自己作文觉得都有点做作，因此反倒喜看别人的日记尺牍，感到许多愉快。我不能写日记，更不善写信，自己的真相仿佛在心中隐约觉得，但要写他下来，即使想定是私密的文字，总不免还有做作——这并非故意如此，实在是修养不足的缘故，然而因此也愈觉得别人的日记尺牍之佳妙，可喜亦可贵了。

中国尺牍向来好的很多，文章与风趣多能兼具，但最佳者还应能显出主人的性格。《全晋文》中录王羲之杂帖，有这两章：

> 吾顷无一日佳，衰老之弊日至，夏不得有所啖，而犹有劳务，甚劣劣。不审复何似？永日多少看未？九日当采菊不？至日欲共行也，但不知当晴不耳？

我觉得这要比"奉橘三百颗"还有意思。日本诗人芭蕉（Basho）有这样一封向他的门人借钱的信，在寥寥数语中画出一个飘逸的俳人来。

> 欲往芳野行脚，希惠借银五钱。此系勒借，容当奉还。唯老夫之事，亦殊难说耳。一去来君。芭蕉。

日记又是一种考证的资料。近阅汪辉祖的《病榻梦痕录》上卷，乾隆二十年（1755）项下有这几句话：

> 绍兴秋收大歉。次年春夏之交，米价斗三百钱，丐殍载道。

同五十九年（1794）项下又云：

> 夏间米一斗钱三百三四十文。往时米价至一百五六十文，即有饿殍，今米常贵而人尚乐生，盖往年专贵在米，今则鱼虾蔬果无一不贵，故小贩村农俱可糊口。

这都是经济史的好材料，同时也可以看出他精明的性分。日本俳人一茶（Lssa）的日记一部分流行于世，最新发现刊行的为《一茶旅日记》，文化元年（1804）十二月中有记事云：

> 二十七日阴，买锅。
>
> 二十九日雨，买酱。

十几个字里贫穷之状表现无遗。同年五月项下云：

> 七日晴，投水男女二人浮出吾妻桥下。

此外还有多同类的记事，年月从略：

九日晴，南风，妓女花井火刑。

二十四日晴。夜，庵前板桥被人窃去。

二十五日雨。所余板桥被窃。

这些不成章节的文句却含着不少的暗示的力量，我们读了恍惚想见作者的人物及背景，其效力或过于所作的俳句。我喜欢一茶的文集《俺的春天》，但也爱他的日记，虽然除了吟咏以外只是一行半行的纪事，我却觉得他尽有文艺的趣味。

在外国文人的日记尺牍中有一两节关于中国人的文章，也很有意思，抄录于下，博读者之一粲。倘若读者不笑而发怒，那是介绍者的不好，我愿意赔不是，只请不要见怪原作者就好了。

夏目漱石日记，明治四十二年（1909）七月三日：

晨六时地震。夜有支那人来，站在栅门前说把这个开了。问是谁，来干什么。答说我你家里的事都听见。姑娘八位，使女三位，三块钱。完全像个疯子。说你走罢也仍不回去。说还不走要交给警察了，答说我是钦差，随出去了。是个荒谬的东西。

以上据《漱石全集》第十一卷译出。后面是从英译《契诃夫书简集》中抄译的一封信（契诃夫与妹书）：

1890年6月29日，在木拉伏夫轮船上。

我的舱里流星纷飞——这是有光的甲虫，好像是电气的火光。白昼里野羊游泳过黑龙江。这里的苍蝇很大。我和一个契丹人同舱，名叫宋路理，他屡次告诉我，在契丹为了一点小事就要"头落地"。昨夜他吸鸦片烟醉了，睡梦中只是讲话，使我不能睡觉。27日我在契丹爱珲城近地一走。我似乎渐渐的走进一个怪异的世界里去了。轮船播动，不好写字。

明天我将到伯力了。那契丹人现在起首吟他扇上所写的诗了。

十四年三月

# 叶兆言

## 日记的好处

日记的好处有许多。首先对于自己来说,写日记有助于了解自我。日记是一面镜子,天天照照,心里可以有个谱。了解自己是一件非常重要的事。即使是对那些不想当作家的人,他并不指望通过写日记来锻炼自己的写作水平,磨炼自己的观察能力,写日记仍然是有益无害的好习惯。对于那些有志于当作家的人来说,写日记几乎最行之有效。日记日记,日日要记,写日记和作家进行创作有许多相似的地方,作家无非是把自己日日所想的东西记下来。

写日记是最容易的事,谁都能做

到。写日记又是件极难的事,事实上能坚持长年写日记的寥寥无几。

日记可以是一种观察的记录,可以记下我们的耳闻目睹,可以记下我们在日后写作中需要的大量原始材料。日记可以是我们的知心好友,可以倾听我们发自内心深处的申诉,可以容下委屈,也可以分享欢乐。

我个人对日记有一种很神圣的感情。这也许是一种顾影自怜,我常常通过日记浏览自己的成长。我的日记写得很潦草,只是一个简单的备忘录,即便如此,我依然从字里行间看到了那个割不断的自我。月有阴晴圆缺,人有悲欢离合,谁都会春风得意,谁都会连续倒霉,得意时翻翻日记,不至于得意忘形,忘乎所以;倒霉时重读一下,不至于丧失信心,丢掉勇气。好日子、坏日子都是我们自己走过来的,将来我们怎么看今天,就也像今天我们怎么看过去。下面不防摘抄我的一段日记:

1985年12月23日。无意中读旧日记,见到自己十年来的旧形象,一则以喜,一则以悲,喜者恍如隔世,总算长进不小。这几年天时地利,很有些造化的机会,又几次关键时刻,都化险为夷。历经考场,吃苦虽多,得利更多。好友魏勉曾说,若没有考试制度,我辈也没有今天,此话当真。时光如水,回过头来,看过去自我如第三者,才能吃惊变化。上中学时,最喜欢刘克庄诗句,常常脱口而出:"书生老去,机会方来,使李将军,遇高皇帝,万户侯何足道哉?"现在不免一笑,不过是强说愁。功夫不足,吃苦不深,偶尔上阵,便到了强弩之末。如今回首往事,大学前后如两人,读研究生前后又如两人,但乞求三年五年一回首,永远似两人。所谓不进则退,转眼视同仁好友,或有长进,或无变化,不过吃苦认真多少而已。天才一词最容易骗人上当,后天不肯造化,是我辈大病。不知依然不知,不学永远不会。回头看自己足迹,有无全在吃苦与否之间。幼稚仍不足畏,装老成倒是大忌,可惜功名仍是难忘,省这份心则多那份心,徘徊于儒道之间,惶惶不可终日。眼下最渴望的是完成论文,然后有没完没了的写作热情,有不打断写作兴趣的环境,有每天固定的字数。

上面那段日记，足以说明了我当时的心态。那时候我正全力奋斗，拼命写我的硕士论文。业余写了不少小说，却因为各种各样的原因发表不了。我既不是趾高气扬，也不是垂头丧气。写日记是对自己情绪的一种调节，这种调节有时实在是太重要。

　　写日记还有个最大的好处，就是可以让别人看。毫无疑问，我们写日记绝不是为了让别人看。然而事实上已经有不少的日记印成了书，而且这些由日记印成的书深受读者的欢迎。我个人就是位日记爱好者，去书店买书，往往最热心的就是日记，见了自己中意的便爱不释手。阅读别人的日记是我们力图走进他人心灵的一条捷径，仿佛是通过一扇窗户，我们漫不经心地看到了一切在别处绝对看不到的景色。如果不是读了大量的民国人物的日记，很难想象我能写出系列小说《夜泊秦淮》。能写出那些所谓有点古色古香味道的作品，旧日记真是帮了大忙。读日记一向是我个人的乐趣，不管是读自己的还是读别人的，都是一种极好的享受。我个人编的第一本书，就是江苏文艺出版社出版的《名人日记》。编这样一本书，对我来说其乐无穷。我在数不清的厚厚的日记中，挑出自己喜欢的部分，汇编成册然后出版，这样的事让我再干一遍也愿意。

　　日记的好处太多，暂时只说这么多。

# 韦泱

## 日记文本琐谈

时下,日记体的文字渐受青睐,历代名人学士的日记体专著常付梓出版,如"近世学人日记丛书"、"中国现代作家日记丛书"等,这对于后人了解先前的历史真貌及贤者的思想生活,都不无裨益。然而,有一种日记的出版,我颇不以为然,那便是当今所谓名人明星们的日记。常常动辄一天要记上千字,甚至两三千字。借日记具有私秘性的文本特征,行招徕读者之目的,其实是伪日记。我相信过去旧日记的真实性,如果整理者不去任意篡改的话,大体是可信的。而今人的日记,或有策划人预先做好了布置。

这样的日记，意念在先，是为出版，为给人看而记下的日记，写来就多有矫情与伪饰，且难以自然。更有甚者，对个人私生活津津乐道，渲染得一览无遗。这样的日记，掺有不少虚情假意，其真实性就大打折扣。因为日记写作的特定性，故才结集出版，也只能是事后的操劳，而绝不能靠预谋来实现。日记应是史料性的文献，这是其文本意义所在。媚俗的、时尚的、言情的浅度内容，若以日记形式出版，恰恰是日记文本原义的走味与丧失。

我以为，日记就是自己写给自己看的文字。白天的光阴行将结束，所有的公务杂事都已收场，正儿八经的文章也已写就，该休息啦！那么，临睡前在本子上草草记上几笔，以助记忆。这才叫日记。日记，就是记一天中最想记的事情或想法。专事古代日记研究的学者陈左高先生有句名言：日记样样可写，大小便也能记入。是的，某人自感身体不适，腹泻或便秘，当然可记上一笔。凡人俗事入日记，更显得真实有趣。观明清诸家学人日记，很可借鉴。长的只几百字，难有超千者，短的寥寥数语。试看咸丰年间任上海海关道的冯申之写的日记：

初六日。晴。闻章堰失守。

十三日。晴。冷。校《焚隐堂诗》竟。

二十六日。晴。又至新建武庙一览。

够了，短的就这么一行，不足十字，看鲁迅的日记，有时亦只写两字："无事"。这又何尝不可。其实这是中国画的空白艺术，一切尽在不言中啊。大文豪真的无事吗？鲁迅是以阅读作为最好的休息。那么，一天中他总归读了点什么书，亦可一记。然而他不记，不想说而已。日记是自成一格的文体，日记有自身的特点与规律。那种下笔千言，极尽铺陈，叙事冗繁，描写细腻，对白详尽，加上抒情、感慨、议论等等，洋洋洒洒收不住尾，我看，这样的文字不能算日记。民国时期的一些作家确有将日记当文学作品来写的，有很丰富的文学性，但严格说来，这样的日记，只能是日记体小说或日记体散文。古人中，亦有刻意将日记写得如同美文的，如徐霞客之于游记，文采华灿优美，已不是纯粹意义上的日记了。

从文学角度讲，日记最讲究文字的简约、精悍。自己能读懂即可，以便日后聊备一查。因之，日记的文字是最率性，最不事雕琢的。随意是日记写作的最高境界。因为日记不是文章，不用一遍遍去推敲修改。如此这般，不能认为日记不要语言的文学性，简洁、凝练、朴实，不也是一种鲜明的语言风格吗？前辈作家施蛰存先生著有《昭苏日记》《闲寂日记》两种，堪称日记的典范。

有人说，雷锋的日记是写给别人看的，印数之多可称天下第一。我觉得，这不是雷锋的过错。他的日记是身后才公诸于众的，是可信的。雷锋是时代的产物，雷锋的日记亦是时代的产物，那是个特殊的年代，人们没有隐私可言。不止日记，连同家书，也是统一的、革命化的语言。好在思想禁锢的年代已经过去，我们不能离开时代背景去苛求雷锋的日记，况且它对普及日记写作，曾起到了倡导作用。

也有人说，日记记的就是"流水账"。其实不然。日记乃是择要而记之，精练而不繁琐，最犯忌的是把日记写成千言万语哗哗流的"口水账"。日记应是最简略不过的文字，是所有文体中最精短、最自由的文字。后人在有限的文字中，可窥得主人的性情、交游、思想、经历，乃至写作风格。如同记叙的若干要素，时间、地点、人物等等均点到为止，决不追求面面俱到。不是天天记下的文字，标上年代日月，都可称为日记。那种极其认真、刻意写下的文字，或可叫它札记、漫录更为确切。所有写作日记的人，都不该在日记写作进行状态中，想到这日记若干时日后还要发表或出版，那感受一定是怪怪的。

是啊，日记是人们结束了一天劳作之后的余响，是短暂生活的印痕，是将今天留在纸页上的休止音符。

闲来阅览明清、民国时期文化老人遗留下来的种种日记，既能穿过时间的烟尘，去触摸真实的历史，又感受了文白相间、极其精到的文字风格，岂不快哉！

# 黄波

## 没有隐私的日记不是日记

近年来作家的日记出版了不少，笔者粗粗翻看了一些，总感觉这些日记似乎缺了点什么，但又说不出究竟缺在哪里，近日看到人民文学出版社2004年出版的《铁凝日记——汉城的事》，又读到了一篇专门称赞这本书的报道，我突然明白这些当代名人的日记为什么会让人感觉到欠缺了。这篇报道的题目非常醒目：《〈铁凝日记〉没有隐私》，里面引了铁凝的一句话："如果读者想从中了解我的私生活，那可能要失望了。"我充分理解铁凝女士和书评者的初衷，面对书界那种以个人隐私为卖点的浊流，这种姿态也值得尊重。但是我却有一个不能不说的疑惑：从根本上讲，作为个体色彩最为鲜明的日记，如果完全没有了个人的隐私，它还能叫日记吗？

曾几何时，一本曾被改编过的格言满纸的所谓"日记"已把我们关于日记的概念颠覆了，在相当长时期内，我们都以为日记是这样写的：想出一些大多数人赞同的事情、观点，想不出来，就关心国家、国际大事，抄报纸，再加点评论。等到新时期出版繁荣，接触到了越来越多的近现代人物的日记，我们才知道日记本来就是属于自己的，即使你准备公开出版，也大可不必把诸如小时候尿床之类的尴尬尽数抹去，所以我们在《胡适日记》里看到了少年的他叫局、打茶围，在梁启超的日记里看到了他对筑"方城"的痴迷。

日记里不能完全没有隐私，而所谓"隐私"并非就一定是谁和谁上床之类，个人特定环境下的隐秘心理活动、生活上的琐碎细节也是隐私的一部分。而这种隐私的存在正是日记独到价值的体现。汪曾祺先生看沈从文的日记，读到一句"看桥上一胖大女人，甚为难过"，汪氏大感兴趣：胖大女人怎么会让沈先生难过呢？我们今天读来也会觉得有意思，因为这样的细节读多了，一代宗师沈从文会在我们眼前生动起来的。

回到《铁凝日记——汉城的事》，这本书当然和铁凝女士的小说一样，充满了智慧、优雅的气息，汉城的历史痕迹，当今韩国的时尚，还有作者对韩国文化的思考，几乎就是这本日记的全部，这种"日记体"写作，显然已不是原来意义上的"日记"。

日记写作正被"日记体"写作取代。学者谢泳说过：研究人物，传记不如年谱，年谱不如日记。这是因为带有强烈个人色彩的日记往往具备思想史的重大价值。当下的作家们写日记成风，出版界出日记成风，可真要过若干年，当研究者们准备从这些日记中分析这一代作家思想演进的轨迹时，我敢打赌他们会失望的。

# 书友茶

## 日记：穿着『肉色紧身小衫裤』的『私人写作』

近日又翻读起不少日记文字，有旧日曾经读过的《鲁迅日记》和郁达夫的《日记九种》，有罗曼·罗兰的《莫斯科日记》《顾准日记》《胡适留学日记》《吴宓日记》，有在旧书摊上得到的杨昌济的《达化斋日记》《托尔斯泰夫人日记》，以及集中国古代文人日记之大成的《历代名人日记选》……越来越浮躁的境地里我像个不道德的读书人，放纵着自己贪婪的目光穿行在别人的私密文字丛林里。谁说不是呢，人们大多怀着纯洁的心灵与高尚的热情开卷阅读，但有一类文字可能是例外，那就是对他人日记的阅读。直接地说,有意或下意识的窥私欲是大众对他人的日记抱有持续的阅读热情的动因之一——这样的说法当然会让读书人心里感觉不快,但却是事实。

话要说回来,如果你真以为他人日记里的文字是无遮无拦、真诚不打折扣的干货色,那就常常要大上其当了。鲁迅先生说:"我本来每天写日记,是写给自己看的;大约天地间写着这样的日记的人们很不少……看的人也格外有趣味,因为他写的时候不像做《内感篇》外冒篇似的须摆空架子,所以反而看出真的面目来。我想,这是日记的正宗嫡派。"(《华盖集续编·马上日记豫序》)鲁迅先生的日记偶尔也有像上班路上看见车夫误辗地上橡皮水管,警察一顿乱打,先生就感慨"季世人性如狗,可叹"的激愤,或者不见故乡风物久矣的深情怀念,但总体读来枯燥苟简,整天就是阴晴雨霁,会见某某朋友,复某某信札,到旧书市场得旧书若干,还在年尾附上琐细无遗的书账……像他的严谨为人和抄古碑时的严肃神情一样,日记写得很是认真。但像鲁迅先生这样实录求真的"正宗嫡派"日记文字恐怕是不多的。要从文人的日记中看出"真的面目来",常常是要费读者一些脑筋的,至于原因,则难以一概而论。在知识分子动辄获罪的气氛中,吴宓对自己的日记不停地进行着修改。而顾准,这位在特殊环境中仍然坚持着自己的思考的人,则准备了"反动"与"革命"两套日记来平衡自己与社会的紧张感。吴宓到底是否曾修改过日记,到底是否存在着"两个顾准",人们对此争论不休。但在一个个人被粗暴扭曲的时代,来自外在社会巨大的压力,肯定会使个人的真实日记实在难以有其存在的空间。在承平盛世,社会对日记的干扰常常来自于金钱利润的驱使与诱引。不时有人在谋利的心理支配下伪造一些名人的日记,最近书坊间出现的将普希金写成一个花花公子以哗众取宠的《普希金日记》,就是这样一个显例。往小处说,亲近的家人也是日记的敌人。罗曼·罗兰自年轻时候起就保持着终生记日记的习惯。但他访问莫斯科的日记,直到尘封达五十年之后的今天才得以重见天日。即使在已经出版的日记中,也多是经罗兰夫人"过滤"了一遍的"清洁本",原由,怕是涉及了罗兰私人秘密之故。文学巨匠托尔斯泰日记的遭遇最能说明要让日记保持真实,有多么地艰难。1862年的秋天,十八岁的姑娘索菲亚接受了托的求婚。托有些兴奋,但也有些忧虑。当天他就写道:"我不能为自己一个人写日记了。我觉得,我相信,不久我就不再会有属于一个人的秘密,而是属于两个人的,她将看我写的一切。"事后的发展证明了托的担忧不是没有道理。过了九个月他就痛苦地说:"这个簿子(日记本)里写的全是谎言——虚伪。一想到她此刻就在我身后看我写东西,就减少了、破坏了我的真实性。"三十四年后他又在日记中写道:"我过去不为别人写日记时有过的那种宗教感情,现在都没有了。一想到有人看过我的日记而且今后还会有人看,那种感情就被破坏了,而那种感情是宝贵的……"到了晚年,索菲亚为了看到托的日记,甚至以自杀相威胁,而这位大文豪为了捍卫自己的日记,居然把它藏到了自己的靴筒里。面对索菲亚的纠缠不休,托几乎是哭丧着脸喊道:"我把我的一切都交了出来:财产、作品……只把日记留给了自己。如果你还折磨我,我就出走,我就出走!"这位年过八旬的老翁终于在一个夜里起身出了家门,十多天后死在一个火车小站上。日记是个人心灵的私房,而家庭常常要求个人毫无保留地向她交付出一切。真实的日记就这样被扼杀了。

更可怕的是,即使日记写作者本人,也不能保证日记的真实。郁达夫是个至情至性的书生。中国现代文学史上将日记发表,他也许是第一人。他的日记甚至详细记录了自己饮酒、狎妓、抽大烟等卑污行为。但他边写边发表自己的日记,甚至于几次在日记中说,如果到时候还没有写出文章来向某某报刊交差,就拿这个月的日记去抵数——很难想象,在这种心态下的日记会是毫无顾忌的文字。近代大学者李慈铭的《越缦堂日记》是一部极有名的文史杂稿。但李写日记时时"提防有一天要蒙

'御览'",有"许多墨涂,写了尚且涂去",他还早早地就把日记抄给别人闲读。鲁迅先生就对这种做法表示过不屑。周作人说自己"不能写日记",理由是"自己的真相仿佛在心中隐约觉到,便要写他下来,即使想定是私密的文字,总不免还有做作,这并非故意如此,实在是修养不足之缘故……"(《雨天的书·日记与尺牍》)对日记难以保证完全真诚这一宿命体察得最为深刻的,要算卡夫卡。卡夫卡临终前恳求好友勃罗德毫无保留、不加阅读地烧毁他的日记,理由是"由于它仅仅限于我自己看的,我在有些地方说了点谎话,我无能为力。无论如何,说这些谎话丝毫不是故意的,倒不如说它们是发自我内心最深处的自然……"写日记这样私秘性的文字,也对自己的说谎"无能为力",这就是这位现代派小说家,在对世事复杂和人性弱点进行深刻洞察后得出的悲观结论。正是因为日记的这种无法疗治的趋伪性,使许多人对日记保持着敌视的态度。普鲁斯特也许是在《追忆似水年华》中倾注了自己全部的追述与呓语,使得他"拒绝自诉,哪怕是零星的自诉",在他的笔记本或草稿本上,没有任何标明日期的记录,没有关于当天任何生活的评论。他甚至断言,逐日作记录的作家是毫无前途的。这是评论家让伊夫·塔迪埃在《普鲁斯特与小说》中的描绘。

如今坊间的日记出版越来越多了,不仅有已经逝世的古人的文字,许多在世的今人,也都迫不及待地将自己的日记复制包装为公共性的展品。这些文字在缤纷的书林中摇曳着若隐若见的风姿,或者是以"绝对隐私"之类的招牌证明着自己的纯洁,或者是皱着眉头的"思考与感想"。周国平先生曾经在一篇文章中说日记是"私人写作"。固然如周作人所说:"日记则给自己看的,自然是更真实更天然的了",但周作人又特意在后面用括号注明:"写了日记预备将来石印出书的算作例外。"(《雨天的书·日记与尺牍》)在"私人写作"已经成为一块时髦招牌的今天,这种说法是尤其可疑的。由于读者与市场的"在场",以及经过日记写作者个人私心杂念的"格式化",我们看到的许多"日记"文字,其实至多不过是夹杂、闪烁着一些私人琐事的断章罢了。记得鲁迅先生关于日记还有一个绝妙比喻:"别人以为他这回是赤条条地上场了罢,他其实还是穿着肉色紧身小衫裤,甚至于用了平常决不应用的奶罩。"说得真是在理。我的感觉就是,读日记你不要指望看到"肉色紧身小衫裤"里面的东西,倒可以看看日记的写作者是如何技艺地拿"肉色紧身小衫裤"来遮身的。

# 何家干

## 日记漫谈

喜欢窥探别人的隐私,好像是人类的通病,当然道貌岸然的正人君子不在此列。这一特性发展到现代,已经到了让人不能容忍的程度,狗仔队、八卦小报非常火爆就是例子,由于他们的奋斗,名人经常被剥了光猪暴露在光天化日之下。科学是越来越进步了,窥探的方法也日益先进。先前的扭捏已经为现在的明目张胆取代,比如,很多人就可以坐在家里或办公室津津有味地鉴赏觑美凤小姐的精彩表演。

但在以前,窥探名人的私生活,就没有如此便捷。传记、道听途说的琐记逸闻固然给我们以了解他们的机会，但可信度往往大打折扣。求新奇，故意拔高或贬低，甚至穿凿附会张冠李戴，都会让我们看到不是真实的名人。倒是他们留下的日记，往往在不经意间，露出狐尾，现出皮袄下面的小来。

我是喜欢看日记的。存有猎奇，喜欢看别人琐碎的生活的心理，这不用打板子就可以招认，但最重要的还是喜欢从别人的日记里看到率性、自然，实在不作修饰的东西。写日记不同正经文章，信笔写来，不加刻意渲染点缀，读来和正经文章味道肯定不一样。因为一是写作方法不同，日记是编日体，日复一日，看似重复，但实际上总有新鲜的内容；二是写作的目的不同，不像大块想传世的文章，需要用心经营，字字雕琢。日记只需要信手写来，可发牢骚，褒贬人物，内容文字肯定自然活泼。

看陈左高的《中国日记史略》，日记最早出现在西汉，是汉官们记录和西域交往的出使日记。如此看来，日记在中国已经有了两千多年的历史了。唐以前，留下的记录不是很多，唐宋以前，大家纷出，尤以宋明清三代日记作者最多。陆游的《入蜀记》还是薄薄的一个小册子，只记录了蜀地三峡的风物，到了明末，日记的内容便扩大了很多，记游、交流、理学、时政、军事、变乱，已经是可以反映一个时代的综合画卷了。晚清以后，日记大兴了，出了很多皇皇大著，如曾国藩、李慈铭、郭嵩焘等。很多人已经把写日记当成了终生事业了。

日记的确是很好看的东西，即便是流水账一样的日记，也能有很多趣味。很多简单的购物记录，几经对照，就是很好的食货志；不同年代的游记，风土描述，可以看出风俗的变迁和民风的演进。如果能在日记中找到感兴趣的人物交往，行事记录，再加上日记作者的或引入别人的臧否，或看出世风的流变。如此这些都是很有兴味的事情。

外国人的日记我一般不看，因为实在太"隔"，不了解日记中的人物，不喜欢太长的议论，也不能忍受欧化的句子，风土人情更无从谈起。

已经看过的像罗曼·罗兰的《莫斯科日记》，契诃夫的《文学手记》都兴味索然。中国人的日记中的大部头，一般也是没耐性看。《越缦堂日记》可能有名矣，皇皇五十一册，还补了十三册，这样的巨著，不到了退休，如何有时间和耐心看得完？越缦博览群书，才高识卓，揭露官场黑幕，评价时事名人，都能鞭辟入里，入木三分，其日记写的大多是原始事实，足昭信史。不过面对这样卷帙繁多的大作，能做的只能看看摘选。曾在书店里看到一本《越缦堂读书记》，厚厚的一大本，每次经过书店看到都想买，可想到买了也是插诸书架，未必有耐心看完，又只好放弃，反复多次，弄得每次去这家书店，看到这本书就很烦，直到有一天终于被人买去了，才松了口气，不过又有点怅惘。

近代日记中记得最简单的大约是周氏兄弟，《鲁迅日记》比流水账还简单，经常记的是"回靖华信，小峰来"，"晚达夫招饮，同坐有……"同坐都有谁呢？他还不给你列全。这样的日记集几十年，也有两大册。知堂的日记也很简略。曾经看到大象出版社的影印三大本，除了记叙天气阴晴，书函往来外，也没多少内容。就是这样简略的日记，他还把和大哥失和的关键十几个字剪去了，以致半个多世纪来，让很多人对他们失和的关节上穷碧落地深挖，也难知究竟，实在是可恶之极。《周作人日记》何时能出呢？这大概是所有喜欢知堂的读者都翘首以待的。

信手写来，不想流布的日记可看性比较强，鲁迅就说过，"我本来每天写日记，是写给自己看的"，但这样的日记毕竟不多，鲁翁也不过是说说而已，他是知道自己身后日记是肯定要被出版的。很多人写日记是醉翁之意，想流传后世的，这样的心态很像方鸿渐父亲为自己做起居注。有这样想法的人，写出的日记真实性就会大打折扣，因为他在下笔的时候就会老是想着百年之后别人会如何看他，能不慎乎？鲁迅很不满意《越缦堂日记》的删削和涂鸦。翁文恭公日记也是战战兢兢藏头漏尾，可有什么办法呢？生活在民国的人是很难想象在皇帝恩泽下的苦境的，稍有不慎，就会断送老头皮，这可不是闹着玩的事。所以把日记当做信史来看的老实人是会上当的。大约记山川、风土历史、经济、内容可信程度较高；记事件、评历史、记人物交往，就需要读者的判断了。

　　日记能不能做到真实呢？看来很难！有个理学家为了证明自己只说实话，在日记里记有"晚与老妻敦伦一次"，传为笑谈。不过尽管作者能刻意掩饰，总经不住有心细如发的人拿着放大镜从中窥探究竟，于无字处读出有字的内容，何况字里行间总有痕迹可寻！鲁迅的日记可能干净之极矣！但最近还是有人发现了蹊跷。有人发现鲁迅每隔半月或一个月，就有"濯足"的记载。别的大事都不记，为什么单单记这个呢？于是就来计算这两个字出现的频率，最后得出所谓"濯足"也者乃"敦伦"之隐语也的高论。不过先生临弃世的前一个月，竟然连连"濯足"，一月达五次之多，这又何解呢？这样的考证实在是可怕的，鲁学研究这样细致入微，鲁迅研究到了这样登峰造极的程度不知道是让人欣慰还是痛苦！第一次看到这样的报道，自己的感觉是脊背发凉，鄙人也是写日记有年，当时就决定还是别写了吧。我当然混不成名人，也不会有人来研究鄙人的日记，但倘哪天太太也来这么一研究，说不定也能有嗅出什么红袖的香味，那岂不是自找麻烦？

　　日记要写得自然、贴实、风趣才好看。刻板的，太正派的人写的日记一般也不会好看，如胡适、郭沫若的日记。写给特定人的，在特定的环境下写的日记也是如此，如徐志摩的《爱眉小札》大概只有陆小曼能读得下去，那样肉麻的话，估计她读来也未必受用。这个道理有如同志们恋爱的时候写给恋人看的玩意，几年后回过头再翻，大约也是不好意思。

　　看李莼客的日记，有"寒甚，拥护与叔子谈终日，夜与叔子围炉续话，三更，叔子招吃京米粥，以萝卜、生菜佐之，颇有风味"。陈赓的《渡江日记》有"风和日晴。作郊游，观桃花残落，柳叶粗壮，春将暮也。仰观白云南飞,忆起北地母子,怅惘系之"。一位旧日大名士,一位现代赳赳武夫,日记都能记得同样风雅,这才是真性情。好像黄裳说过晚上临睡之前,读《郁达夫日记》是一种很好的享受,郁氏日记也有夸饰造作的成分,但达夫毕竟是名士,率真可爱,还是有许多可看的东西,比如初识王映霞十日的记载,就非常好看。80年代末在大学读书时,读他的日记,看他记录上海的一些风物,就很能引起我的兴趣。30年代的江湾,五角场还是农村,春天还可以看到小河柳枝,站在三层高的楼顶上就可以看到豆麦飘香的田野,可现在呢?早已经是闹市,两相对照,让人怅惘不已。

日记应当做闲书看,泡上一壶茶,点只烟,随便翻翻,尽半日之闲,翻到哪里就是哪里,有时间捡起来接着再看。看的时候不妨找些书相互参照。比如我看浦江清的《清华园日记·西行日记》就会不断拿《中国地图册》和《围城》来对照,看《徐旭生西游记日记》、萨空了《从香港到新疆》就会找到有关楼兰、香港的书来看,还信手绘制路线图,其趣味良多。看戴望舒的《林泉居日记》,当读到他和陆志痒两人喝了一大瓶五加皮,"抑制不了自己的感情,大哭了一场",就会马上想到他和穆丽娟的情事,连带想到穆的后夫周黎庵;看到他记录战时香港文化人的一些生活和言行,再联系这些人后来功成名就的晚年,就能咀嚼出很多味道来。

酸文人多喜欢看自己的肚脐眼,自己虽然还滥竽充不了数,最爱看的还是自己的日记。尽管已不再写了,有时候还喜欢翻翻以前的记录,这样做有些意想不到的好处,比如去年去大理丽江,就找出1992年第一次游云之南的日记,看看那时候笔下的大理是什么样子,物价如何,有什么特色的吃食,今夕对照,平生不少感叹。有时候工作沮丧了,找出若干年前初下海的记录,看看那时蜗居在租来的小房子里,现在则是居在华厦出有靓车,就会马上像鼓足了气的蛤蟆,阿Q气十足,老是这样纵向一比较，就会觉得生活实在是很美好，不再怎么抱怨了。

　　网上也见到有人贴日记，书话里就常有OK先生和东吴门生的日记。鄙人是每见必读。OK先生的日记经常记有和书界名人"钟叔河先生，子善兄，董桥兄"往来的记载，这让我们书话里的网友也与有荣焉！不过我还是喜欢看他记录的一些琐事，可能是相距不远，这些琐事就像发生在身边。比如新车被擦了一道痕的心疼，大凡买过车的人都能理解。看东吴兄的文字，就知道是饱读诗书的人，文笔古奥。遗憾的是这两位喜欢的董桥和范曾都是鄙人不喜欢的人物。董桥鄙人已经尽了攻击的责任了，下次找时间再来攻击一下范曾。东吴门生兄和范君是同乡，这里先说句得罪。

# 徐雁

## 关于『日记』的札记

何多源先生在《中文参考书指南》(广州岭南大学图书馆1936年版)第10章《历史》中说到"中国史料"一节时,特别指出"名人日记"之类为研究历史之重要参考文献:"日记为历史上之重要史料,名人日记多记其日间经历之事及解决之经过,如《翁文恭公日记》《景善日记》,均为清史重要史料。"

余旧藏日记数十种,大抵有陈左高《古代日记选注》(上海古籍出版社1982年4月版)、邓进深选注《历代名人日记选》(花城出版社1984年5月版)之类。

又有施蛰存编译《外国文人日

记抄》(百花文艺出版社1988年3月版)，由其《重印后记》知，1934年春上海天马书店同时组稿两部日记，此其一也；另一为朱雯所编选《中国文人日记》。近又于南京旧书店得杨恩寿所著《坦园日记》(上海古籍出版社1983年5月版)。唯阙藏陈左高《中国日记史略》(上海翻译出版公司1990年版)为大缺憾也。

日记之为读物，近年出版甚多，其中学人日记尤受欢迎，如河北教育出版社之《近世学人日记》丛刊等。山东济南自牧兄究心日记，创办有《日记报》，以于晓明为总编辑常年赠报与余，实为当代日记文学第一旗帜。近年着手编印《学人日记文丛》，日前获赠《赵景深日记》和陈左高《学斋日记》各一小册。后者卷首有《陈左高小传》暨《前言》，俱见此老醉心日记写作和研究之历程。

名人日记外，凡人日记亦一时代重要纪实史料也。然则写日记，需大耐心大恒心大苦心，亦可为而不易为之事矣。余于三十岁前，有志于《而立日记》而未成，至今年四十将度，则《不惑日记》又乌有哉？惟于此三四十岁间，每于岁末结撰一篇本年度"影响人生的十件大事"而已。其间断叙日录，或亦有之，惟零篇碎简，多为生活断片，大不足道矣。

王春翠在1936年4月所写《一个虚无主义者》中，介绍他的室友曹聚仁时说，除了"最多只写过三两页，以下都是空白"的笔记本最多：

他的日记也最多，连接的最多只二三天，断续处必有自责自勉的话，好像要持久的一样，但这一段的自责自勉，即又连着那段自责自勉，其实还是他的计划书最多，十年以后要读的书要做的文章都已预列在表上。不知道的人看见，还以为他将追踪康德呢！谁知道他只有一张配了架不曾装上的康德像。

当年曹聚仁正当三十六岁（他是1900年的生辰），其实已编著成了《国学概论》《国故学大纲》十余种书。

程千帆先生在总结其师黄侃成其为"大师"之"大"时，除了指出

"既博且专"的知识结构,为学求知的谨慎谦虚态度外,还特别指出其"学而不厌,诲人不倦"之精神,"也是使得他本人和他的学派取得成就的一个很重要的原因。"其中有言曰:

老师不是迂夫子,而是思想活泼、富于生活情趣的人。他喜欢游山玩水,喝酒打牌,吟诗作字。但是有一条,无论怎样玩,他对自己规定每天应做的功课是要做完的,日记是要记的,白天耽误了,晚上就一定补起来。

他在日记中曾经提到:"平生手加点识书,如《文选》盖已十过,《汉书》亦三过,《注疏》图识,丹黄灿然。《新唐书》先读,后以朱点,复以墨点,亦是三过,《说文》《尔雅》《广韵》三书,殆不能记遍数。"

其实何止这里提到的几部书。别人读书,只是受到了书的益处,老师读书,则是他先受到了书的益处,反过来书又受到了他的益处。

[语见程千帆《俭腹抄》(巩本栋编,上海文艺出版社1998年6月版)第197则《大师之大》,第420页。]

《黄侃日记》由江苏教育出版社于2001年8月出版,凡八十万字,为《黄侃文存》之一。此八十万言,据程先生说,还只是其平生日记之小部,大部分日记手稿"毁于抗日战争中"。整理者之一、程门弟子吴永坤说:"访书、订书、购书、理书、借书与还书,翻书、点书、抄书、讲书、写书,是《日记》的中心。"则其文本价值自可知。

顷阅《中华读书报》今年6月4日该报记者鲍晓倩一文《日记:私人写作,公开阅读》。其中指出:

日记有两种:一是流水账式,一是详细记事式。它们的重要性不好绝对区别,相对来说偏重记事的日记可能有价值些,像胡适的日记;鲁迅的日记虽然大都是流水账式的生活琐事,但它的重要性同样不言而喻。

人们记日记时,不但是宣泄情绪,更是以个人的角度记载历史事件,人物心态也跃然纸上。简单地说,日记之所以具有珍贵的史料价值,一是较为真实,二是多有细节,三是有隐私。作为私人化的文本,日记体现了作者内心深处的东西，具有较强的真实性，因而是了解历史人物和事件极重要的参照。

胡适于1930年6月8日为董康《书舶庸谭》所作序言云："日记属于传记文学，最重在能描写作者的性情人格，故日记愈细琐屑，愈有史料的价值。"（见《胡适书评序跋集》，黄保定、季维龙选编，岳麓书社1987年10月版，第499页。）

当北京大学中文系1982届毕业生张曼菱女士在为"西南联大"电视片作资料准备的时候，清华大学教授徐葆耕从北京带了一套《吴宓日记》给她："你要搞这个，光看正史和正面的回忆还是不行，要进入那时候的感觉和气氛，你还得看当时的日记。"

张女士后来写下读后感道：

于是每天床头灯下，看吴宓先生心语，转眼历冬至夏。我感到，《吴宓日记》才算得上一部心语，才是真日记。现在的"心语"和明星"日记"只是作秀——广告词。在这一点上，《吴宓日记》的写作和出版，本身就是对这个时代的独特贡献……

吴宓先生自觉自愿地充当了一个历史时期和一个特定知识范畴的史官。他作当时当地记载，绝对简明如实，不作增删粉饰。那厚厚的日记是一天不差，有漏必补，有误必纠……在那战乱颠簸的年代，居无定所的环境里，风雨飘摇中，吴宓先生为我们记下了文人与学术的巨细之事，文人与社会的关系和感触，记下了天气与时事，记下了文化人们之间的交往关系以及特有的蛮干的精神气质的活动。这是《吴宓日记》一个重大成就，是无可取代的贡献。这部日记事关学术史时事史关系史个性史。

[语见张曼菱自传体随笔《北大才女》，金城出版社2001年3月版，第67页]

由此，一个学子乃至学者的日记之选材和叙事方式自明，不待笔者再予絮述也。

# 高增德

## 日记及其历史价值

近二十年来,日记这种私人叙事载体,已随着国运昌明而发展了起来,无论从个人坚持记日记的普遍性讲,还是就报刊的推荐评介和出版社出版日记的热衷性说,都是1949年以来最好的时期。到底该如何看待这种情况呢?且容我陈述拙见,以求教于专家学者。

一

日记是社会上三教九流都可操作的文体,然而特别受到文人学者所钟爱、所实践、所坚持,从出版的罗曼·罗兰《莫斯科日记》、列夫·托尔斯泰写的观察日记、《拉贝日记》、

《魏·特琳日记》看，中外皆然，并非中国独有。然若论记日记历史之长，从现有史料讲，可能是中国起源最早而源远流长了。

中国日记可谓浩如烟海，就日记历史之早来说，原来多数学者皆推唐代李翱的《来南录》，可见《全唐文》卷六三四页。其以月、日为序记载他元和四年（公元809年）经洛阳至广州的行程，可视为现存之最早的日记，由此可见中国日记至少也有一千一百年以上历史。然而这个定论，已被1980年的考古发现所动摇。江苏扬州邗江县胡场五号汉墓中发掘出西汉宣帝时王世奉日记木牍十余种，可视之为有年月日的简单日记。作者王世奉因涉"有狱事"，在狱中记下了亲友探监的经过，于是给我们提供了一位有姓名的日记作者，这样就将中国日记的溯源上推至二千年前，也就是公元前了。

日记主人的情况不可考。日记以月日为顺序记载了私人交往，涉及到的地名有堂邑、高密等，涉及到的人名是陈忠、徐延年等，所交涉的事情也比较清楚。木牍虽然记事极其简略，文字也极其粗糙，但却已经具备了日记的基本形式。

现将日牍附录于后，可供同好赏析。

十日辛酉□□□道堂来

十六日丁卯□□□□□高密来

十七日戊辰陈忠取敦于□狗□□来

廿八日己卯□□□剧马行

卅日辛巳□□□□行

十二月十三日甲午徐延年行陈忠取狗来

十五日丙申□□□□行

十六日丁酉青□随史行

廿日辛丑徐延年来

廿三日□□来

廿五日丙午行□实道堂邑来

## 二

一部连贯的日记，本身就是一个人的历史。虽然列不入正史，却是具有参照系的民间野史。若要了解一个时代、一个社会和一段历史，作为文化学术研究工作者，就不能不注重日记这种野史，如果要了解一个时代的风情、一个社会的民俗和一段历史的时尚，就不可不关注日记这样的野史。近年来在学界似乎形成了这样一种共识，认为传记不如年谱，年谱不如日记。就日记的史料价值讲，确当如此；不过也应有例外，那就是这种说法，恐怕不能包括专为发表的文学日记，那只可作为一种文学体裁去看待。

我所以看重日记，最重要的一点是看重日记较之别的史料更有一种直接性，将日记作为思想行为最原始、最真实的记录。根据个人经历的体验，常常在阅读和写作过程中，忽然联想到一些问题、一些事件、一些人物和一些思考，其中往往蕴涵着一定的历史追寻、历史记忆和历史反思，马上写作文章则显得零碎而不够系统，但是如果不赶快记入日记，又有记忆迅即失去的可能。在我所接触的长辈学者中，他们中多数人都有长期记日记的习惯，说到记日记的必要时，他们都不约而同地强调，人的记忆是很奇特的，来时突然，去时无踪，追之不及，思之难寻，尤其临近年高或进入晚境时，这种感觉更趋明显。他们还共同表达了这样的看法——一个人在精力的鼎盛期，也会有这种共有的情况或状态，即一个人的思考认识能力，在一个时候所能达到的高度或深度，很可能一辈子也再无法企及，更难以追回，唯一可以办到的，就是以日记方式记录下来。当然，这里所指的不一定是记事，而往往是一些思考，或准确地说是一种思想。我在不少历史名人的日记中，同样发现了类似的情况，这从另一个角度又体现了日记的思想价值和历史价值。说到私家日记的价值，一则应看日记主人的名望和地位，二则要视日记所记是否能反映时代和风俗。总起来说就是一部日记的史料价值。现略举几例来说明。

罗曼·罗兰著的《莫斯科日记》在封存了五十年后出版，从日记中是不难找到苏联社会主义大厦坍塌的深层原因的，那就是罗兰早就列举的自由民主不足、专制专政过头、个人崇拜盛行等痼疾长期难以根治；更带根本性的原因恐怕在于罗兰早已体察到的苏联社会的阶级结构发生了变形。

在一百三十多年前发生了"天津教案"，而在《翁同龢日记》中对"教案"事件早有翔实的记载。身为同治老师的翁同龢，耳闻目睹了清廷对"教案"的处理经过，从事情发生的第三天（6月23日）记起，至10月24日，共历一百二十余天，记下了一些鲜为人知的详情，为今天了解和研究"教案"内幕是大有裨益的。

《张元济日记》无疑是一部秉笔而作的信史，虽然只有从1912年至1922年的十年，但却记载了他进商务印书馆的经过，展现了张元济的广泛交游，诸如与康有为、梁启超、蒋百里、黄克强、朱启钤、胡适、丁文江等当时社会名流、学者都有接触，可以看出他是无愧于近代出版事业的"开辟草莱的人"。

私家日记还有一大特色，那就是在日记中对于不同人物的臧否褒贬。此处就省略了。

## 三

现在来说一下日记的利弊得失。

日记的史料价值是就它的普遍意义讲的。日记是以系年、系月、系日的方式，对本人经历、交往、见闻、情感、思想的记录。日记多系当时记录，内容较为真实、具体，可视为第一层位的史料。从这个意义上说，其利与得是不容置疑的，但从另一方面讲，对于某些日记则不可一概而论。有这样几种情况，不可不注意。

其一，历史上有一种朝廷日记，主要在于应付上方阅用，带有半官方性质。光绪年间规定，凡出使外国的大臣须记日记，记载有关事件交涉和所在国的民情风土，要求随时上报。此种日记自然少不了迎合之态，忌讳之事是少不了的，真实性需大打折扣。

其二，古今中外伪造的日记早有披露。诸如《石达开日记》，纯属后人伪作；袁世凯《戊戌日记》，曾刊载上海《申报》，是为袁氏出卖新党开脱罪责而伪造；报载1983年德国《明星画报》宣布发现了希特勒亲笔日记，后被戳穿真相，主犯被治罪。

其三，有一种日记是文学作品，是作家的创作，其故事史实、情节和人物，均属虚构创作。此种日记，不过是一种文学创作样式。

其四，古今都因避文字狱之祸而有删改涂抹日记的事情。清朝有翁同龢，当今有吴宓。翁同龢在朝四十年，因支持康有为变法，后被慈禧罢官遣返常熟。翁氏日记起自咸丰八年（1858），迄于光绪三十年（1904），原来翔实地记录了戊戌变法人事。为避祸，删改了有关记载，淡化了他与康之关系。吴宓1949年任教于重庆西南师范大学外语系，"文革"中重受摧残，其日记从1910年起，现在出版的《吴宓日记》十卷本截止于1948年。新中国成立后写的日记尚未面世，据熟知情况的朋友讲，吴宓曾在"文革"中大量涂改过日记，所以如此，主要怕祸及他人。

其五，山西一家出版社曾选编了一套作家日记丛书，共选十位作家日记，主要有胡适、茅盾、郑振铎、朱自清等名家。按说入选档次是高的，然不可取者，每个人的日记都采取选编，这种做法本身即使日记失去了它的应有价值。且不说选编者是见仁见智的情况，这其中恐怕挂一漏万、选瑕遗瑜的情况实在是无法避免的。

其六，日记当然应当当天作记，但是也有特殊情况而补记、追记的。我接触过不少老辈学者，在说到记日记的时间时，隔日补记、事后追记并不少见，甚至有集中若干天一次回忆记载的事情，这样记忆差错是在所难免的。

以上情况仅供阅读日记时参考。

四

最后，我要以极其兴奋的心情告知学界朋友及广大日记爱好者，如今不仅不断有历史价值和学术价值的鸿篇巨制型的日记出版，而且在山东诸城百尺河中学举办了多次日记节，在山西已有创刊多年的《青少年日记》杂志，在济南还有一位年轻人于晓明自费创办了《日记报》，在该报周围聚集了大批的文人学者，已经有陈左高先生著述出了《中国日记史略》，还有更多的学者提出了"日记学"的问题和为日记立法的问题。随着记日记风气的兴起和"日记学"及为日记立法的实现，可视为我们国家有希望的体现。

2002年6月22日—23日于速朽斋

# 谢 泳

## 学人日记在中国现代学术史上之地位

### 一

学人日记的价值，体现在学术史上，就是人们可以从日记中看出他们的学术取向。这种学术取向最直接地表现在日记作者对学者的评价上。我们看鲁迅日记、胡适日记、顾颉刚日记、浦江清日记、谭其骧日记、竺可桢日记、朱自清日记、张元济日记，看夏承焘《天风阁学词日记》、金毓黻《静晤室日记》等等，都会有这样的感受。

研究中国现代学术史，学人日记是最重要的第一手材料，因为日记是私人化的文本，能较真实地反映作者对于学者的看法。学人日记的价值,在一定程度上取决于学者在学术界的地位和他们的交往,同代学人对于同代学人的评价相对较为客观,而这些评价是可以作为学者定位参考的。比如今天人们对于钱钟书的评价,要是与夏承焘他们那一辈人的评价比起来,就有很大不同,哪种评价更接近真实情况,至少可以让研究者多一个观察的维度。学人日记的重要性还在于他的所有评价多是感性认识,是直觉,有细节的评价比较纯粹的理性认识,有时更能看出一个学者的价值。

中国老一辈学者,多数都有记日记的习惯,这也是中国现代学术史上的特点,学人日记的价值要远甚于传记,也远甚于学人自己的回忆录,这是没有问题的,但人们对于学人日记的重视好像还不够,这是应该引起注意的。学人日记有两种,一是流水账式的,一是详细记事的。比较起来,这后一种更有价值。宋云彬日记以《红尘冷眼——一个文化名人笔下的中国三十年》(山西人民出版社,2002年3月)为名出版,就是属于记事的,所以价值很高。这部日记对于研究中国现代史来说,可以说是一种不能不看的参考材料。对于开国时期,共产党与民主党派的关系,特别是民主党派的一些主要领导人在当时的心态,宋云彬日记中有非常生动的记载,由于宋云彬当时是居于其间的人,所以他的观察和评价,就有一种特殊的价值。

1949年新政协筹备时,各方面都有自己的想法。宋云彬日记中有这样的记载:"上海方面,王造时最热衷,曾召开会员大会,函电交驰,向衡老力争,非请衡老提出他的名字不可。庞荩青聆衡老报告名单毕,大发牢骚,谓本人代表北方救国会,竟不得提名,殊不公平云云。此公好名不亚于余,然自知之明则不逮余远甚矣。衡老举一故事告荩青:全国妇代会开会时,统战部因为刘清扬作布置,选举委员时刘可得百票以上,刘不知其事,自向代表们商请,选举结果,刘得一百数十票,在被选委员中名次颇高,然至复选时,统战部将前为刘布置之百票全部抽去,结果仅得数十票,降为候补委员。衡老举此故事,言外之意,盖谓名单必经统战部同意,而代表亦非运动争取得。然荩青面红耳赤,意殊不平,恐未能了解也。归来与圣陶对饮红玫瑰酒,谈今宵开会情况,相与大笑。"(142页)这个例子可以说明中共在建国之初与民主党派的关系。宋云彬是一个非常有个性的学者,虽然他早年曾属于左翼学者,但毕竟不是延安时代过来的那种左翼,他们的思想当时还有许多与自由主义知识分子相通的东西,所以他在开国时期的日记中,对于已开始流行的大话空话和新八股之类的做法,非常看不惯,他对许多著名知识分子和高级政府官员的讲话都有批评,这些都是研究中国知识分子心路历程的好材料。

宋云彬是一个历史学者,他对许多学者的评价,为研究中国现代学术史开启了思路。他对学者的评价虽然是个人的一得之见,难免有偏颇之处,但可以帮助后人更好地认识一些重要学者的价值,而不至于一味盲从。他日记中有这样一些记载:

1939年3月3日:"夜读许地山编之《道教史》上册,无甚创见。"(18页)

1949年3月31日:"读郭湛波之《近三十年中国思想史》,内容贫乏,叙述失次,当时仅翻目录,以为此书可作写《章太炎评传》参考之用,现在失望矣。"(117页)

1949年7月27日:"范文澜主编之《中国通史简编》,经叶蠖生重加删改,权作高中本国史课本,交余作最后之校阅。范著叙述无次序,文字亦'别扭',再加删节,愈不成话……范氏颇读古书,不致有此误会,可知此书实未经范氏细心校阅也。"

1950年3月27日:"19日《光明日报》副刊《学术》第二期载郭××一文,述安阳发掘发现殷代先王墓,以奴隶殉葬,有'入周以后,此风稍戢'之语。郭沫若读之大怒,撰一文驳之,结论则谓郭××不懂马列主义云云。《光明日报》不将郭沫若文转与《学术》编者,而20日该报特辟专栏刊载之。余今日致函《学术》编者叶丁易君,谓'论理,《光明日报》应将郭沫若文转与阁下,编入《学术》,今竟特辟专栏刊载之,大抵见了'郭沫若'三个字,不敢怠慢,觉得非'特载'一下不可也。郭沫若先生火气亦太大,郭××仅仅说了'入周以后,此风稍戢',就被戴上一顶'不懂马列主义'的大帽子。学术讨论,须平心静气,此种学术专制作风实在要不得也。"(186页)

1950年11月3日:"陶大镛送来《新建设》第二期,内载所谓'学术论文',有侯外庐之《魏晋玄学的社会意义——党性》一文,从题目到文章全部不通,真所谓不知所云。然亦浪得大名,俨然学者,真令人气破肚皮矣。"(207页)

## 二

钱钟书在世时,对吴宓和冯友兰有过一些评价,评价曾引起一些人的议论。钱先生在学界的为人,大家都是知道的,他喜欢臧否人物,这是性格,改起来也很难。对错都无所谓,那只是一个人对另一个人的看法而已。相对于回忆录和传记中对钱先生的描述,我以为一些前辈日记中的对他的评价,更能帮助我们走近钱先生。

夏承焘《天风阁学词日记》中就有许多对钱钟书的看法。证之夏先生对钱钟书性格的评价,对于钱先生说吴宓、冯友兰的那些话,我是宁可信其有,而不愿信其无的,因为如果钱先生没有这些话,也就不成其为钱先生了。

夏先生是一代词学大家,比钱钟书长十岁,他们之间的私交也很好,这从《天风阁学词日记》中可以看得很清楚。我把夏承焘日记中有关钱钟书的记载抄出如下,从中可以见出钱钟书的性格,也能看出老辈文人对他的看法:

1939年8月18日:"国专暑期课结束。夜赴海格路李拔可先生招饮,始晤赵斐云(万里)、袁守和(同礼)、孙子书(楷第)、朱少滨(师辙)、

钱默存（钟书），酒馔极丰。八时席散，又座听决翁、疚斋谈至十时。默存、孝鲁各健谈。"（五册，124页）

1943年3月9日："钱钟书谓黄晦闻有顾诗笺讲义，似亦有韵字代讳之说。"（第六册，470页）

1947年1月27日："见钱钟书一散文集曰《写在人生的边上》，纯是聪明人口吻。往年在上海见其人数面，记性极强，好为议论，与冒考鲁并称二俊。"（第六册，671页）

1948年9月17日："阅钱钟书谈艺录，博览强记，殊堪爱佩。但疑其书乃积卡片而成，取证稠叠，无优游不迫之致。近人著书每多此病。"（第七册，2页）

1951年5月12日："马长寿君过谈，闻宥钱钟书事。"（第七册，168页）

1953年9月8日："阅钱钟书《谈艺录》，其逞博处不可爱，其持平处甚动人。"（第七册，344页）

1957年1月21日："得陈友琴书，论陈生书评，告钱钟书意见。"（第七册，586页）1957年4月29日："得钱默存26日复书，谓二主谱引默记所载官人畏烛烟事，吴槎客拜经楼诗话卷三诚为不可信，谓本之贤愚因缘经。又示和人看花云：凄绝一花下土，去年犹是看花人。怀李拔可丈作也。与默存二十年前见于拔可席上。"（第七册，611页）

1958年7月12日："阅《文学研究》，钱书评钱仲联韩昌黎诗集释，二君博览皆可佩。"（第七册，689页）

1958年10月24日："又谓文学研究所开第五次批判郑振铎学术思想时，即郑飞机失事之日。近将批判钱默存之《谈艺录》，默存嘱予提意见。"（第七册，704页）

1959年1月6日："夕阅钱默存宋诗选，不选叶水心一字，讥为鸵鸟。"（第七册，716页）1月7日："午后看钱默存《宋诗选注》。近日报纸登批判此书文字数篇，予爱其诗评中材料多，此君信不易才。"（717页）5月4日：

"发钱钟书函,谢其寄《宋诗选注》及诗,附去感近事一诗。"(741页)

5月10日:"得钱默存函,论予所寄诗。"(743页)5月21日"钱默存寄来其爱人杨绛所译法国勒萨日著小说《吉尔·布拉期》一厚册。"(745页)

5月22日:"发钱默存、杨季康复函。谢其惠书。"(745页)

6月11日:"看钱默存旧作《中国诗与中国画》。"(749页)

夏承焘说钱钟书"好为议论",但对他的评价却是"后生可爱不可畏",夏承焘对钱钟书的《写在人生边上》《谈艺录》也有很直率的看法,比如说《谈艺录》"乃积卡片而成",但这也并没有影响了他们的关系,学者之间相互有些苛评,是正常的,不值得大惊小怪。(引文均出自《夏承焘集》5、6、7册,浙江教育、浙江古籍出版社)

朱自清是钱钟书在清华的老师,他在日记中对钱钟书的评价和夏承焘的看法大体是一致的。朱自清和夏承焘在同时代的学者中都是以温和为人所知的,他们这种性格的学者,评价起人来,一般相对要公允一些,不刻薄,因而也就较他们所评对象的实际不会相去太远。我们把夏承焘日记中的钱钟书和朱自清日记中的钱钟书相比较,再参之以《吴宓日记》中对钱钟书的看法,我以为他们对钱钟书的评价和钱钟书本人的个性是相符的。他们都承认钱钟书的才华,但对于他的刻薄、喜欢掉书袋、以卡片堆积的著述方式也有不同看法。以下是朱自清日记(《朱自清全集》第9、10卷,江苏教育出版社)中有关钱钟书的记载:

1934年4月6日:"晚雨僧约饭,有张素痴、钟书君、张季康。钟书君言必有本,不免掉书袋,然气度自佳。"(9卷,289页,以下只注页码)

1934年6月3日:"公超昨谈钱钟书事,当俟朱定后方可商也。"(295页)

1934年6月8日:"钱钟书《论东坡赋》一文,论宋代精神的理智与批评,尚佳,余亦多恒语,不若其《论中国诗》一文也。"(298页)

1934年6月19日:"晚与蒋谈钱钟书事,殊未畅所欲言,余说话思想太慢,故总不能恰当也。公超后也为钱进言,均无效。盖校方不欲加聘新人也(专任)。又谓秦善聘书尚未发出,公超恐不乐也(钱事)。"(300页)

1934年10月20日:"郭绍虞来访,给我看一篇他回答钱钟书批评的短文,颇感情用事。我为之删去一些有伤感情的词句。有一点值得注意,钱在选择批评的例子时是抱有成见的,这些例子或多或少曲解了作者的本意。"(325页)

1939年3月27日:"据钱钟书意见,庞之画颜色鲜明,然线条不够稳定。"(10卷,17页)

1946年5月6日:读钱钟书的《猫》一文,就现时而论,此文过于玩世不恭。然杨绛的《怀旧》甚佳。(402页)

近年研究钱钟书的人对于他的个性和为人都作了不少评价,也引出了一些人的不同意见,但我个人认为,虽然人们对钱钟书的评价不同,但在对他性格的把握上还是较为准确的,特别是李洪岩在他有关钱钟书的几部著作中做了很深入的探究。李洪岩发现的材料和所进行的分析,都是严格的学术研究,可能有不当处,但在总体认识和理解上,他的见识远甚于几位给钱先生写过传记的作者。

## 三

人类的每一群体都不会是一种色彩,旧大学里也有许多怪人,有自私的人,有见利忘义的人。看到旧大学里那些教授身上的长处,只是一种眼光,而且是很个人化的,有时候也就难免偏激,我看他们的长处时,并不希望读者产生错觉,以为他们都是不食人间烟火的,我只想说,我从历史中看到了一些具体的人和事,至于他们能否成为一代知识分子的缩影,那是另一回事。一说具体的个人,难免忽略其他。当年因为毛泽东在一篇文章中说过"我们要写闻一多颂,写朱自清颂"这样的话,这两位本属于自由主义知识分子的教授，就成了旧中国教授的楷模，政治家是只看见他们的结局，而忽略了他们的过去，闻一多无疑是中国知识分子的榜样，但闻一多是反对一切专制的，无论是老专制还是新专制，以闻一多的性格和思想论，如果他不倒在国民党的枪口下，等待他的会是一种什么结局呢？我们不敢再往下想了，我们眼见着多少当年比闻一多温和的同事和朋友，后来结果并不比他好。向闻一多学习，学什么呢？是要学他的激情和勇气，更要学习他痛恨一切专制的思想基础。可我们常常忘记这些。政治家看见的是朱自清不吃美国人的面粉，其实当年吃了美国人面粉的教授不少，不吃美国人面粉的也不止朱先生一个人，比如陈寅恪，当时也是在拒领美国人面粉的宣言上签了字的。如果全面看，他们其实是一类人，这样的人在当时也是一群。政治家喜欢的仅是他们反对那一个专制，而不喜欢他们反对一切专制。闻一多和朱自清都是道德、学问得兼的教授，可我们多少年来并没有真正明白怎样向他们学习，像鲁迅先生一样，朱先生和闻先生都是一直被肯定的知识分子，政治家要我们学的只是他们的一点，现在我们才明白，我们应该学的是他们的一生。

朱自清是一位温和的知识分子，他在40年代那一群自由主义知识分子中是一个能被许多人接受的，他在清华和西南联大做了许多年的中文系主任，是一个能办具体事的人，也愿意为人服务。在政治上，他也不是完全向左靠，他是一个有独立思想的人，他在政治上，并不像我们后来说的那样。在一定意义上，他和陈寅恪是一样的，对政治有自己的看法，但更看重自己的学术。我们过去较少注意他和陈寅恪的关系，现在《朱自清全集》出齐了，我们从他留下来的日记中，能够看出他在西南联大和陈寅恪的来往比闻一多要多，那时朱自清对闻一多过于热衷政治是有看法的，他在日记中就说过，闻一多在政治方面花的时间和精力太多，那时朱自清和陈寅恪的来往，也许从一个侧面说明了他们之间似乎有更多的相同之处。我把《朱自清日记》中有关和陈寅恪的来往抄在下面：

1932年11月4日："上午接陈寅恪先生来信，于课程有所签注。"（9卷，171页，以下只注页码）

1933年2月25日："下午访陈寅恪家，与竹同。"（201页）

1933年3月4日："晚公超宴客，座有寅恪。公超、寅恪各谈所藏西书善本，寅恪谓有《亚里斯多德（Aristotel）集释》一种，时价值二三千元。又论孔云卿先生每日读拉丁文籍。又论钱宾四《诸子系年》稿，谓做教本最佳，其中前人诸说皆经提要收入，而新见也多。最重要者说明《史记·六国表》。但据《秦记》，不可信，《竹书纪年》系魏史，与秦之不通于上国者不同。诸子与纪年合，而《史记》年代多误。谓纵横之说，以为当较晚于《史记》所载，此一大发明。寅恪云更可以据楚文楚二主名及《过秦论》中秦孝公之事证之。又论哲学史，以为汉魏晋一段甚难。寅恪谈吐极佳，余第一次见其意兴好也。"（202页）

1933年3月21日："下午访孙铁仙喝茶，茶后访陈寅恪，寅恪畅论前日开会事，谓二叶及闻主张与主任相反，其逻辑推论（Logical Consequences）有二：（一）主任教员学问易满足；（二）主任教员与学生勾结。又谓彼颇疑二叶及闻有野心来耍手段（Play Politics）因举韩湘文毁公超之说及闻一多青岛事为证。韩谓清华外国语文系自公超来后颇多事，其说乃闻诸温特（Winter），温特似与公超善，不知何有此言。陈前日开会时间太长，神经又颇受刺激，故颇失常态。今日所言甚简而重复不知若干次，渠意在取瑟而歌。赴平伯所，平伯亦不以陈此次态度为然。"（208页）

1933年3月23日："下午考朱延丰君，答甚佳，大抵能持论，剖析事理颇佳。陈先生谓其精深处尚少，然亦难能可贵。陈先生问题极佳，录数则：新旧唐书记载籍贯以《新唐书》为可信，因《旧唐书》据碑志多记郡望也。唐代人吃饭,分食,多用匙;广东用手,中土僧人游印度者,恒以此相比。又从高丽情形及诗中见之。玄奘在印,印人称为摩诃衍提婆或摩荼提婆,译之大乘天、解脱天也。天为印人称中土僧人通名。官职趋势,京官由小而大(如侍中),外官由大而小。"(209页)

1933年4月17日:"徐中舒来访,陈寅恪告我同人以论乐府之精者。"(212页)

1933年5月3日:"下午又访寅恪,商课程,大体已定。"(215页)

"陈不阅萧涤非论文。陈谈中国乐谱之最早者,当推日僧空海所录唐人《梵吹谱》,其中平仄声与今迥异,此或系六朝遗声;空海入唐在文宗时,犹中唐也。此谱名《鱼山集》(《高僧传》谓吹传于曹子建,乃在鱼山听梵音而制),本见元人抄本,今印入《声明及音律》一书中。其次即刘半农藏《敦煌卷子》中乐谱,殆五代时物,此卷在美国某博物院中,李济之摄影以赠刘者,盖数年前事。再次则为姜白石谱。再次则为《事林广记》中乐谱,书为宋元间人所辑,日本印行,不易得,沈子培以其中乐谱抽印单行。"(216页)

1933年9月8日:"下午访寅恪先生,承告桥川著关于陶集之书内有郑叔问札记。"(246页)

1933年11月16日:"上午陈寅恪先生来谈,选文应能代表文化,普鲁士教育部曾选希腊文选一部,由委员会选定,历多年而成,牛津大学即采用之。又谈《天师道》一文中大概。"(263页)

1933年11月23日:"陈寅恪谈郝兰皋稿无多精要之品。"(264页)

1933年11月29日:"读陈寅恪先生《天师道与滨海地域之关系》一文,极有胜义:(一)天师道与两晋关系极巨,王、谢等大姓皆信之;(二)六朝人重家传,然父子可同名之,此道名也,又如道字、灵字亦皆教名;(三)书法与写经及符录有关;(四)竹能宜子,王子猷等爱竹,非尽雅怀;(五)羲之好鹅,或取其能解丹毒。"(265页)

1933年12月10日:"昨孙子书谈寅恪文,竟未见,甚惭。"(268页)

1934年2月15日:"又论陈寅恪治学与王静安异,其爱好太博也。"(281页)

1934年4月17日:"与平伯、寅恪等同游大觉寺,骑驴上管家岭观杏花,极盛。"(290页)

1934年5月15日:"访寅恪,商考霍世休事,又告以难聘刘子植事。"(292页)

1934年5月31日:"下午访一多,商定下年课程。又见陈寅恪,谈话甚得益……"1936年10月22日:"昨日陈寅恪电话,询问彼寄投学报翻译哈佛大学某杂志发表《韩愈与中国小说》一文之原稿,是否准备采用。因不易决断,故答以不采用。然恐已造成问题矣。"(442页)

1936年4月23日:"陈寅恪与浦逖生今晚意外地到来。"(525页)

1933年4月24日:"上午与寅恪、逖生结伴进城。又访吴宓所租新房。"(526页)

"陈谈及一副对联,为已故方堤山书赠一名鬼古子之妓女者,联中运思甚巧,联曰:鬼有所归乃不为厉,古而无死其乐如何。"(526页)

1939年9月6日:"写信给俞庭、寅恪、平伯。"(10卷,46页)

1939年10月31日:"访莘田及寅恪。"(57页)

1941年3月16日:"上午到光华大学访守愚及公权——公权告寅恪已就任香港大学教授,雨僧到浙江大学。"(106页)

1943年10月5日:"读陈寅恪的《隋唐政治史述论稿》。"(263页)

1944年7月20日:"访陈寅恪,他陪我往访侯宝璋。访蔡乐生。陈邀午饭。下午见侯,甚诚恳,彼谓余病为酸性。"(301页)

1945年9月17日:"一多今天下午看望寅恪。"(367页)

1945年9月20日:"岱孙评论寅恪不辞劳苦帮助他人,余程亦不冷酷。"

1945年9月21日:"寅恪与其他数人今日动身去加尔各答,上午送别之。与寅恪谈及平伯,谓彼颇想念平伯。"(367页)

1947年10月22日:"梦家、寅恪。"(476页)

1948年1月17日:"见寅恪。"(489页)

1948年2月24日:"出席陈寅恪太太的茶会并看焰火。"(495页)

1948年3月18日:"见寅恪。"(498页)

1948年7月20日:"寅恪、《独立时论》社。"

从朱自清的日记中我们可以看出,30年代初从清华开始直到1948年陈寅恪离开北平,他们之间的来往一直很多,而且所谈多是学问方面的事。朱自清虽然和陈寅恪的专业不同,但他也是一个在学问方面涉猎很广的人,趣味是多方面的。他非常了解陈寅恪在学术界的地位,对他表示出十分的尊敬。朱自清曾在写给冯友兰的一封信中说:"历史系、中国文学系教授陈寅恪先生薪金已逾四百元,曾于二十三年援用有特殊成绩一条规定加薪二十元。迄今已历三年。呈当续聘之期,拟仍援用该项规定,请转商梅校长于二十六年度加薪二十元。陈先生工作极为精勤,其著述散见本校《学报》及中央研究院历史语言组《集刊》者,质量皆可称述,当为君所熟知,乞向梅先生转述,为幸。"(《朱自清全集》第11卷,第246页)从朱自清对陈寅恪的态度中,我们可以了解陈寅恪那时的生活情景,也可以想见他的人格,如果我们敬重朱自清先生,那么同样我们也应敬重陈寅恪先生。

## 四

《天风阁学词日记》是著名词学家夏承焘先生的日记,现在已收入八卷本的《夏承焘集》中(浙江古籍、浙江教育出版社1998年)。日记从1928年至1965年,近四十年,除"文革"中有少量遗失外,基本完整。夏先生的日记中记载了大量学者之间的交往,特别是他同时代那些知名的学者,差不多都出现在他的日记中,由于日记是较为私人化的文本,所以对于学者的评价也就比较客观,都是发自内心的直感,好就是好,坏就是坏,没有常见的那种模棱两可,研究中国现代学术史,这恐怕是一本必须参考的书。中国老一辈学者多数有写日记的习惯,他们的日记一般都不是流水账,而是有很丰富的内容,近年主张重写学术史的呼声很高,这是一件好事,但在重写之前,我们必须对我们已有的家底有一个较为清楚的认识,不然,我们费了那么多的时间和精力,自以为是重大的发现,殊不知有许多东西,都是前辈学者早就注意过的。中国现代学术史的研究,同时代学者的日记恐怕是首选的材料,如果不能先从这里入手,弄清学者之间的师承,或各学派间复杂的关系以及每一位学者的学术路向,那样写出来的学术史,可能就少了一点真切感。现代学者日记一个最明显的特点就是数量多,时间跨度大,比如《胡适的日记》《鲁迅日记》《周作人日记》《吴虞日记》《积微翁回忆录》(杨树达)《静晤室日记》(金毓黻)《顾颉刚日记》《竺可桢日记》《张元济日记》《郑孝胥日记》《翁同龢日记》《艺风老人日记》《湘绮楼日记》和最近出版的《吴宓日记》《谭其骧日记》等等,这些日记对于现代学术史的研究(特别是对于一个学者学术史地位的评价),有着非常重要的启发。现将《天风阁学词日记》中有关陈寅恪的材料抄出如下,这是以往陈寅恪研究中没有出现过的资料,因为该日记没有人名索引,可能有遗漏处,特此说明。

1931年7月28日:"发榆生片,告觅散原泰戈尔摄影不得。"(第五册,219页)

1932年3月10日:"接罗颐仲清华大学信,即复一函,附去新作贺新,并另纸写征招挽村词,托致陈寅恪,答其去岁示西夏文佛母孔雀明王经考释序。"(275页)

1937年1月6日:"阅《清华大学学报》,有陈寅恪读秦妇吟考,端己晚年自讳此诗,实因其时王建方隶杨复光部,驻军陕西。考订极细,中引予韦端己年谱。"(486页)

1940年1月15日："阅陈寅恪顺宗实录及续幽怪录,以小说证官书所讳宪宗被弑事。"(第六册,167页)

1943年11月13日："于慕塞处见商务新出陈寅恪唐代政治史述论稿一册,略翻一过,极佩其精博。近日治中古史者,诚卓然一大家。予曩年妄欲治宋史,见此杰作,可以缩手矣。"(519页)

1943年11月14日："阅朱希祖驳陈寅恪李唐为胡姓说。"(519页)

1943年12月1日："阅陈寅恪唐代政治史述论稿考牛李党争,由门第科第之不同。"(522页)

1943年12月2日："阅陈寅恪唐史论稿。"(523页)

1947年5月27日："阅陈寅恪连昌宫词笺证一篇。念著书有三种:最上,令读者得益;其次,令此学本身有发现;其三,但令读者佩服作者之博学精心。陈君之书,在二三之间。"(698页)

1949年3月4日："陈学恂处借来其友人戎女士在西南联大听陈寅恪讲授笔记,有说琵琶行、新乐府、长恨歌、连昌宫词各章,考证有甚琐者,亦有其甚可喜者。"(第五册,46页)

1950年12月17日："终日未出,阅陈寅恪唐代政治史述论稿,札其可入杜诗论者。陈君有史识,不愧一代大师,其功力之勤,亦不可及,惜其失明。"(142页)

1950年12月18日："阅陈寅恪唐代政治革命及党分野,谓牛、李两党皆宦寺之应声虫,其党派来源则是山东旧家(李党)与科举新进(牛党)武后以文章起用新进,以破坏关中集团,遂其创业垂统之私,新旧相竞,宦寺乃乘隙而起。玄宗以后,迄于唐亡皇位兴废,由其操纵云云。"(142页)

1951年3月30日："得榆生上海片,阅近读陈寅恪元白诗笺证,佩其精核,乃与予旧著相提并论,诚不敢承。"(159页)

1951年5月23日："阅陈寅恪韦庄秦妇吟笺证补正,时时引予韦端己年谱。"(170页)

1953年12月22日:"又谓陈寅恪近欲访求绘声集、绘影集,与天雨花同作者。"(370页)

1956年7月3日:"得季思函,印度治血压药已托国桐在香港买。陈寅恪先生谓此药治血压诚有奇效,惟多服将使精神塌疲。"(540页)

1957年1月16日:"晨过子植,写诗赠寅恪先生。季思谓寅恪先生甚爱予赠诗,嘱写一直幅付装璜。"(583页)

1957年1月17日:"作水调歌头一章,别寅恪诸公。

奉答寅恪先生示诗:湖海久相望,执手天南鬓已苍。万卷惟凭胸了了,九州共惜视茫茫。黄鹂劝酒春声好(用其楹联语意),红豆笺诗夜课长(近为文考柳如是遗事)。老学龟堂能返老,会看牛背射神光(放翁晚年脱齿复生,能于暗室中见物,有诗记之)。

水调歌头(欲乘飞机离广州不果,湘赣道中月色甚美,作此寄寅恪诸公)何处唤黄鹤,昨梦驾天风。罗浮峰顶俯瞰,十万碧芙蓉。辛苦浮湘过岭,此路尚逢坡老,今古掉头中。笑我复何事,千里鬻雕龙。芳菲国,吟啸伴,羡诸公。单衣花下试酒,佳兴四时同。莫和后村别调,待乞西江一勺,洗出两青瞳(后村晚年有失明词)。我亦欲投老,后约荔枝红。"(第585页)

1957年1月29日:"得陈寅恪先生广州航空函,嘱托伯衡先生为估价柳如是尺牍。"1月30日:"发雪芳函、伯衡先生函,请为柳如是尺牍估价。"(588页)

2月5日:"寄出寅恪、季思诸君属写各字幅。"(589页)

2月27日:"谈吴闻、王起皆如亲友,谓(艾德林)在广州惜不及见陈寅恪(君在广州时与予同时)。晨发寅恪先生函,告苏联艾德林教授欲读其考陶潜文字。"(594页)

4月2日:"得寅恪先生航空函,云欲购高家柳如是尺牍,最高价为百元,嘱代询高家。"(603页)

4月19日:"发寅恪先生函,寄去柳如是尺牍校语。"(607页)

4月20日:"季思寄来康乐小集,皆予在广州时诸友倡和之作,附来寅恪先生听歌诗三首。"(607页)

1958年1月10日:"得榆生片,谓新得陈寅恪先生新著秦妇吟校笺,于予作端已年谱有异论。"

1月11日:"发榆生片,索陈寅恪先生秦妇吟校笺。"(660页)

1月19日:"发季思中山大学函,问写综合性大学中国文学史教科书体例,附一笺与陈寅恪先生,告睹棋山庄词话有两条记柳如是狎钱青雨事,寄出如是男装像,并以其一赠季思。"(661页)

10月21日:"微昭来谈近日批判学术权威事,谓前旬师院领导报告,今年须批判人物有章太炎、王国维、陈寅恪、郑振铎等五人,校内四五人,以予与亮夫为重点。"(703页)

1958年11月19日:"报载专家被批判为资产阶级知识分子者,有陈寅恪、王了一、吕叔湘、郑振铎、高名凯、王瑶、周谷城、游国恩。"(707页)

1959年2月6日:"得余冠英北京函,谓艾德林过广州求见陈寅恪先生不得。冠英谓闻之彼中人云:陈先生近日心理不大正常,不知究为何也。"(722页)

1961年5月5日:"斯捷送来光明日报载郭沫若'再生缘的前十七卷和它的作者陈端生',引陈寅恪语——陈、郭谓超过杜诗,惊人语也。"(882页)

以上这些材料,特别是陈寅恪50年代的处境以及心理,过去我们很少见到第一手的材料,另外对于陈寅恪的学术地位,比较《天风阁日记》和《静晤室日记》中的评价,也可见出同时代学者对陈寅恪的敬重,夏承焘和金毓黻也是大家,他们在日记中对陈寅恪的那些看法,对于今后中国学术史的研究都是很有参考价值的史料。

# 谢泳

## 传记不如年谱 年谱不如日记

《心香泪洒祭吴宓》出版后,引出了一些批评意见,这些批评涉及的实际是传记的真实性问题。

这一两年,传记出得很多,也很受读者欢迎,由于受欢迎,也就有所谓的传记热,问题就出在这里。传记热中实际有两类,一是自传、回忆录;二是旁人写的传记,这两种传记都有问题。

自传、回忆录之类的文字,由于是本人的回忆,一般都比较可信,但这种可信有时也会受到挑战,有时由于年代久远,作者记忆有误,可能会出差错,有时由于涉及具体的人和事，为避免麻烦，作者也故意隐去许多有价值的东西，还有就是人性的弱点了。那些有资格写传记的人，他们虽然总想坦率表露自己的人生经历，但能和盘托出的毕竟是少数，就是说他们总是有意无意地回避了一些东西。这些都是自传或回忆录中正常的情况，多数研究者在使用自传和回忆录提供的资料时，都要寻找旁证，如作者自己的书信、日记或旁人的回忆录、自传是可信的，但不可迷信。

传记的写作，一般说来是在自传和回忆录以及日记、书信及同代人的回忆基础上进行的，文学传记，有时可能略有扩张，一般研究者多不从这类传记中取材料。另一类学术传记，材料也类似，但此类传记的前提是必须注明材料的出处和来源，就是访问与传主有关的人士，也当有详细的记录或录音之类，不能出示孤证。现在许多传记作者，有时为了扩大传记的篇幅，常有用小说家笔法的，甚至有伪造材料的，本来没有采访当事人，却硬要以采访者叙述史实，本来使用的是第二手或第三手资料，却硬要以原始档案的发掘者来迷惑读者，这些都是涉及传记作者学术道德问题的。这一两年的传记都做得很长，自然也就很水，有些传主，本来没那么多资料，也没有多少事，但也被一些没有传记写作常识的人硬凑成一本厚厚的传记，这类传记，其实没有多大价值。

传记对普及学术是一极好的形式，但我们必须严肃对待这一形式，尤其不能先存了欺骗读者的心理，胡编乱造，毫不负责。今天的读者都有一个感觉，前辈学人写传记都很短，如胡适《丁文江的传记》那类，而今天的人已忘记这个好传统了。

现在说张紫葛先生的这本传记。这本书说是自传或回忆录，都不能成立，我是把它作为一本传记来读的。这本传记吸引人的地方在于他是一个直接与传主有过交往的人写的，虽是传记，但又多少有一点回忆的色彩。这种类型的传记有长处，也有短处，长处是能提供一些第一手材料，但短处是作者的回忆可能有不可旁证的随意性。对这类传记的一个起码要求是作者与传主之间的熟悉程度是学术界共认的，而不能是一个一般意义上的熟人。比如鲁迅之于冯雪峰，俞平伯之于周作人，这样的关系才是传记或回忆可信可证的起码条件。现在看来，张紫葛先生的这本回忆吴宓先生的书，似乎这方面不很过硬，所以才出现许多说不过去的地方。另外我还有一个感觉，这本传记写得太长了，有太多的小说家笔法。书前钟鸣先生的代序，去年曾在《街道》杂志刊出过。当时我就发现这篇序言中关于钱钟书的材料基本都是道听途说，尤其是钱钟书西南联大和后来离开的情况，钟鸣都说错了。还有傅斯年做过清华大学校长之类的硬伤，这些情况当时我曾给《街道》写过一篇文章，未刊用，后来我投给北京的《博览群书》登出来了。现在收在书中的这篇代序，虽然删除发表时的几处硬伤，但从作者的叙述中，可以看出作者对三四十年代的学术界情况并不了解，所依据的资料都是未经证实的掌故轶闻之类。好在吴宓先生的日记也将出版，大家将张紫葛先生的书对比一下就明白了。对传记的基本看法，我是相信"传记不如年谱，年谱不如日记的"。

# 智效民

## 从胡适日记看胡适与蒋介石的交往

作为自由主义知识分子的代表人物,胡适至今不能被一些人理解认可。其中一个重要的原因,是有人说他与蒋介石的关系有损于知识分子的独立人格。最近,我在阅读胡适日记的基础上翻阅了一些资料,看到他和蒋介石的交往,一直没有离开言论自由、民主宪政和保障人权等重大问题。需要强调的是:就胡适而言,他既不像革命家似地与当局有一种天然的敌意,更不像投机者那样给人以曲意逢迎、依阿取容的嫌疑;从蒋介石来看,他能够结交胡适这样的诤友,接受对方批评和讽谏,也不大容易。这一切，是许多知识分子未曾经历，也很难理解的事情。因此，梳理并研究他们之间的交往，不仅可以为胡适"辩冤白谤"（胡适非常欣赏明代思想家吕坤所说的"为人辩冤白谤，是第一天理"这句话），还可以从中得到许多启示。

**一、蒋介石曾经送给胡适一个"反党"的头衔**

胡适开始注意蒋介石，是在1927年4月南京国民政府成立的时候。当时胡适正在国外，准备取道日本回国，但许多朋友都劝他不要回来。其中原因，从顾颉刚等人写给胡适的信中可以看出。

顾是胡的学生。早在1927年2月，他就写信对胡适说："自从北伐军到了福建，使我认识了几位军官，看见了许多印刷品，参加了几次宴会，我深感到国民党是一个有主义、有组织的政党，而国民党的主义是切中于救中国的。"尽管如此，他还是不无忧虑地说：这是一次民众的革命，民众是不能宽容的——"先生首唱文学革命，提倡思想革命，他们未必记得；但先生为段政府的善后会议议员，反对没收清官，他们却常说在口头。如果北伐军节节胜利，而先生归国之后继续发表政治主张，恐必有以'反革命'一名加罪于先生者。"所以他劝胡适回国之后，"似以不作政治活动为宜。如果要作，最好加入国民党"为妙。在他看来，要想在政治上有所作为，就应该像热衷于党派活动的人们那样，"先顺从了民众而后操纵民众"（《胡适来往书信选》上册，第428至429页，中华书局香港分局1983年版）。4月底，他再次以民众不懂宽容为由，写信劝胡适远离政治。

与此同时，高梦旦也在信中对胡适说："时局混乱已极，国共与北方鼎足而三，兵祸党狱，几成恐怖世界，言论尤不能自由。吾兄性好发表意见，处此时势，甚易招忌。如在日本有讲授机会或可研究哲学史材料，少住数月，实为最好之事。"（同上，第429页）另外，丁文江也劝胡适"最好暂时留在日本，多做点研究日本国情的工作"（《丁文江的传记》第135页，台湾远流出版事业股份有限公司 1986 年版）。

在朋友们的劝告下，胡适在日本逗留了三个多星期。他仔细阅读了有关报刊后，得出如下结论：中国发生的一切"确有很重要的历史意义"；以蒋介石为首的新政府能得到蔡元培、吴稚晖等"一般元老的支持，是站得住的"（《追念吴稚晖先生》，转引自《胡适之先生年谱长编初稿》第 677 页）。这可能是胡适对蒋介石的最初印象。

回国后，确实有一段时间远离政治，在接见记者时他明确表示"我不谈政治"（《访问胡适之先生记》，1927 年《生活》第三卷第五期，转引自《胡适年谱》第 336 页，安徽教育出版 1986 年版）。1928 年 10 月，国民党中央常务会议通过胡汉民等人提出的《训政纲领》，开始建立一党专政的政治体制。1929 年 3 月，国民党在第三次全国代表大会上以奉行孙中山遗教为口号，将其思想神圣化、绝对化、法律化，从而否定了在训政时期有制定"约法"的必要。于是中国的人权状况急剧恶化，无论什么人，只要贴上"反革命分子"或"土豪劣绅"的标签，就可以由党的机关任意处置。胡适对这种局面深感忧虑。不久，南京国民政府又颁布保障人权的命令，但胡适认为，这个命令既没有明确规定人权和自由的具体内容，又没有对政府和党部的权力加以限制，因此它没有尊重人权的诚意（《胡适日记全编 5》第 396 页，安徽教育出版社 2001 版）。

在这种情况下，胡适再也不能沉默，开始突破"不谈政治"的禁忌。4 月下旬，马君武先生和他谈话，认为"此时应有一个大运动起来，明白否认一党专政，取消现有的党的组织，以宪法为号召，恢复民国初年的局面"。他说"这话很有道理"，将来必然要走这条道路（同上，第 402~403 页）。

不久胡适在《新月》上发表《人权与约法》一文，严厉批评中国社会缺乏人权、缺乏法治的状况。他举例说，安徽大学一位学长因为顶撞蒋介石而被拘禁，家属只能四处奔走求情，却"不能到任何法院去控告蒋主席"，这就是人治。他指出，现在的当务之急是要制定一部中华民国宪法，至少也应该制定一部训政时期的约法，以保障人权，实行法治（《新月》第二卷第二号）。

胡适的文章引起当局的注意。从胡适日记保存的剪报中可以看出，在国民党二中全会的决议案中，对人权和自由的界定略有改变。另外，胡适的老朋友、司法部长王宠惠也对胡适说："只要避免'约法'二字，其余都可以办到。"（《胡适日记全编5》，第438页）随后，宋子文向胡适咨询治国大计时，胡还是坚持要召开约法会议。胡在当天的日记中说，自己对政治抱着一种"修正"的态度，"不问谁在台上，只希望做点补偏救弊的工作。"（同上，第448页）

随后，胡适又写下《我们什么时候才可有宪法》，对孙中山以民众素质低下为由，主张在制定宪法之前要有一个"训政"阶段的思想提出质疑。文章说："民治制度的本身便是一种教育。人民初参政的时期，错误总不能免的，但我们不可因人民程度不够便不许他们参政。人民参政并不须多大的专门知识，他们需要的是参政的经验。民治主义的根本观念是承认普通民众的常识是根本可信任的。'三个臭皮匠，赛过一个诸葛亮'。这便是民权主义的根据。"文章认为："宪法的大功用不但在于规定人民的权利，更重要的是规定政府的权限。立一个根本大法，使政府的各机关不得逾越他们的法定权限，使他们不得侵犯人民的权利——这才是民主政治的训练。"文章最后说，没有宪法或约法，就只能是专制。此外，胡适还在《知难行亦不易》一文中批评了孙中山的"行易知难"说，指出这个学说"可以作一班不学无术的军人护身符"（《新月》第二卷第四号）。

三篇文章发表后，引起海内外的广泛关注。国民党上海市党部以"侮辱本党总理，诋毁本党主义，背叛国民政府，阴谋煽惑民众"为由，要求中央拿办胡适，北平、天津、江苏、青岛等地也有类似提议（《胡适日记全编5》，第488页、496页、501页）。不久，国民政府饬令教育部，以"不谙国内社会实际情况，误解本党党义及总理学说，并溢出讨论范围，放言空论"为由，对胡适提出警告；但是上海市党部并不罢休，胡适终于被迫离开上海，辞去中国公学校长职务。在此期间，据说蒋介石不仅对胡适采取"优容"的态度，还"企图接过胡适等人的口号，召集国民会议，制定约法"。只是因为胡汉民极力反对，才没有成功（《蒋氏密档与蒋介石真相》第288至289页，社会科学文献出版社2002年版）。

1931年初，当局因为罗隆基在《新月》发表政论，迫使光华大学免去罗的教授职务。胡适为了据理力争，曾致信陈布雷，并通过他向蒋介石送去两套《新月》杂志，希望蒋能读一读原文，不要听信传闻（《胡适日记全编6》，第32页）。有人建议胡适去南京与当局沟通一下，他说，去南京需要有一个"共同的认识"：第一，当局必须保证，负责任的言论有绝对的自由；第二，对于善意的批评，政府应该接受；否则他是不会去的（同上，第34页）。1930年中原大战期间，清华大学因校长人选引发学潮。战争结束后，清华师生希望在周贻春、赵元任和胡适中挑选一位出任校长，但政府却以赵元任"'非办事人才，胡适议论乖谬，碍难予以任命'，而周贻春又坚辞不就"为理由，否决了大家的意见（《抗战前的清华大学》第55页）。第二年3月，清华大学派三位学生代表赴南京请愿，蒋介石在接见学生代表时表示："政府非不欲容纳学生意见，但先征周贻春未得同意，胡适系反党，不能派。"消息见报后，胡适在日记中只写下这样一句话："今天报载蒋介石给了我一个头衔。"（《胡适日记全编6》，第98页）二人关系，由此可见一斑。

**二、初次接触，胡适对蒋介石很不客气**

1932年11月下旬，胡适应武汉大学校长王世杰的邀请赴武汉讲学。王世杰，字雪艇，湖北崇阳人。他早年留学英、法，回国后担任过北京大学教授，是《现代评论》的发起人和主要撰稿人之一。1928年国立武汉大学成立后，他出任校长，为该校新校址的规划和建设倾注了大量心血。几个月前，王世杰曾邀请胡适参加武大新校址落成典礼，胡适未能前往(《胡适来住书信选》中册，第106页)。这次讲学，显然是为了弥补这一缺憾。

在武汉大学，胡适对王世杰极为赞赏。他在11月30日的日记中写道："雪艇诸人在几年中造成这样一个大学，校址之佳，计划之大，风景之胜，均可谓全国学校所无。人说他们是'平地起楼台'；其实是披荆榛，拓荒野，化荒郊为学府，其毅力真可佩服。"(《胡适日记全编6》，第178页)据说，后来他还对一位来华访问的美国外交官说："你如果要看中国怎样进步，去武昌珞珈山看一看武汉大学便知道了。"(《走近武大·序》四川人民出版社2000年版)

值得注意的是，就在参观武汉大学的当天晚上，胡适还拜访了正在汉口的蒋介石。为此他在日记中写道："下午七时，过江，在蒋介石先生寓内晚餐，此是我第一次和他相见。饭时蒋夫人也出来相见。今晚客有陈布雷、裴复恒。"第二天晚上，蒋介石又派秘书专程来请胡适共进晚餐。晚宴上，因顾孟余、陈布雷、陈立夫等人在场，没有单独谈话的机会，胡适送给蒋介石一本《淮南王书》后，便早早离去。

胡适认为："道家集古代思想的大成，而《淮南王书》又集道家的大成。道家兼收并蓄，但其中心思想终是那自然无为而无不为的'道'。"(《中国中古思想史长编》下，第7页，台湾远流版)他还说，无为政治的一个重要基础，就是"君主的知识有限，能力有限，必须靠全国的耳目为耳目，靠全国的手足为手足。这便是'众智众力'的政治，颇含有民治的意味。"(同上，第36页)相反，一个掌握大权的人如果太相信自己，太有为能干，那就是老百姓的灾难。普及胡适的这一观点，对于灾难深重的中国来说，非常重要。

12月2日，蒋介石第三次约见胡适。因为有约在先，加之这也是此行的最后一次机会，所以胡适"预备与他谈一点根本问题。"没想到进门以后，有几位客人迟迟不走，所以胡适在日记中说："我至今不明白他为什么要我来。今日之事，我确有点生气，因为我下午还托雪艇告知他前日之约我一定能来。他下午也还有信来重申前日之约。席上他请我注意研究两个问题：（1）中国教育制度应该如何改革？（2）学风应该如何整顿？我很不客气的对他说：教育制度并不坏，千万不要轻易改动了。教育之坏，与制度无关。十一年的学制，十八年的学制，都是专家定的，都是很好的制度，可惜都不曾好好的试行。经费不足，政治波动，人才缺乏，办学者不安定，无计划之可能……此皆教育崩坏之真因，与制度无关。学风也是如此。学风之坏由于校长不得人，教员不能安心治学，政府不悦学，政治不清明，用人不由考试，不重学绩……学生大都是好的；学风之坏决不能归罪于学生。"（《胡适日记全编6》，第182页）此外，蒋介石还与胡适谈了哲学问题，并把自己写的《力行丛书》送给对方。胡适发现，其中对孙中山"知难行易"的解释，好像是采用了他的一些说法。这也说明蒋介石在某种程度上已经吸纳了他的思想，接受了他的意见。

### 三、胡适对蒋介石的看法开始改变

1933年初，日本侵略军占领山海关之后继续进攻热河。3月3日，就在热河省省会承德失守前夕，胡适致电蒋介石，要求他立刻北上，率军抵抗。电文说：热河危急，决非汉卿所能支持。不战再失一省，对内对外，中央必难逃责。非公即日飞来指挥挽救，政府将无以自解于天下（同上，第200页）。

三天后，蒋介石北上处理热河事件。13日，胡适赴保定会见蒋介石。蒋介石在交谈中承认，按照他的估计，日军要进攻热河，必须从内地和台湾动员六个师团的兵力。由于没有得到有关情报，他认为日军攻打热河的消息，不过是虚张声势而已。谈到这里，蒋介石感叹地说："日本知道汤玉麟、张学良的军队比我们知道的清楚得多多！"听了这些话，胡适在日记中气愤地说："这真是可怜的供状！误国如此，真不可恕。"（同

上,第207页)

1934年4月,胡适通过蒋廷黻给蒋介石捎去一信,劝他"明定自己的职权,不得越权侵官,用全力专做自己权限以内的事"(同上,第359页)。这大概是他们之间的第一次书信往来。在此前后,《独立评论》收到北平市政府公安局来函,内有"顷奉蒋委员长谕:各种书刊封面……不得用西历年号,以重民族意识"云云。胡适当即致信蒋介石表示反对。后来,蒋在一次讲演中特意对此作了解释。通过这件小事,胡适对蒋的印象开始有所转变。胡说:"他不是不能改过的人,只可惜他没有诤友肯时时指摘他的过举。"(同上,363页)"广阔,但微嫌近于细碎,终不能'小事糊涂'……我前在汉口初次见蒋先生,不得谈话的机会,临行时赠他一册《淮南王书》,意在请他稍稍留意《淮南》书中的无为主义的精义……去年我第一次写信给蒋先生,也略陈此意,但他似乎不甚以为然。他误解我的意思,以为我主张'君逸臣劳'之说。大概当时我的信是匆匆写的,说得不明白。我的意思是希望他明白,为政之大体,明定权限,知人善任,而不'侵官',不越权。如此而已。"(同上,533至534页)

一个月以后,胡适又写下《改革政制的大路》一文,在公开场合下对蒋介石做了善意的评论:"他长进了,气度也变阔大了,态度变和平了。他的见解也许有错误,他的措施也许有很不能满人意的,但大家渐渐承认他不是自私的,也不是为一党一派人谋利益的。在这几年之中,全国人心目中渐渐感觉到他一个人总在那里埋头苦干,挺起肩膀来挑担子,不辞劳苦,不避怨谤,并且'能相当的容纳异己者的要求,尊重异己者的看法'了。与此同时,文昌也告诫说:蒋先生应该认清他的'官守',明定他的权限,不可用军事最高长官的命令来干预他的'官守'以外的政事……倘若他能如此做,那才是真正做到了不独裁的全国最高领袖。"(《独立评论》第一六三号)

1936年12月的"西安事变",使胡适深感震惊。他一方面谴责张学良，认为"这祸真闯得不小！汉卿为人有小聪明，而根基太坏，到如今还不曾成熟，就为小人所误"；另一方面他也强调，"蒋若遭害，国家民族应得一教训：独裁之不可恃"（同上，625页）。

"西安事变"后，蒋介石想邀请一些学者共商国家大计，向《大公报》主笔张季鸾表达此意。1937年1月5日，张从上海到达北平，向胡适、梅贻琦、蒋梦麟、周炳琳、潘光旦、张奚若等人转达蒋氏意图，说讨论的问题有三："一是陕甘的收拾，二是政治，三是对日本。"（同上，635页）4月底，胡适去上海开会，顺便看望了刚刚拔过牙的蒋介石。他看到蒋身体瘦弱，气色不好，稍坐片刻便告辞出来。这一次虽然没有深谈，但二人的关系已有明显改善。

**四、从"低调同志"到"过河卒子"**

"卢沟桥事变"后，蒋介石召开庐山谈话会。会上胡适最关心的问题有两个：一是国防教育，二是对日外交。关于前者，他在会上表达了四点意见：第一，国防教育并不是非常时期的教育，而是常态教育；第二，如果真需要一个中心思想，那就是"国家高于一切"；第三，在招考中要允许具有同等学力者报考；第四，政府官员和党的势力不得干涉教育，以保证教育的独立。

至于后者，他主张在正式宣战之前，不要放弃争取和平的外交努力。7月31日，蒋介石夫妇约胡适、梅贻琦、张伯苓、陶希圣、陈布雷等人吃饭。胡适在日记中说："蒋宣言决定作战，可支持六个月，伯苓附和之。我不便说话，只能在临告辞时说了一句话：'外交路线不可断，外交事应寻高宗武一谈，此人能负责任，并有见识。'"（同上，700页）

关于这件事，周佛海在日记中也有记录："午，蒋先生宴胡适、张伯苓及希圣等，托希圣等乘机进言，盖渠等以宾客地位，易于说话，不若吾辈部属之受拘束也……二时半希圣来，言张、胡均进言，不可操之过急，仍须忍耐一次。闻之甚为欣慰，此时不宜在蒋先生前作刺激之言也。"

(《周佛海日记》上，第12至13页，中国社会科学出版社1986年版）

如何评价胡适与高宗武、周佛海等人的来往，是一件比较困难的事。一方面，不能因为周佛海后来当了汉奸，就否定胡适当时的努力；另一方面，也应该对当年极其复杂的国内外形势有所认识。比如当时最希望中日交战的恐怕就是斯大林了，因为这场战争既可以减轻日本对苏联的压力，又可以削弱国民党的统治，这一切都有利于国际共运的扩张和壮大。

与高宗武吃饭的那天晚上，胡适就起程去了美国。由于他在美国的卓越表现，1938年9月13日被任命为驻美全权大使。为此，胡适在当天的日记中说："二十一年的独立自由的生活，今日起，为国家牺牲了。"后来他用"过河卒子"来形容这种牺牲。当时蒋介石交给胡适的任务，是争取美国的经济援助。由于美国人民普遍反对卷入战争，再加上美国刚刚颁布了《中立法》，因此要想获得对方的援助是相当困难的。然而胡适上任不久，便得到两千五百万美元的贷款。这笔贷款固然与胡适的努力有关，也体现了美国人民对中国抗战的支持，但谁也没有想到这件事情居然与苏联的插手有关。胡适逝世后，王世杰对他的助手胡颂平说："胡先生当了驻美大使之后，美国财政部长摩根韬手下一个最得力的财务助理怀德（Henry D. White）用全力来帮助中国的借款，一切由他去设法运用，得到摩根韬部长的支持……这样一位同情我们、帮助我们的怀德，原来他是苏俄的间谍，渗透进美国财政部，得到摩根韬部长的信任。他受苏俄的指示，一定要设法使美国帮助我们经济，抗战下去，如果我们接受调停而投降了，日本的武力就会转而对付苏俄的。"（《胡适之先生年谱长编初稿》，第1656至1657页）

这种历史的吊诡，进一步印证了当时国内外形势的复杂性。

**五、蒋介石请胡适出山遭到拒绝**

抗日战争胜利后，胡适就任北京大学校长，于1946年7月上旬返回祖国。7月15日，上海《大公报》以《蒋主席昨邀见胡适》为题，发表了他"被蒋介石邀至其官邸共进早餐，'席间相谈甚欢'"的消息（《胡适年谱》第635页)。17日,《大公报》又报道了胡适的行程,并刊登他在一年前致毛泽东的电报,表达了自由知识分子们争取民主、消除内战、实现多党政治的愿望。

1946年底,胡适参加了"制宪国民大会"。他不仅担任大会主席,还被推举为"决议案整理委员会"委员,为大会通过的《中华民国宪法草案》贡献很大。胡适说,这部宪法的问世,标志着国民党即将结束训政,还政于民,"是一件政治史上稀有的事"(《胡适日记全编7》,第649页)。他还说:"一个政党抓住政权二十多年了,现在自己宣告取消一党专政,而愿意和别的政党共同担负政权。这是第一个重要意义。世界'政党'有绝不同的两类,一是英、美、西欧的政党,一是三十年来苏俄、德、意的少数专制统治大多数的党。国民党自1924年以来的组织是学后者的。但孙中山究竟是受英、美政制影响最深的人,所以他虽然采用苏俄党制,终不肯承认一党专政是最后境界。"(《胡适之先生年谱长编初稿》第1962页)

1949年初,蒋介石要改组政府,想请胡适出任国民政府委员兼考试院院长,委托傅斯年、王世杰等人说项。但是傅斯年认为,"政府今日尚无真正开明、改变作风的象征,一切恐为美国压力,装饰一下子"罢了,因此他不同意胡适参政。他在信中向胡适表示:"与其入政府,不如组党;与其组党,不如办报。"(《胡适来往书信选》下,第172页)

2月下旬,王世杰奉命从南京飞到北平劝驾。经过两次长谈以后,胡适在信中对王说:今日分别后细细想过,终觉得我不应该参加政府。考试院长决不敢就,国府委员也决不必就。理由无他,仍是要请政府为国家留一两个独立说话的人,在要紧关头究竟有点用处。我决不是爱惜羽毛的人,前次做外交官,此次出席国大,都可证明。但我不愿意放弃我独往独来的自由。我出席国大,是独往独来的。若我今日加入国府,则与青年党、国社党有何分别?国府委员而兼北大,尤为不可。当日北大同人要孟邻辞去北大校长,是依据孟邻自定的"大学组织法"。我决不能解释国府委员不是官而兼北大校长。

在这封信中,胡适还写道:"听说郭沫若要办七个副刊来打胡适,我并不怕'打',但不愿政府供给他们子弹,也不愿我自己供给他们子弹。"(《胡适之先生年谱长编初稿》,第1960页)在此之前,他在致傅斯年的信中也表示,如果接受"蒋先生的厚意",不但"毁了我三十年养成的独立地位",还会"成了政府的尾巴"(《胡适来往书信选》下,第175页)。

3月中旬,胡适去南京出席中华教育文化基金会董事会年会。13日,蒋介石请他吃饭,经过再三解释,蒋终于作出"如果国家不到万不得已的时候,我决不会勉强你"的许诺。胡适如释重负,事后像小孩子似地对傅斯年说:"放学了!"(《胡适日记全编7》,第647页)3月18日蒋介石再次约见胡适,说考试院长可以不做,但国府委员不能推辞,因为这不是什么官,也没有多少事,请他一定要考虑考虑。出门时,二人还有如下对话:

蒋礼貌地问:"胡太太在北平吗?"

胡回答道:"内人临送我上飞机时说,'千万不可做官,做官我们不好相见了!'"

蒋笑着说:"这不是官!"

从态度和现场表现来看,胡适好像是动摇了,这被蒋介石视为他已经答应此事。回到北平后,胡适考虑再三,终觉不妥,便给王世杰去信:"老兄若能替我出点大力,免了我,我真是感恩不尽。"(《胡适之先生年谱长编初稿》,第1963页)随后,他又通过教育部长朱家骅向蒋介石转达自己不能参加政府的苦衷。与此同时,北京大学汤用彤、饶毓泰、郑天挺等人也致电朱家骅,对蒋介石的征调表示反对:"适之先生在北大,对整个教育界之安定力量异常重大……务祈婉为上达,力为挽回"。(《胡适来往书信选》下,第195页)

此外,傅斯年得知胡适似有动摇后也万分惊愕,他再次写信苦劝胡适要保持名节，并说蒋介石不没收孔祥熙和宋子文的财产，就是没有改革政治的起码诚意。经过一番周折，蒋介石终于不再强求，表示尊重胡适的意愿。

1947年底，鉴于国内战争的严峻形势，蒋介石在胡适五十六岁生日前夕单独宴请胡适，想让他再次出任驻美大使，也遭到委婉拒绝。

**六、蒋介石希望胡适竞选总统**

1948年是开始施行宪政的一年。这一年年初，李宗仁宣布要竞选副总统，胡适写信表示敬佩。与此同时，有记者说如果蒋介石不参加竞选，胡适乃是第一任大总统的合格人选。为此，李宗仁在回信中说：尽管蒋公当选的可能性很大，但"我觉得先生也应本着'大家加入赛跑'的意义，来参加大总统的竞选"。因为这是"行宪后的第一届大选，要多些人来参加，才能充分表现民主的精神"（《胡适日记全编7》，第702页）。

记者的话并非空穴来风。因为蒋介石认为，按照宪法规定，总统没有多大权力，如果他担任总统，将会受到很大约束，不能发挥更大作用。所以他考虑再三，觉得让胡适担任总统，自己担任行政院长更为合适。3月29日，第一届国民大会第一次会议在南京召开。第二天早上，蒋介石派王世杰去找胡适，请胡适出面参加总统竞选（《胡适之先生年谱长编初稿》第2022页）。下午三点，王世杰向胡适转达了蒋介石的意见，胡在当天日记中写道："蒋公意欲宣布他自己不竞选总统，而提我为总统候选人。他自己愿意做行政院长。我承认这是一个很聪明、很伟大的见解，可以一新国内外的耳目。我也承认蒋公是很诚恳的。他说：'请适之先生拿出勇气来。'但我实无此勇气。"（《胡适日记全编7》，第707页）

第二天一早，王世杰向蒋作了汇报，蒋让王再做工作。午后，王与胡又谈了三个多小时，胡仍然犹豫不定。晚上八点多，王再次来讨回话，胡才勉强答应。当天夜里，王世杰就向蒋介石做了汇报。蒋说："很好，我当召集中央执监会议，由我提出。"然而仅仅过了一天，胡适就反悔了。

4月1日晚上，胡适找到王世杰，说他昨天的决定未免太匆促了……要请王世杰再向蒋先生郑重申述"最好能另觅他人"的附带意见（《胡适之先生·年谱长编初稿》，第2023页）。

4月3日，王世杰把胡适的意见向蒋介石做了汇报，但蒋介石还是在第二天召开的国民党中央执行委员会临时全会上，声明他决定不参加总统竞选，并提议国民党应推举一个无党派人士为总统候选人。他说："此人须具备五种条件：①守法，②有民主精神，③对中国文化有了解，④有民族思想，爱护国家，反对叛乱，⑤对世界局势，国际关系，有明白的了解。"（《胡适日记全编7》，第708页）尽管蒋没有说出此人姓名，但大家都知道他指的是胡适。

对于蒋介石的决定，除了罗家伦和吴稚晖赞成外，遭到了大多数人的反对。第二天，各大报纸纷纷刊登这一消息。胡适预料记者将会纷至沓来，在前一天晚上就已经转移到一个朋友家去了（《胡适之先生年谱长编初稿》，第2024页）。事后，蒋介石派王世杰向胡适转达会议情况，并代致歉意，胡适再一次如释重负，在日记中写道："我的事今天下午才算'得救了'。"（《胡适日记全编7》，第708页）

关于这件事情，罗家伦在日记中也有记载，他说：蒋介石在临时中全会上提出不参加总统竞选之后，"全场默然良久，因许多人看风色也。我登台说话，极力赞成，谓此举蒋先生不但表现最高政治道德，且表现最高政略，本会当予赞成……我的话是点明若蒋先生能长行政院，政局倒易于安定。吴稚晖先生也有类似主张，但彼无锡之官话，懂者不多。邹鲁杀横枪，叫道谁赞成总裁任总统者起立，于是大家起立，未起者仅吴老先生、蒋夫人与我三人。"（《罗家伦先生日记》，台湾《近代中国》第131期）就这样，蒋介石的想法被否定了。

几天后，蒋介石夫妇专门宴请胡适，不仅通报了会议情况，还讨论另外成立一个政党的问题。胡适在日记中记录了当时的情况：

蒋公向我致歉意。他说，他的建议是他在牯岭考虑的结果。不幸党内没有纪律，他的政策行不通。

我对他说，党的最高干部敢反对总裁的主张，这是好现状，不是坏现状。

他再三表示要我组织政党，我对他说，我不配组党。

我向他建议，国民党最好分化作两三个政党。(《胡适日记全编7》，第709页)

1948年9月下旬，国民党军队在东北和华北战场连遭败绩，再加上政府推行的币制改革受挫，使整个社会陷入极度混乱。当时胡适去武汉大学讲演路过南京，蒋介石请他与傅斯年吃饭，大谈币制改革是一大成功，胡却认为这正是"新政策崩溃的一个大原因"(同上，第719页)。

10月底，蒋介石再次约请胡适吃饭。在一个多小时的谈话中，胡适直截了当提出十条意见。其中有"必须认错，必须虚心；国军纪律之坏是我回国后最伤心的事；'经济财政改革'案实有大错误，不可不早早救政；我在南方北方，所见所闻，实在应该令人警惕"(同上，第722至723页)等语。据胡适日记记载，尽管这"都是很逆耳的话，但他很和气的听受"。在那个兵荒马乱的年代，蒋介石能够倾听这种逆耳之言，很不容易。

1948年12月17日既是北京大学五十周年校庆，又是胡适五十八岁生日。但由于兵临城下，胡适于前两天已经被蒋介石派飞机接到南京，所以胡适夫妇是在蒋介石官邸度过这个纪念日的。尽管胡适对此十分感动，但是当胡颂平劝他"替政府再做些外援的工作"时，他却很不高兴地说："这样的国家，这样的政府，我怎样抬得起头来向外人说话！"(《胡适之先生年谱长编初稿》，第2063~2065页)第二年年初，胡适又给蒋介石讲了温赖特将军在战争中被迫投降，却不失英雄本色的故事，试图用西方人对战争和人格的理解，劝他放弃抵抗。但是蒋介石却仍然希望胡适前往美国，既不当大使，也没有任何任务，只是"出去看看"(《胡适日记全编7》

第732页)。4月下旬,胡适到达美国后向新闻界表示:"不管局势如何艰难,我始终是坚定的用道义支持蒋总统的。"(《胡适年谱》,第710页)

**七、胡适对蒋介石说台湾没有言论自由**

1952年11月19日,胡适应邀回台湾讲学,受到各界人士的热烈欢迎,蒋经国也代表蒋介石前往机场迎接。几天后,胡适在《自由中国》杂志三周年纪念茶会上发表演说,强调"民主社会中很重要的一件事,就是言论自由"。他说:"单单在宪法上有保障言论自由的规定是不够的,我们还须努力去争取。如果我们不去争取言论自由,纵使宪法赋予我们这种权利,我们也是不一定会得到的。"为此,他希望"在朝的应该培养鼓励合法的反对;在野的应该努力自己担负起这个责任,为国家做诤臣,为政府做诤友。有这种精神才可以养成民主自由的风气和习惯"(同上,第740页)。

利用一切机会争取言论自由,是胡适此行的最大特色。12月4日,胡适在立法院欢迎会上说:"民主政治最要紧的基础,就是建立合法的批评政府,合法的反对政府,合法的制裁政府的机制。"(《胡适之先生年谱长编初稿》,第2247页)五天后,他在台北市编辑人协会上强调,言论自由是需要争取的,要把自由看得和空气一样重要。他还说,政府承认新闻独立,扶持私人办报,是获得舆论支持的必由之路;报人说老实话,说公平话,不发表不负责任的高谈阔论,是争取言论自由的主要秘诀。

第二年1月16日,蒋介石设宴为胡适饯行,胡提出台湾没有言论自由等问题。胡的意见相当尖锐,但是蒋介石却能够接受。这一点,从他当天的日记中可以看出:

蒋公约我吃晚饭,七点见他,八点开饭。谈了两点钟,我说一点逆耳的话,他居然容受了。

我说,台湾今日实无言论自由。第一,无一人敢批评彭孟缉。第二,无一语批评蒋经国。第三,无一语批评蒋总统。所谓无言论自由,是"尽在不言中"也。

我说,宪法允许总统有减刑与特赦之权,绝无加刑之权。而总统屡次加刑,是违宪甚明。然整个政府无一人敢向总统如此说!

总统必须有诤臣一百人,最好有一千人。开放言论自由,即是自己树立诤臣千百人也。最奇怪的,是他问我,召开国民大会有什么事可做?我说,当然是选举总统与副总统。他说,这一届国大可以两次选总统吗?我说,当然可以。此届国大,召集是民国卅七年3月29日。总统任期到明年(民国四十三年)5月20日为满任,2月20日必须选出总统与副总统,故正在此第一届国大任期之中。

他说,请你早点回来,我是最怕开会的!这最后一段话颇使我惊异。难道他们真估计可以不要宪法了吗?(《胡适日记全编8》,第277页)

第二天,胡适在机场上对前来送行的蒋经国说:"总统对我太好了。昨天我们谈得很多,请你替我谢谢他。"(《胡适年谱》第757页)胡适的台湾之行,受到海内外媒体的广泛关注。有人说:"在自由中国,只有胡适一人享有言论自由。"(《胡适日记全编8》,第289页),也有人说他是一位"象征自由"的老人(同上,第282页)。

1954年2月18日,胡适回台湾参加在那里举行的第一届国民大会第二次会议。在当天晚上举行的记者招待会上,他说蒋介石又劝他竞选总统,他重申"为国家作诤臣,为政府作诤友,不愿居官"(《胡适年谱》,第765页)的愿望,并表示要全力支持蒋介石竞选。会议结束后,胡适在会见台北记者时,一方面批评新闻界争取独立的精神不够,一方面向大家披露,蒋介石曾向他保证,"今后政府将实施更多的民主措施,人民将获享更多的自由"(《胡适之先生年谱长编初稿》,第2415页)。

1956年蒋介石七十岁生日的时候,胡适根据《中央日报》负责人的要求,草成一文为他祝寿。胡适在文章中讲了美国总统艾森豪威尔的两个小故事之后,交代了自己的用意。胡适说:"我当年在武汉第一次见他的时候,就托人送给他一本《淮南王书》,希望他能够像书中说的那样,尽量克制自己,不轻易做一件好事,正如不轻易做一件坏事那样。今天我要奉劝蒋先生的还是'无智、无能、无为'这六字诀,希望他能够做一个无智而能'御众智',无能无为而能'乘众势'的总统。"(《胡适之先生年谱长编初稿》,第2553页)

随后,他在接见台北的一位记者时说:"言论自由对政府领袖而言,可以说有百利而无一弊。自由的言论,只有增加政府领袖的力量。"他还说:"现在为国家办事的人最大弱点,就是在那些人中没有诤臣,只有唯唯喏喏的'是是是先生'(Yes Man),要把'是是是先生'变成诤臣,不是容易的事,只有从言论自由着手。言论自由了,不仅有诤臣,而且有无数的诤臣诤友敢于说话,有痛苦的人可以诉苦,有冤枉的人可以申冤,政府有不当的言行,有人敢出来批评而不致有犯罪坐牢的危险。言论自由了,政府首长才有无数的诤臣诤友,就不必要靠私人耳目,这才是真正的民主力量。"(同上,2555至2556页)

## 八、由蒋介石连任而引发的话题

1958年胡适就任中央研究院院长之后,准备回台湾定居。据说为了给他盖房,蒋介石表示要从自己的稿费中拨出一笔款项,中央研究院也要追加预算。胡听到后深感不安,他在信中对代院长李济说,"我盼望最切的有两点:(1)我要的是一个学人的私人住房,不是中研院院长的住宅。(2)我仍坚持此房子由我出钱建筑"。为此,他先寄上二千五百美金,并表示"如有不敷,乞即示知"(《胡适书信集》下,第1341至1342页,北京大学出版社1996年版)。不久,胡从美国返回台湾。刚下飞机就有记者问关于组建反对党的事情。胡适以不了解情况和对政治不感兴趣为由,避开了这个敏感的问题。

根据《中华民国宪法》规定,到1960年蒋介石的总统任期即将届满,因此谁是下一届总统就成了大家最关心的问题。这时,社会上盛传蒋介石为了连任要修改宪法,甚至有人在报端刊登"劝进"电报。1959年11月15日,胡适在梅贻琦招待日本友人的宴会上遇见总统府秘书长张群,请张向蒋介石转达如下意见:第一,在明年的国民大会上,宪法将受到真正的考验;第二,为了国家的前途,希望蒋总统为大家树立一个合法而和平的转移政权的风范;第三,为了蒋先生的千秋万世盛名,盼望他能公开表示不担任下一届总统;第四,所谓"劝进"不仅是对蒋先生,也是对国民党和老百姓的一种侮辱,千万不可接受。他还说:"如果蒋先生能明白表示他尊重宪法,不做第三任总统,他的声望和地位必然会更高。"在此之前,胡适曾向黄季陆谈了这些意见,他认为之所以这样,"只是凭我自己的责任感,尽我的一点公民责任而已"(《胡适日记全编8》,第593至594页)。

蒋介石听到胡适的意见后表示:"我要说的话,都已经说过了。即使我要提出一个人来(继任总统),我应该向党提出,不能公开的说。"胡适对这一表态大失所望。他在日记中写道:"我怕这又是(民国)三十七年和四十三年的老法子了?他向党说话,党的中委一致反对,一致劝进,于是他的责任已尽了。"(同上,第611页)

国民大会第三次会议是在1960年2月召开的。会议前夕,台湾《自立晚报》发表文章说,由于当局已经明确表示要修改宪法,为蒋介石第三次连任铺路,所以一些忧心国事的人认为,在此紧要关头,胡适应该对蒋介石有所诤谏。但是最近胡适态度比较消极,很少对外界发表谈话。为此,记者对胡适进行采访,得知去年冬天他曾"向当道有所献议",但遭到拒绝。记者认为这是他缄默并以消极态度以示抗议的真正原因(《胡适日记全编8》,第679~683页)。会议期间,胡适在接受《公论报》记者采访时表示:"我仅有一句话,就是坚决反对总统连任。"不过他在接受《征信新闻》的采访时,却把这个话题改成"我坚决反对修宪"了(同上,第701页)。

蒋介石第三次连任总统以后，国民党在地方选举中违法舞弊的现象日益严重。为此，《自由中国》杂志的发行人雷震邀请民社党、青年党和许多无党派报刊的发行人召开"选举改进座谈会"，向当局提出改革选举的十五点建议。在这次会议上，许多人还提出应该在"选举改进座谈会"的基础上组织一个强有力的反对党，以推动政党政治和民主政治的进程。胡适曾是《自由中国》的名誉发行人，与雷震等人关系密切。胡颂平在其《胡适之先生年谱长编初稿》中说，在此前后，雷震曾多次拜访胡适，请他出面担任新党领袖，均被胡适婉拒。但是台湾学者张忠栋在研究雷震日记后发现，胡适对成立反对党是赞成和支持的。他说："这些日记资料，显示胡适对反对党乐见其成，也显示雷震和反对党对胡适期盼的殷切。"（《胡适、雷震、殷海光——自由主义人物画像》，第186页）

1960年7月初，胡适即将赴西雅图出席中美学术合作会议，雷震以饯行为名，邀请胡适出席他们的"选举改进座谈会"。胡适在会上希望大家能以和平的方式、容忍的精神、严正的态度和长期的努力，使民主政治、政党政治走上正轨，并恳请大家以在野党，而不是反对党的名义，对执政党起到制衡作用。雷震在7月2日的日记中也说："胡先生提到李万居文章上有容忍二字，希望新党要有容忍精神。他感到我们第一次声明书在骂人，美国人说我们消极，其实指我们骂人，因我们力量太小，不要多得罪人，骂人作号召不是上策，要脚踏实地的自己工作下去，他一定支持。"（同上）从这里也可以看出胡适为什么要一再强调容忍比自由更重要。

蒋介石不能容忍雷震的行为，于9月4日以"涉嫌叛乱"的罪名将雷震逮捕。当时胡适尚在国外，陈诚用电报向他通报这一情况后，他在复电中列举了"政府此举不甚明智"的理由：第一，国内外舆论一定会认为这是"政府畏惧并摧残反对党运动"；第二，政府必将承担摧残言论自由的恶名；第三，给批评政府与成立反对党扣上叛乱的罪名，会贻笑于世界；第四，会对台湾的旅游和外来投资造成不利影响（《胡适之先生年谱长编初稿》，第3335页）。此外，他还敦促政府应该通过司法程序，而不是通过军事法庭来审理这一案件。

9月下旬，胡适在接见外国记者时，一方面盛赞"雷震为争取言论自由而付出的牺牲精神，实在可佩可嘉，对得住自己、朋友，也对得住国家"；一方面表示"在这个天翻地覆的时候，我觉得要组织在野党要更加慎重"（同上，3337至3338页）。

胡适于10月下旬回到台湾后，与上述"反对党"人士李万居等人有过接触，他一方面劝大家暂时不要成立新党，一方面希望他们对政府要采取和平的而不是敌对的态度。他认为只有在不推翻政府的前提下，才有可能取得政府的"谅解"，否则执政党就会先把你打倒。后来，胡适曾把一位美国友人送给他的生日贺礼一百美金转送李万居，作为对李万居所办的《公论报》的援助和支持。

11月18日，蒋介石在总统府会见胡适。胡本来不想谈论雷震案件，但是蒋介石却执意要他谈一谈政治。为此，他简单地介绍了国际形势之后，便把话题转到这一轰动海内外的案子上来。

胡适首先指出，蒋介石、陈诚和警备司令部的发言人都没有出过国，"他们不会'深知'此案会发生的反响"；接着指出当局坚持对雷震案进行军事审判，使他在国外"实在见不得人，实在抬不起头来"；最后他向蒋介石谈了自己对反对党的态度，并提起十年前蒋建议他组织一个政党的事情。临别时，他又向蒋介石将了一军："总统和国民党的其他领袖能不能把那十年前对我的雅量分一点来对待今日要组织新党的人？"（《胡适日记全编8》，第722至726页）

让胡没有想到的是，就在前一天，台湾军事法庭已经对雷震作出维持原判（十年徒刑）的结论。几天后，当新闻界披露了这一消息时，胡适深感震惊，他只能以"大失望，大失望"来表达自己的心情。

### 九、蒋介石为胡盖棺论定

1960年12月17日是胡适七十虚岁生日。为此，蒋介石写了一个大大的"寿"字以示祝贺。过了几天，蒋氏夫妇在官邸为胡适摆下寿宴，邀请副总统陈诚等十余人前来庆贺。胡适过生日一直是按周岁计算的，这一次他表示："我今年是满六十九岁，今天总统祝我七十岁，我就当作七十岁了，我声明明年不作七十了。"（《胡适之先生年谱长编初稿》，第3420页）

胡适是在1962年2月24日主持中央研究院第五次院士会议时突然去世的。蒋介石得此噩耗后，写下一副挽联——"新文化中旧道德的楷模，旧伦理中新思想的师表"，以示哀悼。第二天，宋美龄看望了胡适夫人，劝她好好保重。27日，蒋介石又送来挽额，上书"智德兼隆"四个大字。3月1日是公开瞻仰死者遗容的一天，蒋介石前来吊唁。6月27日，蒋介石又颁布褒扬令：

中央研究院院长胡适，沈潜道义，浚瀹新知。学识宏通，令闻卓著。首倡国语文学，对于普及教育，发扬民智，收效甚宏。嗣讲学于寇深患急之地，团结学人，危身明志，正气凛然。抗战军兴，特膺驻美大使之命，竭虑殚精，折冲坛坫，勋猷懋著，诚信孔昭。胜利还都以后，仍以治学育才为职志，并膺选国民大会代表，弼成宪政，献替良多。近年受命出掌中央研究院，鞠躬尽瘁，罔自顾惜。遽闻溘逝，震悼殊深！综其平生，忠于谋国，孝以事亲，恕以待人，严以律己，诚以治学，恺悌劳谦，贞坚不拔，洵为新文化中旧道德之楷模，旧伦理中新思想之师表。应予明令褒扬，用示政府笃念耆硕之至意。此令。（《胡适之先生年谱长编初稿》，3902至3903页）

这段盖棺论定的文字，虽有"弼成宪政"云云，却对胡适追求自由、民主、人权的努力，缺乏充分的肯定。

2002年12月至2003年1月写成

# 马嘶

## 我所珍视的文人日记

大概是由于职业的原因吧，凡与文人（学人）的经历、行止有关的文字，诸如日记、书信、回忆录、档案资料、年谱、传记等等，我皆喜涉猎、搜求、收藏，而文人（学人）的日记则是我尤为珍视的。

文人（学人）多有将自己亲历之事形诸笔墨的嗜好与雅兴，他们常把写日记作为不可或缺的日课坚持下去，多年乃至终生不辍。日记或繁或简，或长或短，或有所侧重，有所回避，各人有各人的习惯。

许多著名的学人文士有日记传世。或是在生前就整理发表；或是在世时藏之箱箧，秘不示人，死后才由家人、弟子、朋友或别人整理后付梓，流传于世。我常想，从古至今，文人学士数不胜数，他们当中有写日记习惯的人很多很多，但那些日记能够公诸于众、流传后世的又并不多，并未在文化史上形成洋洋大观的文统。多数文人的日记是藏之名山，束之高阁，成了绝响。这实在是让人感到遗憾的事。有时，我甚至想入非非：假如有那么一天，有人从什么隐蔽的所在发现了曹雪芹的日记，那该为他写《红楼梦》的真实情况提供多少不为人知的信息！那一定是学术界的头号新闻。当然，这只是我的天真幻想。说到这里，我们也的确应该警惕有类似《普希金秘密日记》那样伪造的欺世之作出现。

从迄今所见的文人日记中，我们既可真切地窥见日记主人们的日常起居、学行业绩、生活情趣、交游活动乃至内心隐秘，又能具体地了解当时的社会状况、历史风貌和文人们的生存状态等等。这是我们了解、认识、研究他们的最为可信的资料，是撰写文人学者年谱、传记的第一手材料，也是研究文学史、学术史和作家作品、学者著述的必不可少的珍贵史料。依个人的爱好和私见，我更为珍视日记主人辞世后才出版的那些日记。我觉得，这些日记常有不足为外人道之言，因而更为真实可信。而生前发表的日记，则难免会有为生者讳、为尊者讳、为贤者讳、为时势讳，甚而至于有刻意为文的情况，因而减弱了日记的珍贵史料价值。

我所爱读和珍视的几部文人的日记，如《鲁迅日记》《周作人日记》《吴宓日记》《朱自清日记》《张元济日记》《黄侃日记》《竺可桢日记》、浦江清《清华园日记·西行日记》《胡适日记全编》、宋云彬《红尘冷眼——一个文化人笔下的中国三十年》《顾准日记》《郭小川日记》以及近期在《新文学史料》上刊载的《雪峰日记》等等，皆是作者逝世后发表的。我珍视它们，是因他们原本不是为了发表才去写日记的，也就更为真实。当然，属于整理者有意删改之处又当别论。

胡适于1910年去美国留学，他从这一年开始记日记，直到他去世前，终生不辍。他早年的日记曾在《新青年》杂志上连载过一部分，1939年，上海亚东图书馆印行了胡适1910年至1917年的留学日记，书名《藏晖室札记》，1947年，此书又在商务印书馆出版，改名为《胡适留学日记》。1948年12月16日，胡适仓惶从北平飞往南京，他只带了父亲的遗稿和自己的著作手稿，还有一部甲戌本《石头记》，他的书籍、书信、日记等都留在北平家中。北平解放后，他的这些物品交由北京大学保存。胡适1949年至1962年的日记分别存在美国和台北。近年出版的《胡适日记全编》就是把这几部分汇集起来的，除了胡适生前发表过的是由他修改润色的以外，皆是他死后由别人整理的，这便保存了原貌，自然可信。

阿英的日记也是很有名的，他在1928年由亚东图书馆出版的《流离》，便是他1927年4月20日至同年11月19日的日记，我们可看作是日记体散文。而1982年出版的《敌后日记》《文代会日记》等，是他死后出版的，那些文字就同《流离》有些不同，尤其是1949年4月至9月间，他往返于天津、北平之间参与筹备并参加全国第一次文代会的那些日记（《文代会日记》），记事简略，却有极高的史料文献价值。

《阳翰笙日记选》是在阳翰笙本人指导下由别人整理注释出版的。阳翰笙写日记几十年，"文革"前写了几十本。"文革"中他曾六次被抄家，日记全部丢失，后来有人在一个书库的乱纸堆中发现，找回来做了清理，1985年由四川文艺出版社出版的这本日记选就是从中选出的一部分。陈白尘的《牛棚日记》是在作家本人指导下，由他的女儿摘编而成，并由陈白尘写了个"前言"出版的。这些日记既保存了许多珍贵史料，又经过一番增删、润色，因而更具可读性，但又难免会有前面提到的那种为××讳的情形。而鲁迅、周作人、张元济、冯雪峰这些文化巨匠的日记虽颇似流水账，但他们的生存状态却可从这简略的记事中窥知全貌。而如大象出版社出版的《周作人日记》影印本，南开大学出版社出版的《严修日记》影印本、北京图书馆出版社影印出版的《清季洪洞董氏日记六种》等，就连整理都不可能，完全是按照原样出版的。

以现代文化名人而论，《鲁迅日记》是流传最广的。鲁迅从十五岁开始写日记，但早年的日记没有保存下来，现存的日记是鲁迅于1912年5月5日从南方来北京，在中华民国教育部供职时起，至1936年10月18日（这一天的日记只写了"18日，星期。"未记事），到了19日他就与世长辞了。鲁迅日记记事极简，且不涉及国家大事，唯购书、写作、交游、经济收支，所记较详，且每年皆附当年的购书账。但鲁迅后半生的经历，从中尽可看出。研究鲁迅，不可不认真研读他的日记。

周作人从十四岁（1898年）开始写日记，他的日记大部分保存了下来。影印本《周作人日记》起自1898年，止于1934年12月31日，是研究他的前半生的重要资料。以后，他仍在写日记，解放后也在写。周作人的日记多用统一的格式（不同时期有不同的格式，为自行印制的日记本），毛笔写蝇头小楷。周作人日记在风格上很接近乃兄鲁迅的日记，也是文字极简，多记生活起居、与人交往、书信往来、经济收支、读书写作简况等，日记后也附有书账，记在每月日记后面。

我曾做过一些粗笨的工作，把鲁迅和周作人的日记对照来读，这便发现了一个有趣的现象：在1923年7月兄弟失和之前，他们生活在一起，但在日记中常有不同侧重的生活记录，由此可看出两人的不同生活态度、思想认识和情趣。比如，1919年是他们举家由绍兴老家迁居京城的一年，从年初开始，鲁迅就留心查访，希望在北京买到一所合适的房屋，以便全家搬了来。他的日记中频繁地记载着这样的情况：

2月11日　午后同齐寿山往报子街看屋，已售。

2月13日　午后同齐寿山往铁匠胡同屋，不合用。

2月27日　上午往林鲁生家，同去看屋二处。

3月1日　午后同林鲁生看屋数处。

3月8日　午后邀张协和看屋。

3月11日　午后同林鲁生看屋。

3月12日　午后看屋,又往琉璃厂。

3月14日　午后看屋。下午复出,且邀协和俱。

3月19日　午同朱孝荃、张协和至广宇伯街看屋后在协和家午饭。

4月13日　下午刘半农来。洙邻兄来,顷之同往鲍家街看屋。

6月3日　同徐吉轩往护国寺一带看屋。

7月10日　午后往八道湾量屋作图。

7月23日　午后拟买八道湾罗姓屋,同原主赴警察总厅报告。

7月26日　得二弟信,廿一日东京发。为二弟及眷属租定间壁王氏房四大间,付泉卅三元。

直到这一年的7月,鲁迅才买下了八道湾十一号宅院。这半年间,他不知为买房跑了多少腿,买妥后又亲自操办房屋改建、装修等杂事,这些事在鲁迅日记中皆有记载。但在同一时期周作人的日记中,对找屋买房之事却只字未提。固然,这期间,周作人于3月31日回绍兴老家,4月18日又携眷往日本探亲,5月中旬只身返京,7月2日又去东京接眷属,8月10日携眷来京,便住进鲁迅为他租的房子里。那些日子,跑房子的事全是鲁迅一人承担的。以后又是一连气的修缮改造房屋、请工匠、购料、置办家什、办手续等等,更重要的是筹措款项,这些事周作人皆不闻不问。直到11月10日,周作人日记中才有了"上午同重君至八道湾",11月13日:"至八道湾看装水道",11月15日:"上午运书籍至新宅"的记载,他只是做着搬家的准备。11月21日日记中,他便记着"上午移居八道湾十一号"了。鲁迅在同一天的日记中记着:"上午与二弟眷属俱移入八道湾宅。"从此,鲁迅在北京有了家。到了12月10日,鲁迅便只身回绍兴去接全家人了。但鲁迅只在这个家中住了三年八个月,便由于同周作人发生牴牾而失和,搬出了他辛辛苦苦购置起的八道湾住宅,搬到砖塔胡同六十一号赁屋暂居了。

再读读鲁迅与周作人兄弟失和那些日子的日记，更为有趣：

1923年7月14日鲁迅日记："是夜始改在自室吃饭，自具一肴，此可记也。"

同一天的周作人日记，对此事未记一字。

1923年7月19日鲁迅日记："上午启孟自持信来，后邀欲问之，不至。"

同日的周作人日记："上午得斐然函，寄乔风、凤举函，鲁迅函。"（以往日记中皆称鲁迅为"大哥"，此处却称"鲁迅"。此处所说的"鲁迅函"即是鲁迅日记中所说"启孟自持信来"的那封信）

1923年8月2日鲁迅日记："下午携妇迁居砖塔胡同六十一号"。

同日周作人日记："下午L夫妇移往砖塔胡同"。

1924年6月11日鲁迅日记："下午往八道湾宅取书及什器，比进西厢，启孟及其妻突出骂詈、殴打，又以电话招重久及张凤举、徐耀辰来，其妻向之述我罪状，多秽语，凡捏造未圆处，则启孟救正之，然终取书、器而出。"

同日周作人日记："下午L来闹，张徐二君来。"

试想，这日记若是为了发表而写的，这等事恐是不会写进去的，世人也就不会知道这些不足为外人道之事了。

吴宓的日记是另一种类型和风格的日记，1998年由三联书店出版的《吴宓日记》共十册，是现代著名学者吴宓（雨僧）从1910至1948年间的日记总汇。日记的整理注释者、吴宓的女儿吴学昭在《整理说明》中写道：

吴宓1906年开始写日记（1910年前日记无存），直写至文化大革命后期。中有间断。全部日记稿，"文革"中在西南师范学院被抄没；1979年归还家属时已有残缺。现整理发表作者于全国解放前（1910~1948）所写日记，中缺1913年、1916年、1932年、1934年、1935年以及1949

年日记。其中有些年日记是作者未记，也有些是早年丢失，1949年日记，被受作者委托保管的陈新尼教授于1966年秋焚毁。其他有些年的日记，亦有缺页。

吴宓日记记事甚详，有的一日长至千字以上，且多有自己内心隐秘的袒露，对自己所思所做之事的分析、反省、追悔、彻悟，是个人生存状态与情感生活的忠实记录。读《吴宓日记》，这位大师级学者的日常生活和内心世界尽收眼底，一位活生生的性情中人的真实形象跃然纸上。

正是由于我从这些文人（学人）日记中获益良多，我才特别珍视它们。

2003年夏改讫于保定紫骝斋

## 日记文本的论断之难

张国功

对于日记,今天的学界大体已经达成了"传记不如年谱,年谱不如日记"(谢泳《教授当年》,百花文艺出版社1998年版)的看法。随着近现代学术史、思想史研究的拓展,近年学术界人物日记的出版也达到了一个不小的高潮。"近世学人日记丛书"(河北教育出版社,2001)、"中国现代作家日记丛书"(山西教育出版社,1998)等都是成套的集成丛书。至于《吴宓日记》(三联书店,1997)、浦江清《清华园日记·西行日记》(三联书店,1999)、宋云彬日记《红尘冷眼》(山西人民出版社,2001)、《胡适日记全编》(安徽教育出版社，1997）、《杨复日记（1896~1900）》（新华出版社，2001）、《顾准日记》（经济日报出版社，1997）等，都曾作为重要话题在学界引发起不少议论。从实际情形看，日记文本固然有其非同一般的学术价值，但因为日记的个人性与私秘性，它作为文献来使用往往又有着不小的多样性，首先在文本上就需要慎重地辨识。《文汇读书周报》上关于日记的两例学术性的质疑与析疑，读来很有一些感慨与启发。

一例是关于《吴宓日记》的。2002年5月3日"专稿"版发表邓小军教授的《〈吴宓日记〉整理注释本对原文的删改》一文，指出吴学昭整理注释本《吴宓日记》违背其"整理说明"中所说"日记全出手迹，整理者不作删改"的基本学术规范。邓将吴宓1942年7月24日日记所引三首陈寅恪诗，与吴学昭所著《吴宓与陈寅恪》一书所引同日日记相对照，"发现整理注释本《吴宓日记》存在大量删节原文、甚至篡改原文的严重情况"。文末郑重指出："这不能不使人怀疑与忧虑，整理注释本《吴宓日记》全书究竟在多大程度上保持文献原貌，在多大程度使文献失真，甚至歪曲文献。"同时他提出两点希望；一，恢复《日记》原貌，如因故在目前需要适当删节，则必须慎之又慎并加以说明；二，如果《吴宓自编年谱》及《吴宓诗集》存在类似情况，应按上述办法处理。邓文一出，由于其使用较为科学的文献对勘法，在方法上可称至当，一时间在学界引起不少议论。6月14日，《读书报》同版刊出吴学昭《〈吴宓日记〉全出手迹》一文，并提供手迹影印件，据事实指出，实际上《日记》对原文未作任何删削，之所以会引起读者误解与疑问，是因为先出的《吴宓与陈寅恪》一书所收的吴诗系录自吴宓手编《吴宓诗集》卷十四（原始稿本），而并非录自日记，故两者文字略有不同。吴学昭并说，《吴宓与陈寅恪》一书由于是赶时间的纪念性出版物，撰作与印制的错漏不止一处。再由于当时的形势，出版时被删节了一些重要内容，她希望在不久的将来能在增订本中进行完善。

与此相似的还有一例，是关于宋云彬日记《红尘冷眼》。2002年7月

26日《文汇读书周报》的"读书人论坛"版发表散木先生的文章《也许过于谨慎的"××"——新版宋云彬日记的一个遗憾》，批评日记整理本出于避讳而将曾与郭沫若打过笔仗的考古学家郭宝钧之名代之以"××"，致使日记全本与早些年选载于《新文学史料》1999年第4期上的片断有出入。散木指出这"想是为了避免不必要的嫌碍，其实却是庸人自扰的过虑"。文末并以毛泽东与邓小平所提倡的尊重历史的辩证法，来强调保留原貌、直述其人的必要性。8月16日，"学术"版发表宋云彬日记整理编校人员陈伯良、虞坤林的说明文章：《把真情留在人间——宋云彬日记整理纪实》。文章解释说："书中所有口口（空方框——引者）之处，包括某些字迹模糊残缺之处，并非由于整理校点者'过于谨慎'和所谓'庸人自扰的过（顾）虑'。至于散木先生所举1950年5月17日日记中'郭口口（宝钧）'一例，我们再次查对了原稿，作者原本就留下了空白。虞坤林同志征得宋剑行先生同意，先期选载于《新文学史料》上的名字，是他本人查对其他资料后添加上去的。只是未注说明，导致前后有别，引起读者的误解……宋云彬先生原意如何，是一时记不起名字还是出于其他原因而空着，虽不得而知，但只要通览全书，我们对宋先生日记中原有许多直接针对郭沫若、茅盾、范文澜、吴玉章、侯外庐等众多知名人士所指出的批评指责，无论正确与否，也一律存其原貌，未加删削。"如此看来，以散木先生为代表的读者心头的担忧，则如陈、虞二先生所说，是"一些情况，因非局外人所能尽知，以致引来一些误解"。

应该说，上述的两次发生在日记读者与整理者之间的质疑与析疑，都是持之成理的分析与说理，一概基于纯粹的学理性辩论，体现出了学术争鸣所必要的风范与品格。读者以其所迷惑提出质疑，而整理者以其所知晓加以说明，不仅让读者从中体会到了关乎事实真相的知识，还收获了知识争辩过程本身的无穷乐趣。最重要的一点，就是让我们知道，论断是很难的，即使是以看上去确凿无疑的证据对一个小的学术发明加以裁断，都可能出现与裁断大异甚至相反的情况。胡适之先生赞同古人所说的"为学须疑"的精神，但在芜杂的学术语境中，不要说"疑古"，即使是对去今不远的现代文本加以"疑"，也是极其困难的一件事情。要说起来，吴宓与宋云彬的日记距离今天都不算太远，但在20世纪80年代之前的数十年间，中国学术所遭遇的来自政治与其他非正常因素的干扰与覆盖，实在是过于强烈了。它所造成的一个重要后果，就是使得大量基础性的文本史料呈现为一种版本繁杂、真伪难辨的面目，都有待于经过细心的清理而得出确论后才可以作为可信的材料来使用。尤其是日记这一个体性极强的文本，在政治常常侵扰个人空间的特殊语境中，更是容易出于自我保护或不好尽言等原因，导致其存有不小的隐晦、修改或变更。众所周知的如《顾准日记》引发的是否存在"两个顾准"的争论。平心而论，尽管事实说明了邓小军与散木两先生上述两例学术的质疑或曰指责，是因为作为日记整理的局外人所察不深而失误的，但不可否认，他们所怀疑的情况，在至今为止的文献史料整理中并不鲜见，甚至可以说是普遍的情况，《吴宓日记》与《红尘冷眼》只是受了这种通病的无辜"牵连"罢了。对现当代学术史有较深入的阅读经验的学者，没有理由不对这种有可能遭遇篡改的文本多加一份怀疑之心。只是，我们固然需要像邓小军、散木那样出于学术问难的善疑者，还需要像吴学昭、陈伯良、虞坤林那样对学术负责、不以质疑为忤的析疑者。

　　从上述问题看，近些年成为显学的近现代学术史与思想史研究，以及日益多见的日记文本，首先要解决的恐怕还得是现代学术史料学领域中的问题，重新回到傅斯年"史料学派"所坚持的："世之好为史学者，果欲纳之于正轨且开浚其源头乎，审定史料固最基本之功力，亦最急切之任务也。"(《史学季刊发刊词》)就如现代文学史料学界的龚明德、朱金顺、陈子善等精于考据的有心人所做的清理开道的工作一样。

# 于光远

## 日记与日记体裁的文章

除非一个人在记日记时就是为了有朝一日把它发表出来,一般来说记日记是本人为了备忘或者有一段感情上的要求,没有合适的可以同他说话的人就把要说的话写下来、留下来。这样的日记会是完全真实的。一个人为什么自己对自己讲假话呢?一个人的思想如果不说出来,它该说是完全自由的,因为别人不知道。写下来就不一样了,怕被别人看到,怕丢,怕别人硬要你交出,写的时候也就会发生某些顾虑。但是如果不总写日记形式的文章,真实性总会高一些。他会想:我何必去对自己讲假话、套话呢？

也因为日记不是写给别人看的，看到别人写的日记也就会有一种特别的兴趣，至于看到的并不是真的日记而只是日记体裁的文章，那就同看别的体裁的文章没有别的区别了。本来意义下的日记是不给人看的，偷看别人的日记，在文明社会里不是侵犯他人的知识产权而是侵犯他人的基本人权。至于日记体裁的文章，作者当然希望有愿意看到它的读者而且读者越多越好，至于你日记中写了你的隐私，当你拿出来发表时，它就不再是隐私了，或者说那是你自愿公开你的隐私，用这种方法来作秀。

上面说的是活人、今人。如果死人、古人，情况当然有所不同。把死人、古人的日记拿出来发表的人首先遇到的一个问题不是法律问题，而是一个对这个古人的态度问题。通常是出于对这个古人、死者的尊敬，为了使后人从先人写的日记中学古人的崇高品质，学古人在日记中表现出来的智慧。当然你发掘出来的材料，这位古人在日记中表露出他的丑恶的面目，情况就复杂了，不把它发表出来，不利于历史科学的研究；把它发表出来，就有一个法律问题，如这个死人有法定的保护人——我不懂法律上有无这一条，但是是否损害到死人的判断也是一个复杂的问题。比方死者的日记尽是套话、官话、空话、假话公开出来，对他的印象就不好了，对这样的事情又该怎么看？

2000年8月6日　北京

# 林非

## 关于撰写日记的随想

有多少人在认真和勤奋地撰写着每天的日记,不知道是否也曾思量过,自己写作的动机究竟何在?根据我粗浅的分析,觉得大致有这样的三种情形:(1)作为练习文学创作和提高文字水平的渠道,这主要是包括许多年轻的朋友们;(2)作为宣泄自己胸臆中的欢乐与悲恸之用,暂时还不想去公诸于众,因此在记下种种见闻、交往和自己所作的事情时,往往就会没有丝毫的顾忌,信笔直书,率性成文,绝不加以任何的遮掩和修饰,很容易流露出赤裸裸的个性来,这样就在无意间写出了天下的至文(如果后来想公开发表的时候，因为考虑到要充分保持自己正面的形象，就尽量删削去若干似乎会贬抑自己和不合时宜的内心隐秘，其实经过这样的删改之后，反而就显得逊色了），这主要是包括若干具有较高的思想与艺术修养的朋友们；（3）作为仅供自己录以备查的文本，简略地记下种种见闻、交往和本身做过的事情，这主要是包括不少的公职人员和知识分子。

从上述的前两种写作动机来说，确乎是在进行或练习着很有意义的文字创作。如果这些日记的作者，很善于表达自己赤裸裸地流露出来的思想与艺术气质，那么就肯定会引起读者的赞赏和共鸣，这正是日记此种文学体裁最为优越的长处。像乔治·桑、列夫·托尔斯泰和高更等这些作家和艺术家的日记，就是相当典型的范例。至于像卢梭的《忏悔录》，虽然并非日记体裁的作品，不过在喜爱赤裸裸地显示出个性来的这一点上，可以说是与此并无二致的，所以也同样获得了很大的成功。

而如果是从写作手法的角度去进行剖析，是否可以区分以下两种类型的日记：（1）从容展开的文学创作方式，把自己所有的社会活动和心灵飘荡的踪迹，都运用文学笔法活生生地描摹出来，像罗曼·罗兰的《莫斯科日记》就是最为典型的例子；（2）简单扼要地记流水账方式，运用寥寥数笔，记下种种见闻、交往和自己做过的事情，主要的目的是为了自己备查之用，像《鲁迅日记》就是最为典型的例子。类似这样的分类法，是否更容易一目了然些，更便于被这方面的研究者和实践者所掌握？

我自己从少年时代开始，就喜欢到处寻觅种种的书籍来阅读，真是浏览得杂乱无章，头绪繁复，连自己都整理不出一条清晰的线索来，然而对于日记体裁的著作，却看得极少。在古今中外这一部十分漫长的历史上，日记这一类书籍的数量，可以说是众多和庞大得很难计算出来的。而在其中被研究者公认是日记体开山之作的李翱《来南录》，我都从未接触过。记得几十年前在复旦大学上学时，聆听郭绍虞老师讲授的《中国文学批评史》中，就阐述过这位唐代散文家的《复性书》，指出他那种主"性"和斥"情"的理论，是开了宋代理学的先河，听完讲课和读了文章之后，对于这位古人真有点儿惶恐和疏离的感觉。不过如果真想要深入地研究日记此种文体的话，倒是应该将《来南录》找来仔细地阅读一遍的。

  我不仅是很少阅读日记类的著作，而且自己写出的日记也不多，零零星星留下的几个本子，只限于"简单扼要地记流水账方式"此种写法，却并无一页"从容展开的文学创作方式"的文本，因为我是一个相当慵懒的人，很怕每天晚上都枯坐在昏暗的灯光底下，埋着头撰写出这样的一篇文章，所以从自己的心情来说，就更喜欢写一两行"简单扼要地记流水账方式"的日记，这样既方便省时，又能够永远留作撰写有关文章的备考材料。我先后出版过的两本回忆录：《读书心态录》（中外文化出版公司）和《半个世纪的思索》（辽宁教育出版社），在写作的时候就常常翻阅那几个本子。有几段往昔的时间，未曾留下这样的日记，写起来就得反复地回忆，自然要费力得多，而且由于缺乏这些容易引起确切回忆的原始材料，符合历史事实的准确程度就得要打一些折扣了，足见此种日记具有多么重要的价值。对于多数学者和作家朋友来说，撰写和保留这样的日记，无疑是具有更大的可行性和必要性。而对于追求写出卓越的日记体文学作品的朋友们来说，则祝愿他们神采飞扬地攀向这样的峰峦。

2001 年 11 月 14 日于北京静淑苑

# 周国平

## 写日记的习惯

不论在什么场合,只要是面对着青年学生,我经常提的一个建议就是:养成写日记的习惯。中学是人生的一个关键时期,许多好习惯和坏习惯都是在这个时期养成的。有两种好习惯,一旦养成了,就终身受益。这里我只说一说写日记的好处。

第一,日记是岁月的保险柜。每个人都只拥有一次人生,而人生是由每天、每年、每个阶段活生生的经历组成。如果你热爱人生,就一定会无比珍惜自己的经历。珍惜其中的欢乐和痛苦,心情和感受,因为它们是你真正拥有的东西。令人遗憾的是,这一切不可避免地会随着时间的流逝而失去。为了留住它们，人们想出了种种办法，例如用摄影和录像保存生活中的若干场景。但我认为写日记是更好的办法，与图像相比，文字的容量要大得多。通过写日记，我们仿佛把逝去的一个个日子放进了保险柜，有一天打开这个保险柜，这些日子便会历历在目地重现在眼前。记忆是不可靠的，对于一个不写日记的人来说，除了某些印象特别深刻的经历外，多数往事会渐渐模糊，甚至永远沉入遗忘的深渊。相反，如果有日记作为依凭，即使许多年前的细节，也比较容易在记忆中唤醒。在这个意义上，日记使人拥有了一个更丰富的人生。

　　第二，日记是灵魂的密室。人活在世上，不但要过外部生活，比如上学，和同学交往，而且要过内心生活。内心生活并不神秘，它实际上就是一个人与自己进行交谈。你读到了一本使你感动的书，你看到了一片使你陶醉的风景，你见到了一个使你心仪的人，你遇到了一件使你高兴或伤心的事……在这些时候，你心中也许有些不愿或者不能对别人说的感受，就用笔对自己说。这样做的时候，你是在写日记，同时也就是在过内心生活了。有的人只习惯于与别人共处，和别人说话，对自己却无话可说，一旦独处就难受得要命，这样的人终究是肤浅的。人必须学会倾听自己的心声，自己与自己交流，这样才能逐渐形成一个较有深度的内心世界，而写日记正是达到这一目的的有效手段。

　　第三，日记是忠实的朋友。人不能没有朋友，真正的友谊使我们在困难时得到帮助，在痛苦时得到慰藉，在一切时候得到温暖和鼓舞。不过，在所有的朋友之外，每个人还可以拥有一个特殊的朋友，那就是日记。在某种意义上，它是你最忠实的朋友。没有人——包括你最亲密的朋友——是你的专职朋友，唯有日记可以。别的朋友总有忙于自己的事情而不能关心你的时候，而日记却随时听从你的召唤，永远不会拒绝倾听你的诉说。一个人养成了写日记的习惯，他仍会有寂寞的时光，但不会无法忍受，因为有日记陪伴他。在隐私权受到法律保护的社会里，日记的忠实还表现在它不会背叛你，无论你对它说了什么，它都只是珍藏在心里，决不违背你的意愿向外张扬。

　　第四，日记是作家的摇篮。要成为一个够格的作家，基本条件是有真情实感，并且善于用恰当的语言把真情实感表达出来。在这方面，写日记是最好的训练，因为日记是写给自己看的，一个人总不会把空洞虚假的东西献给自己。对于提高写作能力来说，日记有作文不可替代的作用。作文所起的作用在很大程度上取决于教师的水平，如果教师水平低，指导失当，甚至会起坏作用。与写作文不同，在写日记时，你是自由的，可以只写自己感兴趣的东西，不用为你不感兴趣的题目绞尽脑汁。你还可以只按照自己满意的方式写，不用考虑是否合乎某个老师的要求或某种固定的规范。按照自己满意的方式写自己感兴趣的题材，这正是文学创作的主要特征，所以写日记是比写作文更接近于创作的，事实上，许多优秀作家的创作就是从写日记开始的，而且，如果他们想继续优秀，就必须始终保持写日记时的那种自由心态。

　　我说了这么多写日记的好处，那么，是不是一个人只要随便怎样写一点日记，就能得到这些好处呢？当然不是。依我看，要得到这些好处，必须遵守三个条件：一是坚持，尤其开始时每天都写，来不及就第二天补写。绝不偷懒，绝不姑息自己，这样才能形成为习惯。二是认真，对触动了自己的事情和心情要仔细写，努力寻找确切的表达，决不马虎，决不敷衍自己，这样写出的日记才具有我在上面列举的这些价值。三是私密，基本上不给人看，这样在写日记时才能排除他人眼光的干扰，坦然面对自己，句句都是真心话。

　　写到这里，我不得不对天下的老师和家长们进一忠告，因为要遵守这三个条件，必须有你们的理解和配合。你们一定要把日记和作文区别开来。语文老师当然可以布置学生写若干篇日记然后加以批改，但这样的日记实际上是作文，只不过其体裁是日记罢了。我现在提倡学生写的是名副其实的日记。这意味着老师和家长都必须尊重其私密性，如果不是孩子自愿，任何人不得查看。我不只一次听说这样的事情：有的孩子自发地写起私人日记来，家长和老师觉察后，便偷看或突击检查，一旦发现自以为不妥当的内容，就横加指责和羞辱。这是十足的愚蠢和野蛮，是对孩子正在生长的自由心灵和独立人格的摧残。应该把孩子的私人日记看作属于他们的一块不容侵犯的圣地，甚至克制我们的好奇心，鼓励孩子不给我们看。孩子的心灵隐私越是受到尊重，他们就越容易培养起真诚、自信、独立思考等品质，他们在精神上就越能够健康地成长。不必担心因此会互相隔膜，实际上，惟有在平等和尊重的氛围中，家长和孩子之间才可能产生实质性的交流。

# 陈昊苏

## 日记的社会价值

日记也许是拥有作者数量最多的一种文体。人们从小学一二年级就开始学习写日记，长大以后只要具备了一定的文化水平，他们就会在一生的某一段时间记上几篇或几本日记。尽管终身记日记的人很少，但和日记问题发生某种关系的人却多得无法计数。

这么大量的人群写日记，其总体的价值当然很可观。名人日记就不必说了，即使是默默无闻的小人物，如果机缘凑巧，也有可能成为重大历史事件的见证人，他（她）当时记下的日记就会成为很有价值的历史文献资料。日记最大的优点是伴随着私人写作的隐秘性而来的真实性。不夸张地说，每一部日记都有可能成为真实的历史，其中个别部分的会有差别，但加在一起形成总体的价值是不容忽视的。

遗憾的是，有关日记的数量太大，而人类缺乏有效的保存和传播手段，所以在过去漫长的岁月中绝大多数的日记自生自灭，没有在社会上流传，也没有在历史中留下印记。只有个别幸运者的日记流传下来成为珍贵的历史资料。现在我们已经有可能克服技术上的困难，争取更广泛的搜集日记并保存起来。有一个关键问题是日记的检索，因此做到能从浩如烟海的日记中很快找到对人们有用的部分，只要这个问题解决了，那么日记总体的社会价值就可以得到充分的开发，为人类认识自己和改造社会发挥巨大的作用，产生巨大的影响。

可以设想在21世纪的某一个年代，国家将把日记当成是一种宝贵的文化资源，设立专门的日记馆，要求公民义务提供自己写的日记，同时日记馆则承担为公民在一定期限内的保密义务。日记馆应对所收藏的日记做技术上处理，编制简明扼要的检索数码，很快就能找到记有自己感兴趣的历史事件的日记。举一个例子，如果那时候的人（大概是我们的孙子辈了），想要研究一下第十一届亚运会的情况，他只需提出与这个主题词相应的数码，马上就能获得数以千万计的有关亚运会的日记，他还可以根据自己的要求，做进一步的检索，找到有关开幕式、比赛、服务、足球、篮球、排球、体操、田径或某一位体育明星等等更具体的内容。我们现在写下的日记将被我们的后人视为珍宝，这是多么有意义的事情啊！

我们这种构想并非是心血来潮，异想天开。河北保定有一位寇广生同志，几年前就设想建立一个日记博物馆。他把这个设想写进1987年5月12日的日记里，现已收入《新中国一日》这本书中，我是受它的启发而作出有关日记馆的构思的。

我预料日记的社会价值将会得到越来越多的人们承认，记日记的人将会增加，作为一种文化资源，其开发的潜力是无穷无尽的。每一个记日记的人都会希望自己写的日记在总体的价值中占有更大的分量，而每个人日记价值的提高也有助于总体价值的提高。但我认为要提高日记的的价值，一定要把功夫下在真实性上，要以真诚的态度来写自己的见闻和自己的思想，不要虚夸和歪曲。因为我前面已经说过，日记最大的优点在于真实性，只有真实性才使它有资格进入历史。

　　我祝愿日记总体的社会价值得到更多的人们的关注。

# 李辉

## 在日记中感受历史

那些日子,"非典"在北京肆虐,天上总是罩着久久不散的雾霭。说是雾,却非雾;说是晴,却非晴。太阳遮遮掩掩地露出来,它也仿佛被某种莫名的东西压得喘不过气。生活仍在继续,但是一夜之间已与以往大大不同了。

对于生活其中的每个人来说,那些日子将是终身难忘的记忆。未来的人们会回望今天,说:那一年中国的春天叫"非典"。正像今天的我们在回望一个又一个遥远或不遥远的年份时,会用特殊的词汇来勾画历史的某一个环节。

在这样特殊的时刻,已有人正在每日记下自己的经历和感受,就像我们的前辈们当年一样。

日记就其本来意义来说最具个人色彩。这里需要排除某些刻意写给世人阅读的日记。因为诸如此类的日记,看似个人化,其实早已串了味,往往为了迎合某一需要而写,或者被人为加工。在那样的日记里,很难看到记录者真实的思想和情感,更多的是人云亦云的雷同与虚假,它们的价值显然是要大打折扣的。我所看重的则是真正写给自己看的日记。打开日记本,写下一行行文字,或是为了备忘,或是与内心交谈,把个人交往、行踪以及高兴、痛苦、愤怒诸多心绪均如实记下。这样的日记,无论简略或者详尽,随着时间的推移,都将成为历史记录的组成部分,为人们认识记录者本人和历史提供大量真实细节。

"大象人物日记丛书"(大象出版社出版)则陆续选录不同时期各界名人的日记,借他们对个人经历和心灵行程的记录,来多侧面地呈现历史原状。首批推出聂耳、巴金、田汉、陈白尘四种。

聂耳的日记生动记叙了一个青年音乐家丰富的情感,同时,1930年上海的文化活动在他的笔下也得到了精彩的呈现。过去我们熟悉聂耳的歌,但却不大了解他的生活,读他的日记,我们无疑会看到一个更真实的聂耳。

田汉的日记选录的是1968年他在狱中去世前最后几年写下来的。这几年,是田汉一生中最艰难的日子,也是中国社会极为艰难、复杂的日子。这些断断续续写下的文字,透露出种种信息,既可以帮助我们了解田汉个人的生活脉络,也可以借星星点点来拼贴那一年代的历史画面。在这一点上,同一时期的巴金的日记有着同样的价值。两者相互参照阅读,会使我们对"文革"爆发前后中国文化界的状况有较为充实的了解。

陈白尘的干校日记十年前发表时曾引起强烈反响。和田汉、巴金相比，陈白尘的日记记录得更详尽，也更为大胆而犀利。现经女儿陈虹的整理，陈白尘的日记由干校生活延续到"文革"结束前后。读者会发现，在这本较为完整的陈白尘日记中，"文革"时代的历史画面竟是如此生动地记录下来了。

不同的性情、不同的身份会留下不同风格的日记，从而也展现出历史生活的不同侧面。一个新的开始，既是文化积累，也是历史积累。星星点点的积累，把过去与未来连接起来。

# 乐秀良

## 《日记何罪》与《日记悲欢》

1979年,我在中央党校学习。7月8日那天,我和中国大百科全书出版社编审顾家熙同志一起,到人民日报文艺部主任袁鹰同志家做客。我们三人都是40年代初期在上海结交的文友。久别重逢,互诉心曲,至为亲切。在谈到"文革"中"四人帮"的文字狱时,我谈了江苏有位中学教师写了十年日记,蹲了四年冤狱,在《群众》杂志社编辑支持下得到彻底平反的情况,提出了日记不应定罪的观点。家熙和袁鹰听了都认为这个观点很好,值得一写。就这么约定了,回党校后,在学习空隙拟稿、起作,并查阅了全国五届人大二次会议通过的宪法和刑法有关条款，作为法律依据。7月18日完稿，先寄给顾家熙，请他斧正后转交袁鹰同志。这就是发表在8月4日《人民日报》上的杂文《日记何罪》。《日记何罪》发表后，陆续收到由报社转来的读者来信，有表示同感的，有倾诉衷肠的，有要求回答问题和帮助申诉的。接着我又写了《再谈日记何罪》，发表在11月21日的《人民日报》上。袁鹰同志还约我再写一篇《通信自由》，因为历次政治运动中，书信和日记都最容易成为抄家的目标和文字狱的罪证。我也遵嘱写了，发表在12月12日的《战地》副刊上。

十年来，我一共收到八百多封读者来信，随着十一届三中全会精神的深入，报喜的来信多起来了。许多人的日记冤案平反了，纠正了；恢复了公民权、公职、党籍、军籍；有的结了婚成立了小家庭；有的夫妻复婚，破镜重圆。他们中间，有的当了医师、教师、工程师、厂长、校长、研究室主任，有的还加入了中国共产党，这一切我都记录在自己的日记本里。1985年，我又把一些来信和日记整理成文，选择了十一位"日记罪"蒙冤者喜获平反的悲欢故事，编了一本书，叫《日记悲欢》，由湖南人民出版社正式出版。著名法学家张友渔同志为该书写了序言，全国十几家报刊发表了评介文章。杂文家谢云同志以《杂文史上的佳话》为题，在1987年9月21日《人民日报》上发表文章，指出："一篇杂文，引出了许多动人的故事，这些故事又凝集成一本书——《日记悲欢》，这恐怕是要算得杂文史上罕见的佳话了。"当然，这也得感谢当年《人民日报》的编辑同志和顾家熙同志的政治勇气。

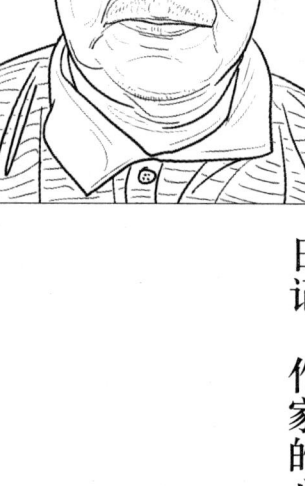

# 耿林莽

## 日记：作家的心灵之窗

### 一

托尔斯泰为了维护"只为自己一个人写日记"的自由所做的"斗争"，以至因此而蒙受的精神困扰，深深地打动了我。他因之而与爱妻发生了长期的龃龉，最终携日记出走，死在一个小站上。这位极端珍惜自己内心生活的人曾说过："每个人的精神生活是这个人与上帝之间的秘密，别人不该对它有任何要求。"

日记的意义和它的价值，因托翁的这一终其一生为之坚守的忠贞与挚诚而被照耀得光芒万丈了。日记是神秘的吗？不，日记是神圣的。

当然，并非所有的日记。我想，那种流水账式的、备忘录式的，资料保存性的日记自有其价值，但完全是另一种性质的东西。我们称之为"私人写作"的，作为心路历程之迹印而存在的这种日记，我称之为灵魂的私语，内心的独白。这是一个人，一个作家、学者或诗人的心灵的隐秘的窗口，这是仅仅属于他自己的一个精神的密室。

二

写作原本是私人事情：意识流动，内心感悟，有病呻吟，乘兴而歌。"为何我要写作？"贝多芬回答说："我心中所蕴蓄的必得流露出来，所以我才写作。"

然后才是交流。有了交流，有了社会化，有了"作家"这一职业，有了文学的商品性，写作的私人性便被掩盖、取代和篡夺了。一些深刻的变化次第展现，随着意识形态的政治升级，市场经济的蓬勃发展，大众传媒的哗然而起，若干出版商的唯利是图，深刻的危机威胁着文学的本体存在——它的个人性独特创造的基因。在这样的社会背景和文化语境下，敏感的人像回望童年似的想起了日记，这一私人写作的重要形式，这一文学之始祖的幽灵，并对之产生了浓郁的"乡愁"之思。

日记，是说真话，吐真情，显个性的"自留地"。每当我读到一些作家披露心迹，纯任性情流布，语言文字也不作任何雕琢与矫饰的原生态珍品时，便有一种如饮琼浆的清新之感。

卡夫卡在他的一篇日记中写道：

读日记使我激动，这是因为当前我不再有一丝一毫安全了吗？一般在我看来皆属虚构……我心中一片空虚迷茫，活像在夜里，在大山一只失群的羊，或者像一只跟着这么一只羊跑的羊。如此失落孤独，却又没有诉苦的力量。

克尔恺郭尔在一篇日记中写道：

为了我的忧郁，我依然爱着这世界，因为我割舍不下这忧郁。

我死亡，我诅咒，我可以与世上的一切脱尽关系，但我甚至连在睡眠中也摆脱不掉我自己。

是怎样的一种对人生的执著和内心的苦恼困扰着这些作家们的灵魂！在生活中，他们不得不与世周旋，敷衍应对，不得不戴上面具，操作一种社交的、市场的、官场的话语。而现在，独自面对自己，不用穿礼服，戴冠冕，甚至连外套与内衣也可脱去，打开心扉，赤裸灵魂，无话不可对己言。真情实感，独立思考，可以打破一切樊篱与锁链，包括技巧的做作，文体的束缚，新潮时尚，传统习惯，长官意志，编辑好恶，流派风格，这"主义"那"主义"的创作方法，一切的字酌句斟扭捏作态，统统可以摆脱或超越，回到原始的质朴天真，自然亲切，不修边幅。没有技巧的技巧，不讲形式的形式，随心所欲的结构，这是一种高度的自治的、标准的自动写作。

灵魂的私语，用不着牵就和迎合。

## 三

关于日记，我在自己的札记中写过这样的随感：

"日记是生命走时镌刻的墓碑，在每一个逝去的日子上，留下你的墓志铭。"还有："日记——私人写作是一座坟，心之幽灵的踽踽独步，午夜无眠时的喃喃自语，创伤的抚摸，一种伤心，一种忏悔，一点点不可告人的隐忧。所有这些不欲与人言的思想、感情和情绪，自由释放，腾越而出为云烟缕缕，落在纸上，便是私人的财富了。写出来依然密封，依然覆盖着土，在坟墓中……文学史家们挖掘'考古'，或有所发现，有闪闪发光的灵魂之珍宝，在其中隐匿，藏留？那便不仅是私人的财富了。"

# 楼昔勇

## 日记漫议

前不久，我有幸受邀参加了在华东师大召开的首届全国日记研讨会，会议期间，我知道了有个《日记报》，有的地方还举办了"日记节"、"日记展览"等活动。此外，我还结识了不少来自全国各地的日记迷，几年来，他们潜心于对各类日记的收集和研究，并为此做出了不少成绩。看来，日记这一文本形式已经引起了学术界的关注，对此我感到十分欣喜，对日记迷们的热心也怀有一种由衷的敬意。

平时，我也记点日记，但往往是时断时续，并不持久。从我个人的情况来看，日记可有两类：一类偏重于虚，主要是记思想；一类偏重于实，主要是记事情。我在上世纪60年代的日记，基本上属于前者。当时，在《雷锋日记》的影响下，我开始记日记，记的主要是自己学毛选的体会，在实践中如何改造思想、不断进步等。"文革"一来，很多事情弄得稀里糊涂，既看不透，又想不清，心神不定，于是日记也就停下了。80年代开始，我又记日记了，记的主要是每天的经历，行文上也不像以前那样具体，也不讲究文采，往往是三言两语，几乎像个流水账。但是，不管怎样，日记犹如一面镜子，它总是会映照出一个人的思想轨迹和活动内容，因此，日记对个人来说也总是会有以下用处。一是助我记忆。我们知道，一个人的经历是十分丰富、十分复杂、十分曲折的，好多事情往往会事过境迁，很快在自己的记忆中消失。但是，一旦当你需要追述某件被遗忘的往事时，只要一翻日记就能解决问题，虽然只是寥寥数语，你仍然还会有历历在目的印象。二是助我反思。反思不能凭空进行，它必须以记忆作为基础，这样，日记的作用也就随之而来了。你只要看看自己以往的日记，就会在自己以往的所作所为中悟出许多东西来，如发现自己处事的幼稚可笑，待人的误解过失，甚至产生或歉疚，或自惭，或自信等心理。反思是人的特点，有了这种反思，人就会变得清醒起来，聪明起来。

一个人写东西，不外乎如司马迁所说，或藏之名山，或传之其人。而我的日记却只是给自己看的，不会外传，说不定到时候烧掉算数。但是，日记毕竟是一种精神成果，特别是那种好的日记，具有很高的阅读价值和欣赏价值。这类日记可以公开出版，让其流传于世。尽管我不喜欢别人看我的日记，但是我却很喜欢看别人公开发表的日记，特别是名人的日记。这或许与日记的以下特点有关：一是真实性。因为日记首先总是给自己看的，写的总是自己所经历的真实的事情，真实的想法，他没有必要去弄虚作假，自己欺骗自己。然而，这种真实却是非常可贵的。我们说，生活中存在着真善美与假恶丑，真却是善与美的基础，有了真就可以走向善，走向美。反之，假也是恶与丑的基础，有了假就会导致恶，导致丑。生活离不开真，做人也离不开真，我们强调说老实话，办老实事，做老实人，其核心就是真。人的真心、真意、真情是最能打动人的，当我们打开一个人的日记，犹如看到一个人打开了的胸怀，非常坦率地在向你抒发自己的情感，此时，你会不由自主地受到莫大的感染。二是隐秘性、人都有一种探秘心理，科学研究是一种探秘，了解他人特别是了解名人的生活情况也是一种探秘。平时，生活中的名人对人们的影响，主要是通过他们的业绩表现出来的，如运动员的比赛成绩、艺术家的艺术作品、科学家的创造发明以及其他英雄模范人物所建树的丰功伟绩等。这些无疑可以引起人们对名人的敬意，但是，除此以外，人们总还是希望能对自己心目中的名人的生活状况有更多的了解，如他们的人际关系、家庭结构、兴趣爱好以及在工作、学习、生活中所饱尝的种种甜酸苦辣。对这类情况人们却偏偏所知甚少，但是，如果你看了他们的日记，其中就有着详尽的记载，透过这扇打开了的窗门，一个活龙活现的名人形象也就在你面前出现了。此时，你对他既会产生敬意，又会感到亲切。三是艺术性。一般说来，名人日记的语言都是很不错的。有的日记语言优美生动，描写细致入微，富有艺术魅力；有的日记虽然着墨不多，却是言简意赅，给人一种简洁明快的感受。这种语言的美，结构的美，是日记之所以具有吸引力的一个重要原因。

　　日记可以有许多种类，每类日记又可以有各自的特点，但是，真实性是各类日记的共同生命。这种真实性是指事情的真实，而不是情理的真实。尽管一个人很多真实的生活内容不一定都能写到日记中去，但日记中所写的却必须是真实的。假如你用很优美的艺术语言，描写了你虚构出来的却符合情理而不符合事理的生活内容，这只能是日记体的文学作品，而不是原本意义上的日记。最近，施蛰存先生新出了一本日记，这是60年代题为"闲寂日记"和80年代题为"昭苏日记"的合集，它的特点与施先生光明磊落的性格一样，每篇日记有铅印和影印这样两种体式，因此，其真实性是绝对可靠的。我们说，一个人总是有缺点的，这种缺点也会在日记中有所表现，如果当你的日记在日后将要发表或出版时，你却对其中所写到的某些缺点作了某种修改甚至美化，那就很不应该了。但愿当前我们看到的一些日记，并没有做过这样的处理。

人是社会关系的总和，也是社会生活的主体，日记虽然记的是个人经历，其中却蕴涵着无限丰富的社会内容。因此，收集日记、出版日记、研究日记，是一项很有历史意义的工作。

# 储瑞耕

## 每天和自己谈一次话

俗话说,"骏马不劳鞭","响鼓不重锤"。一个积极上进的青年,不应该总依赖外力的督促,应该自己给自己"加鞭"和"敲打"。我以为记日记就是对自己"加鞭"和"敲打"的好方法。列夫·托尔斯泰在他的小说《复活》中,借主人公聂赫留朵夫的口说,写日记"不是什么孩子气的事,而是跟自己的我,跟每个人的内心都有的、真正的、神圣的我,谈话。"日记中的"我",的确是一位最忠实、最坦白、最理想的朋友了。

和日记中的"我"谈话就是一种自我分析、自我评价和自我修养。和日记中的"我"谈话，犹如在心灵的"镜子"上"自鉴"。本世纪初，我国一位著名的教育家杨杏佛先生说："日记虽小课，然作时多在清夜，追省一日所为，无异衡其功过防患未然，悬崖勒马皆在此时。若日日无间断，虽无意自省已尽省之功矣。"在写日记的时候，"一日之所为""一日之功过"，在镜子上能照得清清楚楚。人非圣贤，孰能无过。"三饱一倒"的人，在镜子里看到自己的形象，就不会再心安理得地躺下；"一时清楚，一时糊涂"的人，在镜子面前打个"照面"，就很可能不再糊涂下去；取得了一点点成绩就沾沾自喜的人，在镜子面前就可能低下了头，羞红了脸；尤其是那些不被人察觉的事情，更应该在镜子面前有个交待……日记中的"我"是清醒的，严肃的。如果在上床睡觉之前，清夜人静之际，打开日记本，握笔凝神，条理一下思想，看出一些问题，提出一些要求，提醒一下自己，督促一下自己，鞭打一下自己，那么，今天日记中的"我"，将给明天生活中的"我"提供很好的借鉴。和日记中的"我"谈话，就是在心灵的"天平"上"自检"。杰出的国际共产主义运动活动家季米特洛夫说过："青年，谁在睡下时不想想一天中学会了什么东西，他就不会前进……要找出时间来考虑一下，一天工作中做了些什么：是正号还是负号。假如是正号——很好；假如是负号，那么就要采取措施。"心灵上的天平能称出学习的进取心、工作的责任心和生活的事业心。人生如逆水行舟，不进则退。可怕的是习惯于无所用心、无所追求，不知不觉就会滑下去。如果能不断回头看路，就能早知早觉，事情就会尽快地重新好起来。记日记是一种思想上的自检。问题出在哪里？是方向，是方法，是情绪……在日记上经常和自己谈谈话，每天都不懈怠，每天都有个自我汇报，长期坚持，就能鞭策自己一步步实现既定的目标。和日记中的"我"谈话，就是利用心灵的"空调"来"自控"。人离不开自己生活的环境。环境总是变化的，学习的方式和工作的岗位可能变化；更多的是许许多多活动着的人和事，影响着我们的思想和情绪。一个人完全受外界环境的摆布，那就真成"染之苍则苍，染之黄则黄"了。遇到高兴的事，便兴奋不已；遇到怄气的事，便茶饭不进。这显然不可取。宋代思想家范仲淹勉励人们"不以物喜，不以己悲"。聪明的人具有一种"以不变应万变"的能力。写日记也是培养这种能力的好方法。这种自控的能力，谁也代替不了，只有日记中的"我"能帮你解决。过分"兴奋"了，它会帮助你"降温"；陷入愁苦的困境，它又能领着你一步步超脱。坚持写日记的人，在生活的道路上也可能有一时半时的停滞，甚至做出些荒唐的事。但一般来说，他们能很快"刹车"，并焕发出新的生命力。当你把自我溶化在环境里的时候，你的日记就成了生活经历的写照。这种日记不断地完善我们对社会、对人生的认识和理解，使自己逐渐成熟起来。写日记并不意味着成天作作检讨，和心灵上的"我"交谈是一种高尚的精神生活。在推心置腹的谈话中，有时好像总和自己"过不去"，实际上，正是那个高大的"我"在鼓励你。自己骂自己，什么话都能接受；自己"敲打"自己，自己给自己"加鞭"，再疼也心服口服。"自鉴"、"自检"、"自控"的结果，带来的会是"自励"。如果说，每个坚持写日记的人，将来都大有作为，这话太绝对了，那么，可以这样说：坚持写日记，大大有利于一个人"有所作为"！

## 龚明德

**日记琐谈**

一、我自初中就开始写日记,参加工作后,二十三岁后至今一天不缺。字数估计至少一百万字。

二、我写日记最早是练习写作,按语文老师要求。到了大学时代,青春期,又没有女友,只好在日记上写。再后,就是每天的记事、心境。

三、我的日记没有发表过。有人来要过,想印一本,我没同意。

四、写进日记的不都是好事,但出版时日记一定不能删、改。

五、日记生前最好不发表。因为一发表,必定考虑社会影响,这就要删改，就失去日记之意义。

六、要说得益于日记的事：《雷锋日记》使我感到思想水平之高是什么，《谈建华日记》使我意识到了日记的艺术手法是什么。

七、1989年一大本日记放在桌上，被人窃走三个月，并以此为条件，要我办一件我不想办的事。为换回日记，我办了。至今仍和窃走我日记的人友好。

八、我写巴金的《大安祥，大坦适》几乎全抄自那次见巴金的当天日记。

九、我认为职业（事业）与写日记有关系。尤其是婚后，有了孩子，记下孩子成长足印，"育人大业"个案史料。十七年的出版工作，我与巴金、钱钟书、丁玲等人的交往，日记都是见证。

十、婚前日记只记事，婚后日记多属家务来往。大学日记特多瞧不起女孩子的内容（因为当时穷，无女孩子喜欢我）。

十一、"日记"不能说成是"文学形式"，它是应用文。"文学日记"不宜提倡。对青少年，一定要提倡他们写真情实感，错了也不要紧。日记不准做假。

十二、日记只对自己忆往有益，不必提其他作用，尽管这些作用确实存在。

十三、写日记有话就记，有事就录，就感就发，不写假话，日后读旧日记千万不要删改，可以旁批以后的想法。

十四、人生有严格的阶段性。"带锁"的日记，是孩子步入成熟而未成熟时的记录。写日记的人不愿公开日记，谁也无权看。但一旦成为公众人物，就无隐私可以保密了。如日记中写了自己的性生活史，也可照样公开，以供研究"性学"的人参考。

十五、"日记课教育"是荒唐的提法。应在21世纪废除20世纪50年代大陆流行的大量死亡词，"教育"这个词也是"死亡词汇"。写日记，只须真实,与"教育"无关。任何一个成才的人,都不是"教育"出来的。

十六、从古今中外的日记宝库中选取性情之篇什,加以生动的赏析,让读者在"诱惑"下爱上日记。切记不要因资金不足大登活人的日记。

# 鲁冰

## 闲话日记

在长沙时,我常跟一个写"前卫小说"的朋友谈论"日记写作"、日记研究。

日记写作?朋友对这一叫法不解,也不屑。

传统观念作怪。好像许多人都不解,且不屑。

好像写散文、写诗、写小说……无可厚非,是文人正业,是"大道",是国企;独独花点心思于日记,便让人目不正视。日记,仿佛成了副业,是"小道",是"个体户"。

好像写不出散文、诗、小说……才写日记。

有这可能，也不尽然。日记兼容并蓄，日记囊括万象。说日记是散文、诗、小说……的爹娘似不为过。

对于"日记"的理解，就像瞎子摸象：你摸到眼睛，便是眼睛的日记；你摸到大腿，便是大腿日记；你摸到耳朵便是耳朵，你摸到尾巴便是尾巴。

这并不重要。日记就是日记。是西施。

不要说日记不能记成流水账，不要说日记不能用技法。不要说日记只能写给自己看，孤芳自赏；不要说日记是暗箱操作，见不得人。

有人说：日记是跑马场。是跑马场便任由了马去驰骋。可以是千里马，可以是斑马，可以是乌龙驹，可以是白龙马……千马奔腾，万马齐鸣。

有人说：日记是储蓄银行。是银行就不能光存人民币，美钞、港币、大洋、纪念章都可以通存通兑，零存整取。

日记可言简意赅，也可洋洋洒洒；可以是人生的照相簿，也可是文学创作的百花园，原料供应地；可有诗美花香，也可只留两行足迹；可是蝴蝶，可是蜜蜂；可敝帚自珍，也可坦示他人……

一任适意，一任钟情。不要任何权威、定论、方框、条文拘束。率性而为，是自流而灌溉。

日记最自然，自然是美；

日记最自由，自由是真。

不强娶，不强嫁；

不强买，不强卖。

反对虚构，反对浮夸，反对假设，反对矫饰，反对吹泡泡糖——也只是反对。

日记不是温床上的玩具，不是贵夫人的饰品，不是镀金身的缸。

没有真情实感，不是身体力行，缺乏现实内容，不叫日记。什么也不是。

日记不怕单一。哪怕是草，也会绿成一片汪洋；

日记更喜繁华。百花齐放，才显生命青春活力。

日记是"小道"，小道网络天地；

日记是"个体"，个体活跃经济。

我喜欢读别人的日记（发表或成书的），也喜欢写自己的日记。日记，有古莲，有扶桑，有君子兰，有文竹，有红梅，有紫罗兰，有康乃馨。各有各的形态，或胖或瘦；各有各的色香，或浓郁或淡远。

日记，有苹果，有橘子，有菠萝香蕉，有萝卜白菜，有小葱拌豆腐，有玉米棒子，有细面点心。各有各的味道，或酸或甜；各有各的营养，或清毒或补虚。

在我眼里，在我心里，在我生命里——

活着日记。

# 罗维扬

## 日记与出版

讨论这个问题,首先得把日记和日记体著作区别开来,不要把日记体著作当作日记。

什么是日记?日记是自己写、写自己、自己看的逐日记录的文字。

一是"自己写"。日记是自己写的,不是旁人代替你写的,不是假借你的名义写的,更不是身后别人冒名顶替写的。这是日记真伪的区别。进一步说,不仅是自己写,还得由自己自觉自愿地写。在校学生写日记,大多是老师布置的,为的是练习写作,汇报思想,有一定的强制性。这种日记其实是课外语文练习,是日日必做的"小作文",得送交老师批阅。严格地说,这不是真正的日记。待到毕业后,没有老师督促、检查、批阅了,你还写日记,那才是真正的写日记。

二是"写自己"。写自己的所作所为、所见所闻、所思所想,亲身经历是日记的主要内容。自己是日记的写作主体,又是日记的表现对象。作为社会的人,自己的作为、见闻、思想不能不涉及到别人,涉及到群体,涉及社会,但自己是日记的"主角"的地位不能动摇。如果撇开自己不写,或者设法掩饰自己,尽管是自己写的,但不是写的自己,也不是日记,只是工作记录或日记体的著作。那么,竺可桢的日记,记的是气象、气候资料,是不是日记呢?回答是肯定的。虽说气象、气候是"公有的",但是竺可桢自己观察、自己测量、自己记录的,又是他自觉自愿的,不是上司布置的。虽是关于气象、气候的,但打上了竺氏的印记,是竺氏自己作为、见闻的记录。

三是"自己看"。为什么要写日记?各人出于各自的考虑,但录以备忘、录以备查、录以备考这一点是共同的。所谓"勤笔免思"、"好记性不如烂笔头",是写日记重要的原因。立志弄文学的人,以写日记的方式练笔,记录素材,甚至在日记中草拟作品的初稿,都不足怪,完全有个人的自由。时下有人提倡私人化写作,日记无疑属于私人化写作。但日记的读者,就是写作者自己,也只能是作者自己。如果没有得到写日记的人的同意,任何人都不能看,遑论公开?"任何人"包括父母兄弟姐妹朋友等等,也包括单位领导。这便是日记具有的隐私性。偷看日记就是侵犯隐私权,摘录使用日记是侵犯著作权,也是侵犯公民的人身权利。出版只是出版者经著作人同意使用其著作而已。日记未出版、不出版同样具有著作权。

经过以上讨论,进一步界定"日记",它的确切概念便是"按照自己的意愿逐日如实记录自己的所作所为、所见所闻、所思所想,录以备忘、录以备查、录以备考,具有隐私性并拥有著作权的文字"。

下面讨论日记的出版问题。

首先应该明确，写日记是不以出版为目的的。以出版为目的而写作，写作者必然顾及出版后的社会后果，一顾及社会效果，就会从此时此地此情此景的当下状态考虑其利害得失，自觉不自觉地进行"取舍"和"校正"，就有损乃至失去日记的真实性，就不再是自由抒写。其二，以出版为目的的写作，除了内容上的"写什么"要考虑之外，更要考虑形式上的"怎么写"，即注意文字的表达方式和表达艺术，就具有了创作的因素。日记是忌讳创作的、一旦创作、就难免虚拟、虚构、概括、改造、加工，就不是真实记录了。只有不以出版为目的，才能保障写日记者的自由抒写状态，才能保证日记的真实性。其三，不以出版为目的的日记写作，就只是一种借助文字向纸面的倾诉，这种倾诉可以整理思想，也可作自我心理治疗，一旦写作者觉得内容无聊、无益、无意义，或者认为某一过程业已结束，没有再保留的必要，他会自己烧掉。即使其内容是错误的，也不会影响他人、影响社会，"写了等于没写"。日记，应是不以出版为目的的写作。一般来说，日记也是不宜出版的。

有的名人去世后日记被出版了，能不能由此推断，这些人写日记是以出版为目的呢？这是死无对证的事。即使死者会说话，也可能"攻之者有，辩之者无"。这又涉及到日记作者著作权的继承人，出版日记是否违背了死者的遗愿。人死万事休，死者已无从顾及了。但出版者是要考虑其出版价值的：有的日记有很高的史料价值、文学价值或科学价值，总之有社会价值，才能得以出版；出版者还要考虑其经济价值，即在无贴币的情况下出版，起码不赔本，最好能赚钱。

怎么样看待健在的名人出版日记呢？健在的名人当年未必是名人，就是当年有点名气也没有现在这样大。即使当年写日记是不以出版为目的的，但待到现在整理过去的日记时，绝对是以出版为目的的。这种整理，一定是用现在的眼光来审视过去的日记，难免就有所"舍弃"和"校正",多少会有损日记的本来面目。与其说是日记,不如说是以过去日记为素材的现在的日记体著作。

那么,现在的未名者是否可以通过出版日记以成名呢?已有先例,如《死亡日记》就使作者"一举成名天下知",可谓"生命的绝响"。反正他已不在人世,不用顾及活着的人的议论,但著作权继承人还得承受,正面的负面的都有,全在于怎么对待。这是一个极端的例子。更多的未名者,为了活得更好,也希望通过出版日记以成名并且获利。只要日记有出版价值,出版者愿意出版,也是无可指责的。问题是得分清是日记,还是日记体著作。这是对读者负责、对社会负责。日记与日记体著作是不同的,不能以日记体著作冒充日记出版。日记可以当史料引用的,而日记体著作则不能。

日记体著作也是多种多样的,最常见的是日记体文学著作,如日记体小说、日记体散文。尤其是日记体小说,用第一人称叙述,主人公就是"我",以标有日期的段落组成,文字形象生动,活灵活现,使读者如见其人,如闻其声,如临其境,如同真的一样,有一种亲切感。读者很可能认为这一切都是真实的,然而它是虚构的,是可能发生却尚未发生的。日记体散文与日记也是不同的,但难以区分。因为日记体散文,也有纪实性,但它毕竟不是日记。日记体散文既是散文,就像别的散文一样讲究构思、立意、抒情,用文学手法表达,就失去了日记的直露、率真和自然。日记体散文,起码是在日记的基础上经过一系列的加工而成的,它不再是日记了。我的一位朋友的一本日记体散文,在出版前请我作序,我在序中说了这样一番话,倒把他得罪了,不用我那篇序了。这对我无所谓损失,而他对读者却是一种隐瞒,或者说是欺骗。读者应有关于著作的知情权:是日记,还是日记体著作?

# 顾建新

## 关于『日记』的废话

冠以"废话",不是标新立异、哗众取宠;也非有意制造"幽默",实乃"实话实说"。因为,第一,关于写日记的重要意义,许多大家都讲得很明确了,我再说,似多余;第二,对于经常写日记的人,你不用多讲写作的意义,他把写作看成比吃饭还重要,到时不吃(不写)不行,你讲了反倒多余;对于不爱写日记的人,你再讲得多也是白搭,他反而认为你"聒噪",太烦,你的长篇大论是对牛弹琴,也是多余。这样,多余+多余+多余……等于"废话"。

但总觉意犹未尽,不吐不快。契

诃夫曾说，世界上有大狗，也有小狗，各有各的叫声。我的声音也许是微弱的，但能给人们提个醒，也感到高兴。

"日记"常写，对人对己都是益事。若能发表，启迪别人，最好；即使不发表，自己闲暇时看看，也有诸多收获，不信吗？你看——

"日记"是每个人行动与心灵史的记录：它记载了你此时此地的行动，或是你当时的心情。这些，随着时间的流逝，大部分都会忘却，而你以文字形式记录下来，日后再翻翻，再想想，它会像电影，重现历史的镜头。对个人讲，由此检查、反省自己走过的历程，仔细观察一下自己的脚印，从中领悟人生的真谛，行为的得失，对于以后的路走得更顺些，避免再走弯路是极有好处的。对于他人来说，你的日记实际是一个使人可以窥见历史的"窗口"，因为许多人所记的不仅仅是个人的行动，也是当时时代风云的一个缩影。现在，许多文学大家、学者纷纷出版了"文革"日记，有许多都是鲜为人知的，是第一手极为珍贵的史料，对于有志于写史的人是极有帮助的。现有许多青年人对过去的历史知识，只停留在电视剧的水平，多看看日记，了解昨天，才能更好地把握今天，创造明天。

其次，日记是一部形象生动的"百科全书"。旅行记、访问记、探险记、参观记……它不仅向世人展现风光绮丽的自然景观，也向你揭示大自然和人生的奥秘。你随作者忽而到鲜花盛开的蝴蝶泉边；忽而到茂密的非洲原始丛林；忽而深入到海底几千公尺的深处；忽而到神奇的埃及法老洞探秘……你在赏心悦目、心旷神怡的同时，欣然了解、掌握了许多科学知识，这不是一件一举多得的趣事吗？

第三，许多日记记载了作者与不同人物的交往。我们不仅可以体味真正的朋友之间挚爱的情感，我们更可以了解许多知名人士的情怀，他们对人间万象的独特看法，从而使自己得到心灵的净化，思想的升华。从许多日记中记载的大学者、大手笔极小的事件，甚至是一个极平常的动作，往往是常人忽略不予注意的，但却能鲜明地表现一个人的人格、品行，给人以启迪。从这个角度说，日记也是一部精彩的"人学"，它的意义并不在一部理论著作、一本小说、一出戏剧之下。而且由于它是真实的记录，更让人感到真实、可信、可亲，作用反而比后者更大。

第四，许多日记记录了作者真实、深刻的思想，是作者对一闪即逝的思想火花的敏锐捕捉。它有人生的真谛、浪漫的幻想、深刻的哲理，往往有强大的冲击力和巨大的感召力。读着它犹如在读一首激情澎湃的诗歌，在品味一篇哲理深刻的论文，许多警句、名言让人感奋，使人铭记。日记多是有感而发，多是情感燃烧的结晶物，因此就特别有激励人的力量。

第五，日记是培养每个人提高写作能力的学校。每天写一点，既培养观察力，又能使文字顺畅，何乐而不为？另外，许多大文学家如契诃夫、高尔基、托尔斯泰等人，通过写日记，积累了大量的写作素材，许多作品的题材，就从日记中直接选择，快捷又得心应手。

最后，写日记是对一个人毅力极好的考验，能几十年如一日地记日记的人，必定是一个持之以恒、工作严谨的人。他干任何一件事，一定会细致、认真。鲁迅逝世前一天还在写日记，竺可桢记日记数十年如一日，他病逝前不能亲自去观察气象，就收听广播，特意写上"局报"。我们不少人（包括笔者）开始做这件事信心百倍，专门准备了一本漂亮的笔记本。结果，连续写不了几天，"日记"变成了"周记"，"周记"又变成了"月记"，"月记"再变成"半年记"……最后以彻底气馁、甘拜下风结束。有人总以"忙"为借口，实际却是缺乏毅力。

"日记""日记"，让人欣喜又让人心酸！

2001年7月24日

# 何民

## 最是可悲又『日记』

面对死亡，陆幼青去了，去得不可谓不潇洒。《死亡日记》留下了，也算是篇篇美文。从此后，似乎我们又有了一座人生的标牌，学生们也有了新时代的范文、教科书和榜样。

有很久没有出现这样的"公开日记"了。我们的生活曾经摆脱不开这样的"日记"，写日记曾经是我们生活的一部分，是必修课是学业是工作是任务；三十多岁以上的识字人，有谁没有写过这样的日记呢？当年我们写日记，有布置有检查，还有人写评语打分数。如果私下的日记上出了纰漏，还会获罪的——尽管水平各有高低文字各有粗浅笔法各有优劣，尽管差不多隔了一个时代，唯一区别只是没有想到公开发表，甚而能拿稿费。

中华文化本来是很讲究"日记"的，《鲁迅日记》《雷锋日记》等等，一直是后人学习的典范。不过其中能够流芳百世的，多数还是"私人日记"而非公开日记，更不是文学日记，它们只是因为后人敬仰才被公之于世的。发表出版本不是主人的原意，恐怕没有谁一开始就是为了出版而写作的——就算是《雷锋日记》，也不是事先知道要当英雄而留下豪言壮语，更不是为供别人学习而记的。虽然有可以公开的工作日记、业务日记、账目日记等等，但在文化传统中，国人讲究的日记类乎于个人档案，总是属于私下的东西。日记一经公开发表，虽然冠之名"日记"，其实已经背离主人的初衷了。从这个性质来看，虽然陆先生面对死亡站了最好的末班岗，完成了最后的甚至是极具意义的工作，为读者写了一本好书。但我们不得不遗憾地说，《死亡日记》其实不算是一本真正意义上的日记。

到现在，我们这些四五十岁以上的大人们才遇到这样的问题：孩子们不让大人翻看自己的日记，说那是侵犯他们的"隐私"；他们拥有并且保护自己的这种"隐私权"，视为神圣。大人们似乎才"明白"日记所含有的这种意义。我很佩服方青卓的一篇散文，她为自己旧时的日记而脸红，因为那里面竟然只有时代的大话套话和口号，唯一没有自己真实的情感；她为自己旧时的日记而遗憾，因为那里面竟然没有保存一点自己青春的隐私，过去的生活记载竟然是片空白。

方青卓的遗憾其实是我们这代人共同的遗憾，也是时代的一个遗憾。如果我们注意寻找一下，一定会发现，我们虽然有着几乎是最大出版量的"公开日记"，但是却很难找到真正意义的私人日记，尤其是六七十年代的。在能够保存下来的为数不多的那个时代的日记上，我们看到的多是千篇一律的说教和千人一面的话语，看这样的日记，像是阅读当年的报纸。虽然历史一页已然翻了过去，但是我们直至今天还留有一种遗病，许多四十岁以上的人已经没有写日记的习惯了，像是自动地放弃了这种权利。当孩子们享受这种权利时，甚至会不由自主地干涉它——我们还是十年怕井绳。

如是说来，其实陆先生是和我们的媒体一起，真心诚意地，甚至是不顾生命代价地共同制作了一出好戏或好作品，可以承认这算得上是高尚的行为。不过反思一下，也会觉得这种现象留下了欠缺，甚而是一种"伤害"。受伤害的是什么呢？恰恰是日记！这或许是他们没有料到的，但确实如此。虽然这种"践踏"并非今日开始，也不是一日之功，这样的历史误会甚至存在了许多年，只是陆幼青和媒体好心地不自觉地进行了这种延续。当"隐私"日记或"隐私"文学被端上报章时，当四川大学生出卖日记出卖隐私时，我们觉得这样下去会很可怕。因此笔者建议，如果某人要向公众宣讲什么时，千万不要以为他是自说自话，而《死亡日记》应以不叫日记为最好。

# 祝大同

## 出版日记不能删

日记在史学上的意义肯定大于文学上的意义，所以许多毫无文采的流水账都得以出版。以德治国的模范读本《雷锋日记》，多年以后，在史学家的眼里，一定也是那一个时代的遗迹，一本珍贵的史料。

所以出版日记时，保持原汁原味最为重要，绝对不可以删改。这里至少有两个不能删改。一个是不能觉得这一天的日记所记无事，便删去一天。比如《鲁迅日记》："十三日：晴。无事。"不能删，因为有可能为了验证一些史实，这一天的无事，就成了大事。另一个是从一天的日记中删去似乎没有什么意义的内容。比如《鲁迅日记》:"十六日:晴。夜濯足。"已经有人讨论夜濯足究竟什么意思,果真是鲁迅晚上洗脚吗?有人怀疑与性生活有关。所以无论是日记者本人,还是编辑,绝对不能对日记进行删改。我甚至以为,日记中的错别字、不规范的标点都应保持原样。无论有怎样的理由,日记中多么琐屑的细碎小事都不能删。比如《郑孝胥日记》其中多记"夜起二点半","中夜披衣起"。张荣明根据这些频频夜起的琐事,探究出来郑孝胥"鹤知夜半"的隐秘情结,指出郑刻意迎合附会转世白鹤,要做鹤相的政治抱负。于是,删改整理过的日记,价值大大降低,夸张一点儿说,已经没有多少价值。因为读者很可能对删改的部分更有浓厚的兴趣。

最无聊的小事,也是岁月的痕迹,比如我自己1970年12月17日的日记:

到街上去了一趟,买了一件长袖海魂衫不错!给奶奶买了二斤蛋糕,一斤槽子糕,给大奇他们买了一斤奶糖,给舅舅买了一条前门,钱花的已无几文,但还想买一只暖瓶给奶奶,等以后再说。

我回来以后,带了37元,至今还有5元。

购买日用品:棉鞋一双5.75,鞋垫一双0.40,衬领一条1.15,衬衫一件6.50,球衣一件3.50,总计17.30

购买礼品:蛋糕二斤2.08,槽子糕一斤0.70,糖一斤1.50,烟一条3.60,总计7.88

乱花挥霍:和卯生五人在上海饭店吃饭1.40,自己在正太街饭店吃饭0.70,在甜食店吃汤圆0.25,在长风看《白毛女》0.80,买糕点吃0.70,坐汽车去学校0.32,买肉0.90,总计5.07

购买日用品、礼品和挥霍共30.25元。有账的共35.25元,有1.75无账。

做衣服2元3角,洗澡2角5分,车票4元1角。

见到大咪，问曰：有无事体。答曰："无。"只言返并带来些大米予她。回去时应买些圆宵，给奶奶。

做衣服大概要花二三元，再要回 2 元，再加上 3 元，足够回家了。

这一年我十九岁。通过这一天的日记可以了解 1970 年的物价水平，一条前门牌香烟只有 3.60 元，奶糖一斤只有 1.50 元，洗澡 0.25 元，这就是生动有趣的经济史材料。

张光年《向阳日记》引言中写道："这样，1995 年 7 月起，从书橱角落里找出搁置二十几年的一批旧日记小本，闲来随手翻阅，用红铅笔将可选用者勾出来，可省略者勾出去。去年 11 月间，用钢笔将 1970 年至 1972 年三年的选用稿正式抄写在稿纸上。今年五六月间，又将 1973 年至 1976 年可资选用者抄出来。选录的都是当年日记的原文；删节处多半加上省略号；新注的短语加上括号；必要时在页末加小注。"张光年，笔名光未然，1913 年生，1927 年加入中国共产主义青年团，1929 年加入中国共产党。1939 年赴延安，同年创作了组诗《黄河大合唱》，经冼星海谱曲，即著名的合唱套曲《黄河大合唱》。1949 年以后很少用笔名，很多读者并不知道张光年就是光未然。张光年曾任中国作家协会党组书记，中共中央顾问委员会委员。张光年的日记自然是极有价值的，《向阳日记》的时间正是"文革"时期，加之张光年的地位与身份，使得日记尤其珍贵。因为这一段时间，红色恐怖弥漫神州，很少有人能保持着每日一记的心绪。

然而，《向阳日记》经过了作者自己的删节整理，我已经没有什么兴趣再读，那些"多半加上省略号"的地方，会逗起我了解作者删掉了些什么的强烈好奇心。

2000 年 8 月 14 日

# 从『流水账』说到日记的本性

## 郝孚逸

提到写日记，人们常常谦虚地说："那只是写流水账"；在议论别人写日记时，往往又不无贬义地说："那只不过是些流水账。"那么，日记究竟该不该或者能不能写流水账？如果说不该或不能，可大多数人写的还是流水账；如果说应该或者能够写流水账，上面那类似乎不大以为然的议论，又常常不绝于耳。这就形成一种大家都在做而大家又都不满意的状况。

所谓"流水账"，通常指的是家庭主妇对日常生活开支所做的记录，意思是繁冗琐碎，而且常常是重复的东西。然而如果我们把"流水账"引申开来看,特别是同日记的本性联系起来看,却可领略到另外一种境界,这就是时间所赋予的日记的整体内涵。

实际上,日记的主要形式,甚至也可说是范式,就是流水账。流水者,前行而不中辍。似水流年,逝者如斯,将日日所做之事和切身感受忠实地记载下来,并且始终不断,这对于有些想有所作为的人来说,是可以慰勉一生的大事,而就其社会价值来说,是可以起到"藏之名山、传之其人"的效果的。日记的存在似"流水",关键是在一个"日"字,否则,就不是真正意义上的日记,而是其他什么有日记之名、无日记之实的作品。从这个意义上看日记,人们大可不必把流水账当做是贬义之词,而应该从实质上去把握日记的本性,将其看作是日记的命脉和精髓。

用"流水账"一词来概述日记的本性,当然不会是将日记同家庭主妇每日生活开支的流水账相提并论,这是绝不应该也不可能加以混淆的。经济流水账所记的只有一件事,即金钱的收支。而日记中所记之事,则是包含在滚滚向前的生活大潮之中的万事万物,以及在各种事物面前的所思所想、所作所为和所爱所赠。把家庭主妇的流水账一天一天地加起来,还是那流水账本身;而日记中的"每一天"积累起来,就能反映广阔的生活内容和深厚的历史底蕴。这种内容和底蕴,虽然直接来自每一天,但又不仅仅是"这一天",而是无数"这一天"的内在联系和终极目标。从日记的主要本性上去理解流水账,这流水账就代表着时间,象征着历史,意味着生命,也就预示并证明着日记的发生、发展和归宿。

从日记涉嫌流水账而发出的非议,甚或产生担忧,原因可从两个方面来分析。

一是从日记的内容方面看。人们通常总是认为:把日记写成流水账,就说明是内容贫乏,甚至没有内容。这实际上是一个如何正确把握日记内容的问题。日记是天天写的,写的是自己身边和周围的事,其内容的最大特点,就是现实性和生活性。换句话说,日记是以个人所接触到的现实生活为对象的。所谓流水账,就是接连不断的现实生活的客观再现。一个人的日记,绝对不会是关于吃喝拉撒的重复描写,因为这不叫日记,而且也没有人会这样写日记。而只要是真正反映了现实生活,即便是流水账式的,也是有意义的,有的意义恰恰就在于流水账。比如红军长征,天天是在极其艰苦的条件下行军打仗,一位将军的长征日记写的就是这些。由于环境紧张和条件恶劣,有时甚至是三言两语,但每天都坚持写一点,看起来就是流水账,但却完整地同时又是十分具体地记录下了一个伟大时代的伟大历史事件,成为不可多得的活的文献资料。这中间充满着的是现实战斗生活,洋溢着的是崇高的革命感情。没有这些,这样的日记就坚持不下去。有人认为日记如果像流水账,就体现不出感情,这也要看写的是什么以及怎样去写。有人不是有"感情流水账"这样的说法吗?感情也是来源于现实生活,而真正地表现现实生活,又常常是真实感情的自然流露。日记是拥有最直接的现实生活和最朴素的思想感情的一块宝地,是不加任何伪装的原始材料的积累,这块宝地上所蕴藏的不断发展变化的生活和感情的原型,便是日记的基本内容。日记有了这样的内容,就有了自身独特的,并且是其他一切文字所不能代替的价值,其中既包括对写日记者个人的价值,也包括必要和可能的社会历史价值。

一是从日记的体例方面看。眼下有一种舆论,似乎想以日记体的作品来压倒和取代日记本身。其主要表现是:把真正的日记作品视为流水账,而把日记领域逐步让位给日记体文学。有人甚至公然提出:日记就是文学。大家知道,文学主要来源于现实生活,但又是通过必要的艺术虚构而创造出来的。我们固然可以说离开现实生活就没有文学,但同样也可以说没有艺术虚构就没有文学。日记如果成为文学,就必然离不开虚构成分,这样日记就不称其为日记了,甚至可能说日记的生命便终止了。托尔斯泰的小说《童年》的素材，取之于他自己的日记，但他的日记和小说还是两类作品，因为生活素材和文学作品是不能等同的。我们可以说文学作品高于生活素材，但从另一个角度说，也不能否认生活素材高于文学作品。我们不能因为文学作品高于生活素材而无视生活素材的存在，当然也不必为了抬高生活素材而将其同文学作品等量齐观。把日记说成就是文学，看起来是想抬高日记，使其免于成为流水账，但这对日记来说，也许并不是好兆头。久而久之，日记都成了日记体文学，无数普通人的日记就会抬不起头了，就是现在弥足珍贵的那些从历史上留下来的日记珍品，也会不多见了。有人事先作出出版日记的计划，而后开始写日记，这样做的结果，与读者见面的或许是一部好的日记体文学，但似乎很难成为真正的日记。因为是事先计划好的，虚构的因素甚至作假的成分就不可避免了。我不反对日记体文学和其他一切日记体的作品，但不苟同将它们视为日记发展的方向。日记还是应当讲究纯粹，双眼盯着生活，双脚紧贴地面，写出来的东西哪怕一时甚至一生不愿给别人看，但却永远是真实的，有生命力的，因而也就可能是历史的而永久存在。

# 散木

「日记学」大有可为

收到《日记报》很惊讶了一番,慢慢缓过神来,不禁为山东几个得天下之先的报刊叫声好——早先的《青年思想家》、后来的《老照片》以及刚认识的《日记报》。

  日记,大概从文字出现,尤其是造纸业发达以及私人空间(人权之一的隐私权呼之欲出、且社会有了空间容纳它)出现后就有了的,我是学习和研究文史的,所以也知道,要了解和深入了解过去的历史和文化,仅从公共文献入手是不够的,而日记因其自身属性的个人性和纪实性,它也就有了充分的拾遗补缺功能,但是我们对日记这一文字载体以及它在不同历史时期的演变却很少寄予关注,更谈不到"日记学"了,得见《日记报》,想到毕竟天下有心人不绝,所谓我辈不孤,实在是很欣慰的事。

初读《日记报》(已经出了二十多期了),对目前中国"日记学"的大概有所了解,也这才知道倾心于"日记学"且卓有成就的是陈左高、乐秀良等先生,像乐先生的《日记悲欢》,是拨乱反正时期对左倾文化专制主义的揭露和批判,因日记蒙祸的人在此之前真不知凡几,成现代文网之大观(我在研究"中国现代文网史",所以特别瞩目于相关材料),而陈先生的《中国日记史略》想必也要接触到从中国开关乃至晚近以来国人日记的方方面面,只是我们还须有耐心等待《日记报》的连载(最好能早日成书,一睹为快)。总之,日记是时代的折射,日记作为一种稀缺资源有待开发和挖掘,《日记报》大有可为(建议可向杂志方向发展,而目前的小形式似觉有些杂乱,今后应特别致力于资料积累,一如《新文学史料》那样)。

日记、书信、年谱,是文史研究的三大基础,也是基本工程。我是早有心于《学人日记丛编》的,可惜孤掌难鸣。在我所涉猎的学人研究中,已出版的绍兴周氏兄弟以及郁达夫、俞平伯、顾颉刚、朱自清、谭其骧、夏承焘、梁漱溟、巴金、施蛰存等人的日记都在文献上起了极其重要的作用。如果再细细数来,从近代以来的历史人物中,其日记得以公诸于世和出版了的,无一不是给研究带来极大的财富,这有林则徐、文廷式、湖南曾氏兄弟、载振、汪士铎、李凤苞、唐景崧(陈寅恪亲家)、薛福成、胡骏、吴汝纶、张季直、严修、英剑之(今年《大公报》百年纪念,英先生的日记合该重印)、包天笑等,它们中有的是人们谈屑渊薮如李慈铭的《越缦堂日记》,有的是文学经典如谢冰莹的《从军日记》,或者学术实录如徐炳昶先生的《西行日记》等,而无一例外它们都有不可替代的史料功能,以及"现场"感受(比如我近日所读新闻界前辈徐铸成、黄裳几位先生的日记，对我了解《文汇报》的历史大有裨益）。在我的印象中，文人、报人、学人，他们大多有日记，当然大多数今日已无多寻觅了，胡适、顾颉刚、吴宓诸位之后，怕也无人能企及其"圆满"了，这是无法弥补的缺憾，《日记报》如果能推动发现、重视、甚至出版名人日记的作用，那可就是功德不小了。当然，"小人物"的日记也应该得到重视，如当年一纸《黄帅的日记》，可曾令天下的老师出一身冷汗？而历史的构成更不能排斥小人物，他们虽说一直在虚幻的"历史的创造力"光环下随波逐流，却也是历史的合力中的一支，如《天涯》里"民间语文"中就有许多特殊时代里的小人物的日记，它们记录着真实的历史以及他们各自的精神苦旅，在"宏大叙事"里如鲁迅所说的"地狱边的小花"独自吟唱着人世的悲欢，折射着人性的亮点。

政治家们却不多见有日记问世，所以我本能地怀疑他们会有《全集》问世，或许是日理万机无暇写日记，或许"厚黑学"不易入日记，或许有之也是"日记学"中首先要搞清楚的，这日记是给自己看还是专门为了给人看这两种不同功能的"日记"（比如区别胡适的日记与冯玉祥的日记）。蒋介石的日记我没接触过，阎锡山的看过（这还有张继、李汉魂、唐纵等），它们不是"民间语文"，然而却是丰富的宝藏，要发掘历史的底蕴，其日记不可忽略。记得在我的成长时代，是在阅读《雷锋日记》《王杰日记》下开始写日记的，回过头来看，那完全是革命浪漫年代的伪抒情和新八股，那是常常要向老师汇报的，也就是说给人看的"日记"，对它今天留下的回忆只有伤感和隐隐的伤痛，因为我常常瞠目于鲁迅先生笔下中国历史惯常图景的"做稳了的奴隶"和"想做奴隶而不得"的轮回，我们的精神很早就被扼杀或被阉割的，我们没有自我。我很希望陈左高先生写写这一段中国人的日记史。

至于今天，随着世界民主进程的加大和互联网的普及、生活节奏的加快，日记这种私人性的书写形式会有什么变化，更是人们应关注的，可能它会慢慢消失（如同"老照片"般地退入怀旧行列），也可能在另一种形式下继续发展，而日记内容也相应会有大幅度的变动，我希望在《日记报》上能看到这一切信息。

# 董丛林

## 日记的『异化』

日记本应是生活和情感的私家实录，是心灵的独白。也许鲜经世故、心地纯真的孩子们最可"本能"地如此践行。要不，那些福尔摩斯式的老师、家长，对他们心目中的"早恋"之类的"疑犯"实施侦查，何以非把暗中窃查或是明里索看当事人的日记作为常规手段不可呢？在这方面，孩子们要求"维权"的呼声不绝，有的甚至拿起法律武器，与侵权者对簿公堂。2002年首期《日记报》上不就登载了《老师强行翻看学生日记吃官司》的一则消息吗？令人庆幸的是学生赢了这场官司，为自己遭受的身心伤害获得经济赔偿和精神抚慰。想来，作为原告的孩子在维护了自己权益和尊严的同时，不也维护了日记的合法"隐私权"以及它应具有的"本色性"吗？但愿人们能够通过这类事例体悟一下日记之真道，有助于对日记"异化"现象的辨识。

当然，日记的异化现象并不始自今日，旧日留传下来的有些名日记里就不乏这种印象。像晚清名士李慈铭的《越缦堂日记》，可谓洋洋大观矣。一方面确实像蔡元培所称道的，有着"史评经证翻新义，国故乡闻荟大观"的文化价值；但另一方面，又像鲁迅所批评的，这位李老先生是"以日记为著述"，所记在当时就供人传抄，甚至提防有一天要蒙"御览"，所以从中看不见他的心，"却时时看到一些做作"，因而"不像日记的正派"。还有曾国藩的日记，其流传更广，甚至今天的地摊都随处可见，好像成了"万能教科书"。据说，这位"曾文正公"生前写日记的时候，也有传世的预筹。既然如此，记什么，不记什么，咋个记法，也就势必要动番特殊的脑筋了。何况，这位对于镇压"乱党"、"贼匪"来说决不惮当"屠夫"，为清朝的末世"中兴"立了汗马之功的人物，却总担心弄不好在皇家主子面前最终落个兔死狗烹的下场，整天价如履薄冰似的。在此种心境下，日记中岂能没遮没拦地把心事和盘托出？所以，他的日记中绝对一副圣人态，几多真诚，几多虚伪，恐怕很难说得清。不过，总体上看来，像他们这样的日记也许还都不算离大格儿。

到了新时代像"反右"、"文化大革命"什么的"运动期"，关于日记的各类故事更是花样翻新得不得了。那个时候最讲究的是"思想犯"，查抄日记演绎"罪证"也就成了"革命派"的好手段，不知有多少人因"黑日记"被戴帽专政、投牢入棚甚至脑袋搬家。那日记该绝迹了吧？不，真可谓道高一尺，魔高一丈，许多人便把造作"红色日记"当作表现革命、防身抵祸的一技，日记篇篇都是言词铿锵的"革命宣言书"，不但不为隐私，而且巴不得被别人秘窥、被组织上"审阅"呢！你说我如何如何，请看本人日记,心都掏在里面了!可那是心吗?即使是,也是被"异化"了的畸形之心啊!

俱往矣,专制之下无隐私的日记该是一去不复返了。可新的时势条件下日记就不会异化了吗?巧得很,不,应该说是编辑的匠心所运,同是在上面提及的那期《日记报》上,与《老师翻看学生日记吃官司》一文并排刊登的,是题为《大四女生叫卖隐私》并配有漫画的另一则消息,说是成都市内某高校的一大四女生,要把记载自己与前男友恋情的日记"优价"出售。据采访者言,其中"饱含哲理,还很煽情",一书商欲"高价收购"。这岂不又是"市场之下无隐私"了?其实,在出卖隐私早已蔚然成风的今日,该女生此举,诚未见得能排入"先锋"之列,充其量能争个"后起之秀"吧。况且,出卖隐私也是人家的自由。再说,该学生记此日记之时,还未必有日后出售的打算,是在被男友甩了之后,伤心、气愤之下想到此策。日记中所记当是真心实事而非假冒伪劣之属,卖它几个钱花,也算"物尽其用"了。这虽说不上多么高尚,可比起那些本来就当"著述"选作的矫情日记,起码内容上要坦诚。无论如何,日记是街头现炒现卖的热栗子吗?是宜于用来由自我向世间招摇、炫示的东西吗?可时下……

当然,"日记体"的文学作品,不论是小说还是散文,都是常见品(这点常识笔者还是有的),但那毕竟是文学创作,只是仿用了日记的外在形式而已,与真正的日记不是一个品种,不能鹿马不分。想来,别说是成心伪饰诈欺,即使有意矫揉造作,与某种功利追求挂上钩,就难免有损于日记的本真而趋于"异化"。像这样的"日记",似乎还是不记的好。若记,也最好别挂真日记的招牌。

# 苗得雨

## 我看日记

日记,一般是写了留给自己以后看的。似乎没听谁说写了是给别人看的。有的年轻人的日记,连父母都不让看;特别记了些情感秘密的东西,有的只有信得过的好友,看了又能绝对保住秘密的,才能让看看。我只看过三个人的日记,其中两位是同事好友,一位是同行好友,凡是人家不愿告诉别人的事,我一直守秘。这样的日记,多较详细。他们有的也写作,但作品中尚未见涉及日记中的事。我多年写作,采访都记得很详细,平日的重要思考,也多已写进作品或文章中,觉得再那样详细地写,太累、太烦琐。我只在50年代文讲所学习那两年，特意记了二十余本，记得很详细，听讲课还有专门约二十本的记录，日记写的是讲课之外的生活与思考。"文革"中怕被抠出更多"罪证"，我全烧了。我还烧了那时写的一本多难以整理出来发表的抒情诗，那时没有明显教益的东西，没有地方能发表。所以，在"战斗队"整我的"罪行录"中，独没有文讲所那一段生活。后来时过境迁，发现还无意中存下一本，也发现里边有好多宝贵的东西，于是觉得烧得可惜。这二十余本不烧，现在整理出来是一本好书，是谁也回忆不全、也写不出的。但"文革"抄家抄怕了，不愿再留些自己担心的东西。一生顺利，没有被抄过家的，可能没有这种担心，我这种心理状态，只代表一部分人。

我也有手勤的习惯，写一种叫"日志"的东西，是将每天经过的事，做题目性的记忆，存以备忘，使日后查点什么事，能够详细地回忆出来。但别人看了，不一定觉得有什么可供参考的价值，因为记忆在我这里，本上不详，脑中详。我这种"日志"，也可能是人们说的日记的一种。因为"存以备忘"，不像新闻报道要有五个要素的要求，也不像文学作品与文章，有精细的刻画与相近的阐述，而是简要大略。但因为是随时写下的，比经过大脑筛选留在记忆中的东西要更准确。以后读时，也不免觉得有更多的原汁原味。后来的整理，是誊抄，不可修改或重写。有的不好公开拿出，可以删掉；有的人名不适宜披露，可用抽象文字代替。日记若做了新的加工，就不是当时的日记了，那样真假难辩，害处很大。

誊抄要保持住原貌，是当时的真实，才有可参考的价值，才可能看到彼时彼地的情景和彼时彼人的心态。这样的文字再简，也有原色彩。改动了的，能看得出来。后人可能看不出来，当事人能看得出来。甚至有人根据今天的需要，写出的所谓某年某事的回忆，其准确性可信不可信，都能检验得出来。

有日记体文学，那是文学的一种，与日记不是一回事。鲁迅曾说，人们宁愿看虚构的《红楼梦》，而不愿看所谓"真实"的《林黛玉日记》。因为人们知道林黛玉不会有日记，那是后人写的，是"假冒伪劣"。文学的虚构是艺术，这样的"假冒"是胡编。

写日记的，能否都做到如实地记当时的事，如实地吐露自己当时的心思？在尚无各种运动之前，一般都能做到。但自那之后，只有少数人能够做到。因之，当看到别人发表的日记，需要多做些辨别，看是否改写了。经过加工的日记，参考了，会跟着被动。当今世上"作秀"的事很多，一切"作秀"的东西都要警惕，尤其是你不认为有"作秀"的地方。

# 杨臻

## 日记之我见

田晓菲成为享誉国际的小诗人,第一次迈步的足印便是——六岁时与爸爸妈妈游览颐和园时写的日记体诗歌《游颐和园》。从此,她出版了《绿叶上的歌》等五部专著。《一个少女成才的足迹》纯属一部日记体散文诗著作,发行量达数十万册。日记,使她十三岁便跨入北京大学的门槛;十八岁公费赴美国留学;后来又免试攻读研究生!

赵爽、阎妮、江南、刘倩倩、陈刚、韩晓征、刘梦琳、马璇、马凌、陈焱、蔡敏、张春喜、任慧超等等小作家无一不是日记——这个"心灵的窗口、写作的基础、成才的阶梯"帮了他们的大忙。可以毫不夸张地说，没有日记的阶梯，他们不可能登入文学的殿堂！

日记是什么？它是人生的编年史、备忘录、百科全书；它是一部社会人生历史的大事记。上至国家元首，下到平民百姓，文臣武官、诗人、学者、教授、科学家、航海家、医生、工人、农民等等，都要借助日记忠实地记录下国家政务、军事要略、科学实验成果、病历卡、气候物象、工程进度、作物生长及一闪即逝的灵感……

日记是什么？它是摄影机闪光灯下社会人生世事美好或丑恶事物的定格、显像、投影；它是诗人、作家、记者一闪即逝的灵感的光芒，借助语言文字将思想变成有生命的文字：方志敏的《可爱的中国》、文天祥的《正气歌》、屈原的《离骚》、鲁迅的《写于深夜里》、刘白羽的《长江三日》、白居易的《琵琶行》、杜甫的《石壕吏》、向秀的《思旧赋》、司马迁的《报任安书》、白居易的《与元九书》……这些，都是以不同体裁、题材写成的可与天地日月、江河山岳永存的日记体宏篇巨著。

"四人帮"横行时的岁月，是日记拯救了我的生命——当他们以"莫须有"的罪名欲置我于死地的时候——日记，这位公正无私的见证人为我辩护：×年×月×日×时×刻在×处做×事。没有日记，我的骨头早已变成黄土！

小天鹅少儿文学函授学校保送四十名学员跨入国家重点大学，荣获历届国际、国内大赛一、二、三等奖的千余名学员，发表了处女作的九千名中、小学生，出版了八十余部个人作品专著的教师、学生，在他们给我来信谈创作体会和成才经验的文章中，无一不是把日记——人生的伴侣、知心朋友、第二个生命、永不衰老的生命卡片当做自己成功的第一个因素。

当我领着马凌到《中外企业家》主编刘沙家里做客时，这位有心计的小女孩竟然在我与主人交谈的间隙，在书橱内"偷"得了在全国引起轰动效应的《假如我当厂长》《假如我当经理》的日记体论文。人们不敢相信这是一位十六岁的小姑娘的杰作。

当我在青海省干部招待所和年仅九岁的刘梦琳交谈时，我要考考这位已经出版了一本《我是一滴雨点》诗集，并得到了蔡其矫、江河、晓钢，刘湛秋等诗人赏识过的小诗人到底有多少灵气的时候，这位内向、腼腆、害羞、不善言谈的小不点儿竟然在五分钟内构思，一气呵成近五十行诗体日记《柴达木人》——我奖给她的是从食堂买回的两个大包子；爸爸妈妈为女儿的成功自豪地笑了。

当我在昆明西山聂耳墓前与小作家马璇纵情歌唱的时候，没有想到这位年仅八岁的小马璇就以日记明志：只有专注于一项艺术才能走向成功之路。

呵，是你吗？日记。在我才五岁的时候，我便天天练习写"安徒生"、"安徒生"……从五岁写到初中二年级，年岁增长了，但每天写在本子和心灵上的"安徒生"日记却是不变的。记得，崇明第一中学54班全体师生合影留念时，我站在六十名同学的中间，胸前捧着一本《安徒生童话集》，我站立的姿势也像那厚厚的大书的封面的安徒生头像一样。

啊，日记，你伴随我从五岁到五十三岁，四十八年的风霜雨雪，自然的与人间的风刀霜剑没有摧毁我——是日记雕塑了我：

奋斗者的头颅／是朝阳／它要熔化一个冰封世界／奋斗者的胸怀／是大海／它的领空充满了风暴。

方志敏用生命写就的《可爱的中国》曾唤醒了中国劳苦大众赢得了推翻旧世界的胜利；《世界通史》《中国通史》不都是从每个国家、每个民族、每个个人的编年史中汇编而成的卷帙浩繁的史书么？从这个意义上讲，日记不仅是社会历史的大事记，它同样是每个人成才的基础。不屑于写好人生每天日记的人，他也不可能写好人生的全部历史。鲁迅是文豪，我认为他应被推为首位文豪。他的政论、杂文、诗、小说、散文不仅代表了中华民族的精神脊梁,而且也是中国文化史的丰碑!鲁迅的《狂人日记》便是他向所有罪恶黑暗、杀害、欺骗宣战的宣言书!

李大钊、秋瑾、文天祥、叶挺、江姐、张志新、谭嗣同等等伟人在狱中的日记便是中华民族的英雄儿女用生命书写的史诗!

青少年朋友应视写日记为人生成长的神圣而严肃的事业。认真写好日记,认真书写你人生正直的气节。

# 滕朝阳

## 建议贪官写日记

写日记的好处，写过日记的人都有体会，或练习写作，或记述生活，或书写感悟，或寄托情思，均无不可。倘是名人，还可将日记润色打扮一番，结集出版，换几个铜板。而贪官写日记之重要性、必要性远甚于上进诸端。贪官中虽不乏记忆天才，但俗话说得好，好记性不如烂笔头，每天花上几分钟写日记，于贪官大有好处。

受人之托，忠人之事，贪官也要讲"信用"。为官越贪，所受请托越多，越是记不胜记，就越需借助于日记。有了日记，才不至于因遗忘而失信于请托之人，日记成了讲

"信用"的基础。如果得了人家的好处，却不给人家办事，一句"对不起，我忘了"是打发不了的，弄不好就会成为东窗事发的导火索。再说，如果收了甲的礼，却给乙办了事，岂不是张冠李戴白忙活？总而言之，倘记性不好，又不写日记，迟早要自断官路。

再者，贪官和商人一样，也需有"经济头脑"，不给好处不办事，给多大好处办多大事，这才算得上"等价交换"。如果自己仅得了几千块钱，给人家带来的好处倒有几千万元，贱卖了手中的权力就算不足惜，惹"同行"笑话也会大伤自尊。倘写日记，每一笔交易的对象、时间、品种、数量不可少，办成了什么事，还有什么事没办成也不可少。这样，无论"业务"量多大，都能做到心中有数。

贪官写日记的另一个作用是自我鞭策，增强紧迫感。以前有一个镇党委书记，就有写日记的习惯，不过他不叫日记，而叫"额外收入清单"。一年一算账，发现自己1993年的"额外收入"仅比上年增长97.8%，于是加快捞钱速度，使1994年比1993年翻了一番，1995年又比1994年增长116.5%，到1998年，终于成为"百万富翁"。倘没有日记，"辛苦"一年一笔糊涂账，就不可能制定也没有动力去实现如此具体的"奋斗目标"。

贪官写日记还有一个好处，但在一般情况下体会不到。原安徽省阜阳市市长肖作新上任十七个月就成了"千万富翁"，但其中有1223万余元巨额财产来源不明，因为行贿的人都不肯承认。我想，肖作新若听到这个消息，定会怨怒交加：我肖某人这一千多万元的"财产"，不是你们这帮龟孙子送的，难道是从天上掉下来的？这就只能怪肖市长当初不写日记，否则，张三李四若干，王五赵六多少，一清二楚，岂会"不明"？因此，贪官倘能写日记，既可一洗自己的"不明"之冤，又可使那些不认账的行贿者无从逃遁，也算是为反腐败做了一点力所能及的贡献。

贪官写日记的唯一弊端，是在东窗事发之后，日记来不及销毁，成为罪证。但哪个贪官不认为只有自己才是那漏网之鱼呢？有了这样的"自信"，再来权衡得失，就必然会得出写日记利大于弊的结论。假如没有这样的"自信"，这贪官不做也罢，日记自然也失去了上述功用，不写也罢。

# 杨静远

## 也谈日记的出版
### ——回应谢泳先生文《日记的用处》

《中华读书报》5月19日七版刊载了谢泳先生的《日记的用处》一文，肯定了拙作《让庐日记》（1941~1945）的史料价值，同时也提出了他对日记出版方面的一些看法，读后颇多感想。谢泳先生看来是一位特别关注上世纪40年代中国青年知识分子思想动向和社会文化心理的研究者。这一点，从沈昌文先生寄我的谢先生2001年5月11日的网上文章《重说沈崇案》中已有所觉察。该文摘引了我的《写给恋人》（1945~1948）书中的一段话，作为那个年代青年知识分子普遍左倾现象的一个例证。而这本写于《写给恋人》之前的《让庐日记》，则恰是大学生中这种逐渐向左转趋势轨迹的一个约略的图解。一个既非社会名流也非学界巨子的万千普通知识分子之一，我的这本私人性很强的日记能得到一位研究者的关注，视为"对于了解那个时代青年知识分子是极好的第一手材料"，这个评价令我欣慰，感到它多少有点用处，不至成为无人问津的一摞废纸。对该文接下来的一些论点，我的看法略有不同，试提出以供探讨。

谢泳认为，日记应该不加删节全文出版，"因为谁也说不准哪些材料对谁有用……"他对《让庐日记》只是一个节本感到可惜。从研究者的角度来看，这是有道理的，因为所记载的内容事无巨细，都可能提供某方面的信息，再琐屑的细枝末节，也能从一个角度反映一个时代的历史全景。但从日记作者的角度来看，事情就不那么简单了。《让庐日记》原始文字约有五六十万字，我煞费苦心对它动了四次大手术，删节成二十几万字，砍掉约一半的篇幅，某些地方实在是忍痛割舍。之所以这样做，确有不得已的苦衷。

主要原因是受市场的制约，为了获得出版的可能。部头太大的稿件，往往难以被出版社接受。记得五年前第一次和李辉先生谈到这个打算时，他力劝我压缩成二十万字左右，否则很难出版。不过，也有少数已出版的日记是完整的，那要看日记的主人是何许人，如果是社会名流政要或学界大师，受"名人效应"的驱使，出版社是争着要印的，而且一字不删，连一个无关紧要的便条也收了进去。例如，三联版的十卷本皇皇巨著《吴宓日记》，就是如此。但就我看过的一卷，大量的篇幅只是他生活起居一日三餐的记载，很难谈上有多少文史价值。三联肯斥巨资出版这部必难畅销的书，气魄是够大的。但也不是所有知名学者都有这样的机遇。听说，对于是否出版顾颉刚的二百万字学术价值很高的日记，就很令商务印书馆犯难。面对无情的市场经济，出版社不得不考虑赢亏问题，也是极其自然的。

谢泳说，"有时候越是小事，反而越有意义"。这话，对于我这个缺少名人效应的人来说，就不一定适用了。一本五六十万字的日记，事无巨细一律全收，其命运可想而知，首先是谁肯出，即使出了，谁看？不过，我在删节时，也并非没有特意保留一些能反映时代特征和社会面貌的细节。例如生活用品的价格，一双鞋两年中十倍的涨幅，可以看出通货膨胀的走势。宿舍伙食之差，导致了同学体质下降，患病和悲惨地成批死亡。另一方面，生活也充满了美好的方面：解馋的街头小吃，聚会游戏的疯笑，远足郊游的惬意，唱歌演戏的风靡，更不用说听名师的讲课和读一本渴望已久的书的无穷快乐。这一切，烘托了年轻学子在日寇侵略的威协和物质生活困难的苦况下追求丰富的精神生活和顽强乐观向上的心态。这些细节，我想对于使现时的年轻人了解六十年前大学生活的实况，是有帮助的。

谢文中提到，作为史料，日记的价值"高过回忆录好多倍"。是否"好多倍"，我不知道，但总之我是同意他的看法的。因为，回忆录是今人追忆往事，是以发表为目的，经过深思熟虑整理修饰等加工过程的。且时隔多年，难免有记忆失误之处，至于那些刻意自我美化的"创作"，就更不在话下。而日记是当时人记当时的事，本不打算发表，信笔书来，少有顾忌，因而自由、随意、本色，类似原汁原味的出土文物，虽然粗糙，却较可信赖。不过二者的优劣高下，也不能一概而论。回忆录中的精品，如巴金的《随想录》、韦君宜的《思痛录》，以其沉痛的自我剖析，具有永恒的文献价值。反过来，付梓的日记，也未必全无掺水作伪的可能。是真货或赝品，都有赖于作者或后人人品的诚信度。就日记而言，我以为，要做到诚实可信，须遵循三个原则：其一，内容可以删节（除受篇幅的制约，也要允许作者保有隐私权），但不可添加；其二，行文除错别字和文理不通，繁体改简体处，应保持原貌；其三，涉及的人和事，必须绝对真实，至少要忠于作者当时的体验，不可杜撰。

至于人名，一般应以真名出现，但如出于某种特殊的原因不便用真名时，允许用化名，但情节必须真实。我的日记里就是真名和化名互见的，是否恰当可以探讨。

顺便提及，谢文中有一处差误，就是谈到我1948年8月读《西风》征文集并对张爱玲文进行评论时，说我"也参加了比赛，可惜落榜了"，这是误解了。我那几年的确做过作家梦，多次向刊物投稿，但从没给《西风》投过稿。我的第一篇也是获发表的唯一一篇小说，是刊于陈铨主编的《民族文学》，其他多投给《时与潮》《东方杂志》等严肃刊物。最后一篇提倡民众教育的小说，是投给郭沫若主编的《中原》，并已获采用，但因《中原》突然停刊，便失之交臂。从陈铨转向郭沫若，可以看到那些年大学生思想左倾化的趋势。至于《西风》，我把它看作迎合小市民趣味的消闲读物，不屑于投稿的。

日记出版后，得到一些朋友的关怀和指误，如三百七十页市民庆祝日本投降的狂欢夜，应为1945年8月14日，不知怎的我记成了8月10日；九十六页1942年滇缅战争中的"保山"，误写成了"宝山"；二十七页话剧《天国春秋》作者阳翰笙误为杨村彬，以及其他。我深表感谢，在此更正，并希望得到更多的指正。

# 学术性日记和日记的学术性

平保兴

日记所记内容，可谓五花八门，涉及社会的方方面面。从自牧先生主编的《日记杂志》，我们已略知一二。在此，我想从日记者和研究者的角度，谈谈学术性日记与日记的学术性问题。

首先，日记所录内容具有学术性。这是一种以记述个人学术研究为对象的日记，在此暂且称之为"学术性日记"。但专写这类日记，且成绩卓著者，恐怕寥寥无几。据笔者日前所掌握的材料来看，杨家骆先生无疑是出类拔萃者。

杨家骆（1911~1991），江苏南

京人，为中国现代目录史上杰出的目录学家，早年毕业于东南大学附中，后入国学专修馆。1928年，他进教育部图书馆，开始接触目录学，编纂书目。1930年，在南京仓巷街七十八号（今南京开州路和朝天宫一带），杨家骆创立了两个编辑馆，一是中国图书大辞典编辑馆，二是中国学术百科全书编辑馆。从此，他一直从事图书的编纂和出版工作。南京解放前，他赴台湾，先后在世界书局和鼎文书局从事编纂，又应邀在台湾师范大学教授目录学。1991年9月11日，他在台北逝世。他的著述颇丰，写有《国史通纂》《四库大辞典》《四库全书字典》《中国教育百科丛书》《中华全书》《中国学术名著》《中国学术类编古典复音词汇林》《汉隶字源》《中国法制史料》《说文手册》《经典释文》和《骈雅训纂》等学术著作。

杨家骆毕生从事七大事业："一是编著中国图书大辞典；二是编著中国学术专题词语索引；三是编著中国学术丛书；四是编著中国百科全书；五是举办实验图书馆；六是举办图书供应合作社；七是举办学术咨询处。"早在二十三岁时，他出版了《四库大辞典》，他的大名也因此载入《中国图书馆名人录》。从1928年春天，杨家骆开始编纂《图书年鉴》，1933年，此书问世。它收录了自民国元年至1933年间国内诸学科一万余种图书目录，为《中国图书大辞典》百种中的第六十七种。该书有两千五百多页，一百五十余万字。它分成上、下册。上册是"中国图书事业志"，分为四编。它们是中国图书大辞典述略、图书事业法令汇编、全国图书馆概况和全国新出版家一览。下册是"新书总目提要"，分为十四编，每编再分下类。这十四编包括：总类、哲学、语文学、文学论著、创作文学、翻译文学、艺术论著、教育、自然科学、应用技术、社会科学、经济、政治法律和历史地理。该册分成七百零二类，三千三百九十七个支类，收录的图书达八千四百七十四种。

为了编纂此书，杨家骆花费了大量的精力和物力，而日记成为激发他勤奋向上的一种动力。他在《新书总目提要概述》中写道："我以一身支柱着这事业，除了搜购书籍之外，在仅用一个职员时每年所费已在万金以上，著者既非资本家，而又从未受过政府或私人或社团的津贴，只靠一身去奔走筹集，真是历尽千艰万难。"而且，他"差不多每日睡眠仅五小时五十四分，工作为十三小时二十一分，饮食、盥洗、杂事及其他为四小时四十五分"。"我用一种比任何刑具更令我害怕的功过格——日记来督促自己，我所有精神上物质上的力量都已投在事业中了。"

早在1930年前，杨家骆写成了三十多册关于新书提要的日记。在《新书总目提要》中，他这样写道："刘寒岛君自我手写的三十余大册日记中，辑出我民国十九年前所作的新书提要，这真是一大工程，我那潦草得比辰州符更厉害的字也亏他能认识。"日记帮助他完成了此项工作，因为《图书年鉴》中的许多词条，都来自他日记中关于许多作家和作品的精辟提要。他说："本年鉴的编纂虽在十九年春天，但提要实大部分成于十九年春天以前，那时凡看过的书就在日记上记其大略，看见人家所作的书评也很随便地抄在上面，因为那时只想备以作自己读书的参考，并无成书的野心，所以没有注出处的必要。后来正式编纂为本册，那几十本日记当然成了最重要的蓝本。托友人刘寒岛君代我将这几十本日记中关于新书的提要辑出，并请他设法一一查注它的出处。"

上述可见，这是专为研究而写的日记，这样的日记为下一步研究工作做了必要的资料准备，因此，此类日记具有很大的学术价值。

其次，学术研究离不开日记。笔者在研究俄国作家爱罗先珂与鲁迅、周作人、胡适等"五四"名家的关系时，首先想到从日记的角度去梳理出一条线索。从胡适的日记中，我得知，胡适奉蔡元培之命，前往八道湾拜访爱罗先珂，又为爱罗先珂当过翻译；从他的日记中，我又了解到，胡适曾被爱罗先珂的个人魅力所倾倒，但胡适不赞成在中国推广世界语。

周作人一生写过大量的日记。它们为我了解他与爱罗先珂的交往，提供了十分有用的第一手材料。从1921年至1923年间的日记可以看出，周作人给予爱罗先珂不少帮助，主要是替他写信、发电报、代领月薪、对外联络、翻译和护送等日常事务。1922年2月24日上午，雪后初晴。爱罗先珂在郑振铎和耿济之的陪同下，来到北京八道湾十一号周家，并寄住了下来。翌日下午，周作人随同爱罗先珂拜访了北京大学校长蔡元培。是日，在日记中，周作人如是写道："廿五日，晴，大风。下午，同爱罗君往北大，访蔡先生及沈马二君，代取洋百元，又自借五十元。三时返。振铎来，又褚君兄弟来访爱君。"在周作人1922年和1923年写的日记中，我们还可以看到："代爱君写信两通。"5月8日："下午至日邮局为爱罗君发电报。"6月16日："晴。上午至大学，又往日邮局，为爱罗君发电报，又寄件。"7月4日："晚。大悲电话，爱罗君今午往大连去。"8月29日："得爱罗君函。"11月8日："下午燕大假至友华取银三百元，为北大爱君薪也。"1923年1月29日，爱罗先珂去上海杭州旅游。1月31日："愈之函，转交爱君信二通。"2月12日："得爱君杭州函。"2月13日："上午寄愈之函，附爱君洋五十元。"可见，周作人在生活上给予了爱罗先珂无微不至的关心和爱护，也许正因这些缘故，周作人晚年还时常思念这位俄国友人。

与此同时，透过日记，我们还能发现后人研究中存在的偏差或不足。张菊香主编的《周作人年谱》第一百五十一页云："4月16日，爱罗先珂离京回国，赴张凤举在广和居为爱罗君举行的饯行宴。同座有马叔平、沈尹默、沈兼士、徐祖正等。"但《周作人日记》第三百零四页有这样的文字："16日，阴。上午在北大，下午往燕大。五时返，小雨。晚，爱罗君回国去。凤举在广和居请，泽村今西来邀，因爱君事不去。"又据《鲁迅日记》(上卷，人民文学出版社，1959年版)第四百四十六页记载的文字："16日昙。午后雨。晚张凤举招饮于广和居，同席为泽村助教黎君、马叔平、沈尹默、兼士、徐耀辰。爱罗先珂君回国去。"是晚七点,爱罗先珂坐火车离开了北平,周作人为他送行,根本没有时间去参加饯行。周作人和鲁迅的日记说明,周作人"赴张凤举在广和居为爱罗君举行的饯行宴"之说有误。

综上所述,学术性日记是学人专为自己研究而写的一种日记,对个人学术大有裨益。显然,这样的日记具有学术性。而对学术性日记的阅读,既能开阔研究者的视野,又能拓展研究的思路,从而促进在某一领域深入的研究。因此我倒主张,学人写学术性日记,但学人不可忽视日记的学术性。

# 罗以民

## 日记与史学

一

我推荐出版《宋云彬日记》(下称《宋记》),是我觉得它对于今后治中国当代史——无论是研究政治、经济、文学、艺术,甚至是物价史,再甚至是小至酒价史的人,都是一部绕不过去的书。山西人民出版社正式出版该书,名为《红尘冷眼》。

胡适序董康《书舶庸谭》曰:"日记属于传记文学,最重在能描写作者的性情人格,故日记愈详细琐屑,愈有史料的价值。"《宋记》堪属琐屑,事大至为何毛泽东选票会少了一票,事小至买几个酒杯价几何,皆记。然宋云彬曾官至副省级，又骤成"右派"，其间之巨大落差，可使这位熟读经史的人感慨良多。宋云彬曾任过建国后浙江省历史学会第一任会长，后来又校注过《后汉书》，我们多少可以从《宋记》中看到一些史家眼光。《宋记》的价值首先在于它的真实。宋云彬喜欢直抒胸臆，所谓嬉笑怒骂，皆成文章。这是一部可以见到真性情的文字，甚至字里行间还可以感觉到他身上的一点"名士派头"。1957年之前，他基本不用曲笔。他三十年来的日记基本不说假话，无谄媚之语。实在说真话又不行时，那就只能不记日记，如打成右派后的一段时间他就不记。但从他在杭州罢官后一连数日敢于赤脚走到河坊街的记事，完全可以感知他当年内心的痛苦和愤怒（虽然他在日记中巧妙地写成因为患脚气而赤脚，但这也似乎是为了应付当时的检查作一借口）。宋云彬不是完人，也有不少缺点，日记中也有不少错话，但他记下了在"文革"开始时，为了保全自己，竟然一连贴了自己的老朋友、老同事、海宁同乡、版本学家陈乃乾十几张大字报的事。唯独这种"血淋淋"的真实，方使我们感到这种真实的力量。那是一个使人疯狂的年代！这样的日记方配为正史作注脚。

封建社会的正史多是"为尊者讳"，因此要弄清历史的真相，不妨多读些日记。

第一，日记可纠正史之误。

1900年庚子之战，从大沽守将罗荣光和直隶总督裕禄的奏折，直至清廷的宣战诏书皆称八国联军首先开炮，而八国联军则称清军首先开炮。我国史书向持"联军先开炮"说。但根据当时中外报纸的报道（有部分外国记者亲临观战）及俄国《新边疆报》记者德米特里·扬契维斯基的战地日记的记载[1]，可以确知系清军首先开炮，只不过试射和第一群炮弹均为远弹。当时联军军舰已侵入中国内河，清军首先开炮并无不当，何况裕、罗早已接到了要求他们切实狙击的"严旨"。清廷当时称对方先开炮，主要是为了唤起内外舆论的同情，而罗、裕则是出于某种个人的考虑。

又如,雍正御修的《圣祖实录》记载康熙的形象为:"上天表奇伟,神采焕发,双瞳日悬,隆准岳立,耳大声洪,徇齐天纵。"[2]但这段话到了《清史稿》里竟变成了"岳立声宏"[3]。由"高鼻子"成了"高个子"。其实,康熙身材仅中等,而且还是麻子。1692年来华的俄国使臣伊兹勃兰·特伊台斯(荷兰人)的日记明确记载康熙"中等身材","脸上有麻点",但也记载了康熙"鼻子隆起,略歪"[4],此条与《实录》同。如果我们再考证与这位荷兰人同时都在中国的两位法国耶稣会士的报告[5],那么我们完全可以肯定伊兹勃兰特·伊台斯日记记载的正确性。至于康熙身高,再考之于今北京故宫保存的康熙衣袍,可以确定决不会超过一米七〇。

第二,日记可补史籍之不载。

如《曾国藩日记》载清军攻下南京,"熊登武挖出洪秀全之尸,扛来一验,胡须微白可数,头秃无发"[6],可见洪秀全五十岁死时,已非常衰老,或者洪原本就是秃顶。此种记载唯曾氏可记,因为洪秀全久居深宫,头又戴帕,即使天国将士亦很难知道他们的天王是否有头发。

又如,《圣祖实录》多记"上行围,射殪一虎"或数虎,但皇帝仆从甚众,实不知康熙是否能亲自射死老虎?读《张诚日记》方知康熙至少用火枪亲自射死过三只老虎,并且有详细的描写。而且康熙射箭亦极准,还能左右开弓,骑术过人[7]。张诚为法国耶稣会士,又是数学家,随侍康熙多年,但其记载并不示之于清廷,受众仅是法国或后来译传的欧洲人,因此就较为客观准确。再如,康熙至古北口阅兵,张诚就认为"像这样八百人一营的步兵(按:配备有五六十门小炮),肯定抵挡不住我们的一百人组成的骑兵中队(按:指法国军队)的冲击"[8]。这样的记载肯定要为清廷所不高兴。明清两代有不少西人来华日记存世,这实在是我们以往较少进入的一个史料库。

第三，读日记可见出历史人物的习惯。

如读《林则徐日记》则可见他常记"见客数起"，不记见谁，谈何事。而《曾国藩日记》记见客亦多不记见谁，议何事，然是"坐见"还是"立见"却一定记得很清楚，岂非咄咄怪事？而王文韶亦官至大学士、军机大臣，官与曾国藩平，所记日记则清清楚楚记录某人来[9]。其实，记日记多由个人习惯使然，以文网森严来解释林、曾未必确。而读《郑振铎日记》则知其虽为文学家和著名版本学家，亦好"雀战"，且屡屡于日记中发誓戒赌，然又再作冯妇。由此亦可知为何今日麻将打遍了全中国，而且还走向了世界！青年郁达夫逛钱塘江畔花牌楼和杭州拱宸桥，便在日记中记载了这两地的妓寨和妓院。读《郁达夫日记》尤知其对男女事格外留意。

第四，读古人日记方可走入古人之内心世界。

前些年笔者曾撰文批评谢晋的电影《鸦片战争》，有一条便是说他的创作未能进入历史人物的内心世界。其实不仅是文学，历史研究亦有一个进入历史人物内心世界的问题。史学并非仅仅是研究历史事件，因为历史事件都是由历史人物进行的，所以历史心理学的研究亦非常重要。如未正确把握历史人物的心理，虽遇真史料亦可导出错误结论。试以《林则徐日记》[10]为例。林则徐与琦善之关系早有蒋廷黻[11]和茅海建[12]说得很清楚了，但考《林则徐日记》还可知林、琦关系很好。道光十八年十一月初四，林则徐奉诏入京，行至定州地面。琦善虽在京，却专遣才官赵永年往定州迎接林则徐。越二日，林则徐已过保定（琦善节署驻地）抵安肃县，"静安（琦善字）节相京旋而此，启请圣安后，谈至夜分而别。是日未刻冬至"（"谈至夜分"事小，然请注意林则徐很清楚地记录了这一天是冬至，而查证历书这一天也确为冬至[13]。这个冬至对下文考证林则徐对龚自珍说谎很有意义）。

龚自珍乃鸦片战争之际我国伟大的思想家，而魏源则受林则徐之托著《海国图志》（林将自己主持译著的重要世界地理文献《四洲志》交给了魏），此三人亦为"宜南诗社"诗友，前年香港回归，便有人大谈林、龚、魏之友谊。林则徐入京奉旨禁烟，龚自珍在京有"十大建议"赠他，这便是著名的《送钦差大臣侯官林公序》[14]。林则徐给龚的回信[15]说自己在京时太忙，是在"出都后"才看见他的"鸿文"，虽对其"鸿文"大加夸奖，却对龚想随同南下禁烟的意图婉言拒绝。考林之日记，可知林则徐此信说了一个谎。林的这一封信落款日期为"戊戌冬至后十日"，这一天为道光十八年十一月十六日，可《林则徐日记》记载林在该日还在京觐见了道光，去军机处领钦差大臣关防，"饭后出城拜客"（但可以肯定拜的不是龚自珍，否则便不必写那封信了）。日记记载是自是日七天后的十一月二十三日林才离京。林则徐此次在京共住了十三日，几乎天天都有出城拜客的记录。龚自珍时任礼部主事，一定很早就知道了林入京陛见的事，他给林的"十条建议"便是证明。龚既想随林赴广州禁烟，他便会把此信尽快交到林的手中，并且会密切注意林的离京时间。林则徐作为钦差大臣离京决不可能是静悄悄的。林则徐这一天的日记是这样的："二十三日，辛酉。晴。天未明，诚述堂来晤谈，以后宾客络绎，曾梅臣、家范亭俱留共饭。午刻开用钦差大臣关防，焚香九拜，发传牌，遂起程。由正阳门出彰仪门，韩三桥、沈听篁、金亚伯、汪孟慈、黄椠卿、戴云帆、曾葆初、陈（世馨）皆送于普济堂，叙谈片刻而别。至长新店，已上灯矣。"龚自珍虽官仅六品，但作为好友是完全可以来送行的，然他却未来送行，这足以引起我们思考某种问题。

　　林则徐回信上最大的一处破绽是自己既言未读龚信，却能于事前嘱本家林某瞻（即户部主事林扬祖）来向龚自珍解释一切（"而事势有难言者"），"想蒙清听"，这真是此地无银三百两。这封信很可能是事隔很久才复的，而日期又是随便写的，林则徐显然已记不清"冬至后十日"自己并不在路上，而是仍在北京。英雄欺人，本历史常事。然百年有隐，终究一发。

　　这里我们可以明显看出：林则徐并不想让龚自珍去广州。林则徐一方面是民族英雄，另一方面又是深受道光皇帝眷宠而又老谋深算的封建大吏。林则徐深知封建社会的游戏规则，而龚自珍性格刚烈，往往容易出格，林如何会喜欢龚这样的人当属下呢？龚、魏有一好友张维屏，道出了龚、魏既不为朝廷，也不为林则徐所用的秘密，其曰："魏默深、龚定庵皆奇才，然使得位使权，其刚愎自任亦宋代王安石也。"(16) 张早中进士，然又能早早辞官，其深知官场黑暗，故能出此言。

　　我们再以《林则徐日记》来检索林、魏之关系。林则徐发配新疆后常和内地通书信，并非不知魏源之下落，如道光二十四年八月十五日他在伊犁，从京报上看到了礼部会试放榜魏源榜上有名的消息，还赋诗《致雪逸五兄弟》，夸奖魏源"镆之不终埋"。因为这一年魏源已经五十一岁了（一般通过会试的贡士都能顺利通过殿试，但魏源因会试试卷潦草被罚停殿试一年，于次年补行殿试后才成为进士，署东台县令）。其实，魏源的《海国图志》（五十卷本）已经在两年前就写成刊行。道光二十七年《海国图志》六十卷本又刊行。咸丰三年（1852）《海国图志》一百卷本再次刊行。可自道光二十五年后林、魏之间似乎已失去了直接的联系，林则徐的日记和书信中居然没有一次问及他所托的《海国图志》，甚至再也没有提到过魏源。道光二十五年年底，林则徐又署陕甘总督，此后接着又任陕西巡抚、云贵总督，此皆封疆大吏之职，正是用得着《海国图志》，甚至是用得着魏源的时候，可两人的友谊又杳无踪影了（可资反比的是远在伊犁却有踪迹可寻，但须记着那是仕途不顺时）。以致魏源的研究家们只好连林则徐的儿子赴京经过扬州去魏源家住了一夜，也算做了林、魏友谊的证据，若借用一句元曲真是"好不可怜也么哥"！

　　读《林则徐日记》使我们可以看见一个真正的林则徐。让我们再回到林则徐道光十八年十一月的北京日记。该月十八日，林则徐记："计自到京后召见凡八次,皆上毡垫。"一般臣工入宫奏对,皆跪于地。而林则徐以道光命内侍上毡垫给他跪(因当时正值严寒),感到恩宠,特记之。林则徐八次陛见还享受到了道光的其他一些笼络手段。如十三日,他第三次被召见,记:"蒙垂询能骑马否,旋奉恩旨在紫禁城内骑马,外僚得此,尤异数也。"次日,他第四次被召见,"寅刻骑马进内,递折谢恩,第五起召见(按:指当日被排在第五起召见),蒙谕云:'你不惯乘马,可坐椅子轿。'谨叩头谢恩。"此后,自十五日至十八日四次召见,皆"肩舆入内"。清代百官上朝,都必须于大清门外(位置相当于今毛主席纪念堂)下马落轿,步行入内。穿过大清门、天安门和午门进入大内,其距离达一公里。而早朝在寅刻,即现在的早上三至五时,在这样的黑暗中,冒着北京的严寒,步行如此远的距离,其滋味自然不好受。因此,有清一代,官吏皆视"赏紫禁城骑马"、"赏紫禁城内乘二人肩舆"为莫大之荣耀。从这些记载我们可以深知林则徐对道光的感恩戴德,史书记载事件,可日记可以记载心灵感受。

第五,读古人日记可知百姓之心态。

面对一个重大事件,百姓如何想,常常事关重大。如1900年之"庚子事变",虽有义和团之"扶清灭洋",攻打使馆,但是否全体百姓都热血沸腾,皆愿保家卫国?为何攻入北京城的首批八国联军还不足万人,就可以迅速完全地控制住这座数百万人口的中国首都?陈恒庆"时服官京师",住北京西四牌楼迤东,曾记载:"予在北城见各户皆插白旗,上写'顺民'二字。殆仿闯贼入京城之故事。嗣北城为日本分区,传谕各户撤去'顺民'二字,涂一红日于旗心。"[17]而《综论拳匪滋事庸臣误国西兵入京事》记:"城内日人所占领之界各店铺,每家门首均悬挂'大日本顺民'等旗号。他国所占领之界内,甚为荒凉,亦无悬旗等事。所遇华人,均手提一旗,上书'日顺民'等字样。呜呼,惨矣!痛矣!"[18]至于德国占领区内,店铺纷纷易名为"德发"、"德昌"、"德兴"、"德法长"者，亦并不为奇。民心何以如此？有一部《王大点庚子日记》最能说明问题。此本日记主人王大点是当时北京五城公所的一名吃皇粮的衙役，其职责相当于今日之警察。当义和团在北京实行"红色恐怖"，大杀教民和白莲教时，其终日之乐事是看别人或是熟人被杀头，看义和团杀义和团，看甘军与练勇局互杀，看兵部尚书徐用仪等三大吏被砍头。真是看得好不逍遥，悠哉游哉。谁被杀死了，他便"瞧看尸身多时"。如六月十六日，他记："至平西时，瞧看黄家店团上（指义和团拳坛），由北宫园地方拿获抬杠吴五奉教。又擒得金台书院地方居住之剃头庞九，亦天主教。伊妻被获，取保释放。不大时，焚表不起，在坛根恭设香案、鞭炮、钱粮等仪，将吴五捆绑，赤身诛之（于）祭坛。我在坛坡看得真切。回（头）又将剃头庞九揆出，仍在彼处乱刀砍毙。我并无瞧彼乱砍（按：原文如此）。"这种日记正配给鲁迅的"中国最多的就是历史的看客"作注脚。

北京城破，他居然又趁火打劫，二十二日，他记："闻五道庙宝全被劫，我至其处，人纷拥挤，抢掠衣物，得皮衣二件，持家。少顷，将彼后院坑埋放瓷锡器。同院邻赵家、韩家，北迤范家，推一小车，彼此逃命出城。出口外，不料与众失散。我又至宝全，复（得）旧皮衣二件。行西草厂胡同，至顺治门大街，见沿途逃荒男女，纷纷不顾东西，信息太紧。""又遇范三推小车，家眷亦与韩、赵冲散。风闻西便门关闭。同范三等推车上教场口南关中馆暂停。遥望顺治门大街路东长裕开门，亦被劫，我进内抱现钱数十吊，放在伊小车上；又进内，得东西若干。见路西富兴，进内，复得东西若干。与范三等分手，我入路东棺材铺暂躲，拾掇好了包袱，复回家。椿萱到沙土园，与众冲散，即回。后冯三来家打听，言他家已然出城，白云观候等，并连赵家、韩家一处回来探望，复回。""午后，同韩宝璋、张三、小朱上教场三条范五家，拿车上放的被物。先我由当铺得的钱有八千零，韩宝璋抓诈钱若干。并有张三、小朱帮同持之。行南柳巷，闻兴成被劫，见十间房复豫亦抢净。沿途各铺，抢掠肆行。回，平西时。晚，各处当铺全行被抢，从此日见艰难，米面无处购买，各粮店、面铺、碓房全然抢净，以后有卖面之处：源盛、聚泰、大顺、东鸿泰、金聚山、富聚等处各粮店卖面，三更以后出卖，有铺、邻佑多人。四更就无。由此忧虑畏害怕俱胆惊，未得，胆敢举笔书记。"[19]

八国联军在抢劫，而中国人自己也在抢劫，堪称九国联军。王大点日记语多不通，可见文化不高，可他经过书铺，竟然也劫书数十本，甚至连木板也抢。此后多日又大看洋兵杀义和团，杀抢劫者，又看得快活！九月二十二日，他记："走鹞儿胡同口遇两个大头布洋人（按：指印度兵）找妓馆。我带上四神庙路西土娼下处，二人同嫖一妓，各用一洋元与之。哄他多时，又给我花生食。后由牛血胡同回行万佛寺湾，又遇德国洋兵三人，意往娼处。我俱带同猪毛胡同路东妓馆，有二洋兵各嫖一妓，亦以一元与之。"

平心而论，与汉奸比较，王大点还不算最坏。他的自私贪财在旧中国司空见惯，但他的麻木却是惊人的。不仅为入侵者嫖妓引路，还食人花生，如此之国民岂知有国？这便是大清国当时国民的精神状态。义和团的万丈气焰在"刀枪不入"的神话破产之后便荡然无存，而从梁启超、孙中山直至鲁迅的中国两代思想者都无不以国人不知有国为愤！考察庚子战争，只知义和团之豪言壮语，而不知王大点日记，就无法理解北京一百年前的"顺民"旗。

第六，读一位思想家的日记可以提高自己的史识。

当今最优秀的一部日记乃《顾准日记》。这部日记在中国思想界引起的震动已毋庸赘言，可以引起我们一系列严峻的思考[20]。仅举一例，《顾准日记》记录了自己这样的学者在1959年的"大饥饿"里也要偷萝卜花生吃，"偷其实普遍之至"。他的日记还有一种照相式的精确："捡粪，简直是等人家拉，也要强占茅厕，心里是腻烦的。不是死蚯蚓，是蛔虫。"

在商城农场，看稻田所浇粪水中有死虫，以为是死蚯蚓，捡粪才知，那是蛔虫。"蛔虫甚多，有一堆粪便，粪极少见，蛔虫倒有七八条。"(21)这样的"大特写"记录令人震撼：极度的饥饿已经使人连正常的大便都拉不出来了！中华民族经历了一个什么样的年代？可惜这种可以使史识提高的日记并不多见。

## 二

清末之张荫桓以为西汉的苏武、张骞均有出使日记，不过"史佚之耳"，令人可考中国日记最早者为唐宪宗时李翱的《来南录》（元和四年，即808年）(22)，已为学界共识。这样中国有据可查的日记已有一千二百年的历史。天下的日记大约可分为六类：

其一，如鲁迅言，"是写给自己看的"，"这是日记的正宗嫡派"。

其二，自然是写给别人看的，如李慈铭的《越缦堂日记》，那是"以日记为著述的"(23)。这样的日记，鲁迅、郁达夫都写过。

其三，是开始写给自己看，又准备死后留给别人看的，如我们现今看见的《周作人日记》手稿影印本，那上面记着周作人曾作过三次校改（1949年以后一次）。周作人曾为汉奸，晚年并不知自己的日记还有可能问世，然他却对自己的日记如此重视，足见日记之重要。

其四，完全伪造的日记，如所谓《希特勒日记》。

其五，即所谓真假掺半者，如周作人《戊戌日记》。

其六，在某种特定的年代（如"文革"），为了应付突如其来的检查，不得不写一些"违心"的日记来保护自己，如顾准的《息县日记》(24)。这样的日记不应视为"伪日记"（如沙叶新言(25)），或是生了"猩红热"（如林贤治言(26)），而应视为穿了"迷彩服"（如陈敏之言(27)）。即使真有一部分属于"猩红热"（这也不足为奇，战士生存于世上，他就也有生病的可能），但那"迷彩服"里的躯体依然是战士的躯体。"迷彩服"是为了战斗而穿的。

日记如此复杂，那我们读日记时实在还应注意一些情况。

第一，读日记应先了解当时的历史情况，切忌枉自穿凿。马积高序《湘绮楼日记》说：王闿运并不是坚决反对变法的人，"变法失败后的第三年（光绪二十六年）夏历正月，湘绮（即王闿运）还在杭州与梁启超会晤，讨论时事，也可作为一种佐证"。此处马注："掘《湘绮楼日记》光绪二十六年正月十二日日记。"（28）世人皆知梁启超戊戌后即遭通缉亡命海外，民国始归。考梁启超《新大陆游记》可确知梁启超此时在美国夏威夷（29）。再考《湘绮楼日记》，王闿运记是日："梁新学来，言公法，盖欲探我宗旨，答以不忘名利者必非豪杰，尚不屑教以思不出位也。"（30）此梁氏不过杭州一儒生，"新学"不过是其名字，与梁启超并不相干。其实，王闿运在前数日（正月四日）的日记中还在大骂康、梁，他如何又会突然与梁"会晤"呢？

读今人日记也有这样的问题。眼下这部《宋云彬日记》，常记到一个王若水，但此人决不会是那个写《为人道主义辩护》的王若水，因为《宋记》中的王若水在"反右"后期便自杀了。

又读周作人《戊戌日记》，可常见其单独使用一"去"字，或言"兄去"、"偕兄去"，而不言去何处。这一年周作人才十三岁，在杭州。我们读他的《鲁迅小说里的人物》一文便可豁然开朗："那时祖父介孚公因科场案系杭州府狱……日记上遇着去看祖父的时候，便简单的写一个'去'字。"周作人小小年纪便知避讳，真是早慧。

第二，可找相关的书来对勘，以求互有发现。鲁迅的日记学界一向以为严谨可信，动辄征引。可鲁迅却说自己的日记"是不很可靠的。但我以为本来是在二月一，或者二月二，其实不甚有关系，即便不写也无妨；而实际上，不写的时候也常有"。而日记若"准备给第三者看出，所以恐怕也未必很有真面目，至少，不利于己的事，现在总还要藏起来。愿读者先明白这一点"。今天拿《鲁迅日记》和他发表于《世界日报》上的《马上日记》来对勘，就有天差地别。比如同为1926年6月28日的日记，从字数上看后者就为前者的七倍多，但应该说两者都是真实的。因为两者的受众不同，即使同记一事那记法也很不一样。鲁迅在《马上日记》中狠狠批评了一家药房，抱怨了L君家的佣人和L君的太太对自己很不客气（见了鲁迅的名片也不让鲁迅进门——等一等他家主人），但因为是登在报纸上就不能随便点名(31)。但以《鲁迅日记》对勘，便可知那药房是信昌药房，L君为刘半农。如果刘半农看见报上这篇文章，大约可猜出L君是谁。刘半农当时住在北京东城北帅府胡同的一个四合院里(32)。鲁迅与刘半农很熟，却不想刘半农太太明知来者是鲁迅还是将他拒之门外，鲁迅自然不高兴，又不便对刘半农说，只好登在报纸上。此事可以椎知，刘半农几乎没有跟自己有文化的太太谈到过鲁迅，虽然他们是青梅竹马的夫妻。但那天鲁迅有一件事不便登报，那就是"濯足"。

然拿鲁迅与郁达夫的日记对读，可知他们确为好友，时常来往。但鲁迅记到郁达夫的地方多，郁达夫记到鲁迅的地方少。1928年元旦，郁达夫记："昨晚上北新请客，和鲁迅等赌酒，喝了微醉回来，今晨还觉得有点头痛。"(33)《鲁迅日记》1927年12月31日记："晚李小峰（按：指北新书局老板）及其夫人招饮于中有天，同席郁达夫、王映霞、林和清、林语堂及其夫人、章衣萍、吴曙天、董秋芳、三弟及广平，饮后大醉，回寓呕吐。"(34)而次日日记仅记"无事"二字了之。可知鲁迅大醉呕吐之后的日记是次日才记的。相比较之下，同为作家日记，鲁迅所记要比郁达夫详细得多。

张德彝为晚清外交官，其《三述奇》是其1871年访法的长篇日记，这是中国人唯一目击并记载巴黎公社起义的著作（张德彝是逐日记日记的，其实他是不自觉地记载了巴黎公社产生和消亡的全过程）。当时，张德彝是为"天津教案"随钦差大臣崇厚赴法陪礼道歉（并付赔款白银五十万两）的，可他至巴黎正值巴黎公社起义爆发。观其日记，不见他有丝毫庆幸法国被德国打败，甚至法国政府逃往凡尔赛也不见他有丝毫的幸灾乐祸（这样至少中国的赔款可以延缓了），反而对巴黎公社充满仇恨，视为"叛乱"。张德彝并不是因为巴黎公社民兵威胁到了他的安全，他们几个中国人反而在这兵荒马乱的时候去参观卢浮宫（"至陆雅巷，观集古楼"），悠哉游哉。张德彝十六岁考入总理衙门同文馆，1866年仅十九岁就为外交官（八品），此次赴法前他已经被三次派遣游历欧美各国，外语很好。此次已不是第一次到巴黎了，他可以直接通过交谈就可明白究竟发生了什么。他对巴黎公社的反对是出于对巴黎公社的了解而并不是不了解。他敌视巴黎公社固然是出于政治，但仅从张德彝是地主阶级，是其本质决定他必然与当时已处于劣势的梯也尔立场一致显然是肤浅的。张德彝从国家、民族，即使从理智上来说亦应该同情巴黎公社（慈禧或任何一个乡绅若在北京听此奏报理应欢呼），然却取了相反的立场，这可使我们从另一角度去考虑问题：巴黎公社的"直接民主"形成的红色恐怖是否也有自己的负面效应（我们以往的总结都是巴黎公社镇压反革命不够，但及时进攻凡尔赛与在城里杀人过多是两个问题）？巴黎公社标榜的直接民主是否当时就为大多数的巴黎人所不相信（当时的法国人早已经历过1793年的大革命，它留给整个欧洲的印象就是恐怖主义。罗兰夫人的名言"自由、自由，多少罪恶假汝之名以行"恐怕也早已让人不再太容易盲从，头脑能渐渐冷静）？当然，张德彝的日记中亦有不少搞错了的东西，这也是任何一个外国人到了别国都在所难免的（如"万洞坊之名胜铜柱，被炮击碎，铜块纷飞"。这个铜柱即今译为"旺多姆"的圆柱，但它不是被炮击碎的，而是根据巴黎公社的决议于1871年5月16日拆除的）。但是，当时二十四岁的张德彝决不是头脑冬烘之辈，他有一定的观察能力，于感动处即使对公社亦不无赞扬之笔："申初，又由楼下解叛勇（按：指被俘的巴黎公社战士）

一千二百余人，中有女子二行，虽衣履残破，面带灰尘，其雄伟之气，溢于眉宇……叛勇不惟男子犷悍，即妇女亦从而助虐。所到之处，望风披靡。居则高楼大厦，食则美味珍馐，快乐眼前，不知有死。其势将败，则焚烧楼阁一空，奇珍半成灰烬。现擒女兵数百，迅明供认，一切放火拒捕，多出若辈之谋。"(35)"这就是马克思不曾亲见的巴黎公社战士的战斗精神。读《三述奇》，兼读马克思的《法兰西内战》将更有心得。公社的精神要得以永存，今日的诸多不完善亦应从源头上去进行反思。无反思，无以永存。

第三，读前人日记也可能会遇见一时读不懂而又无从查考的问题，因为这些问题确实没有典籍可考，因此只能在今后的社会生活中凭经验去逐渐领悟。二十年前我始读《鲁迅日记》，常见鲁迅每隔约二十日便记一次"夜濯足"，心中大惑不解，难道鲁迅忙于笔战便可以二十日才洗一回脚吗？也曾鼓足勇气将此等小事请教过几位师长，均以为鲁迅卫生习惯可能较差，甚或有人还告我："天才都是有怪癖的。"我心志忐，便存疑二十年。直至今年国庆，一位昔日一同插队的同学请我去街上的"洗脚屋"洗脚，这才知道所谓洗脚实为脚底按摩，是一种被动的运动，对终日伏案工作的人尤为需要。于是我便顿悟。鲁迅平日较少体育活动，二十日去做一次"洗脚"完全可以理解。只不过余生也晚，大上海的旧式"洗脚店"早就销声匿迹了。因无一本民国的《百科全书》来考此等小事，害得我等几疑鲁迅怪癖二十年。此类小事，大约总无现成的书查，只能凭自己的经历去理解，亦有人曾撰文说《鲁迅日记》中的"濯足"乃是记自己"性生活"的隐语，此实穿凿附会。考《鲁迅日记》，1916年全年鲁迅"濯足"仅一次（为5月4日），时鲁迅年仅三十六岁；而晚年五十余岁，反"濯足"日频，几乎二十日一次，如此还不一目了然吗？《鲁迅日记》中还有"濯腰"、"洗澡"，试问这又是什么隐句？

**注释：**

(1) 这部日记1902年于彼得堡出版时书名为《在停滞的中国城墙内外》，1983年许崇信译本书名为《八国联军目击记》，福建人民出版社版，第150页。

(2)《圣祖实录》卷一。

(3)《清史稿》卷六。

(4)（荷）伊兹勃兰特·伊台斯：《俄国使团使华笔记》，商务印书馆1980年版，第213页。

(5) 白晋（Joachim Bouvett）：《康熙帝传》，中国社会科学院历史研究所清史研究室《清史资料》第一辑，中华书局版，第196页。李明（Le Comte）《中国现状新志》第二封信。巴黎Phebus出版社1990年版（书名易为（一个耶稣会士在北京）），第71页。文中均提到"天花瘢痕"（Cpetite verole）。第二篇法文译文由浙江大学历史系郑德弟教授提供。

(6)《曾国藩日记》同治三年六月廿八日所记。

(7)(8)《张诚（Jean Francois Gerbil-lon）日记》，《清史资料》第五辑，中华书局版，第172、166页。

(9)《王文韶日记》，中华书局1989年版。

(10)《林则徐集·日记》，中华书局1984年版。《林则徐奏稿·公牍·日记补编》，中山大学出版社1985年版。以下引《林则徐日记》均见此两书。

(11) 蒋廷黻《琦善与鸦片战争》，《清华学报》1931年11月，第6卷第3期。

(12) 茅海建《天朝的崩溃》，三联书店1995年版，第1~23页。

(13) 郑鹤声《近世中西史日对照表》，第649页。

(14)(15)《龚自珍全集》，上海古籍出版社1999年版，第169、171页。

(16) 张维屏《谈艺录》卷二。

(17)(18)陈恒庆《清李野闻》,载《义和团史料》,中国社会科学出版社1982年版,第639、174页。

(19)《王大点庚子日记》稿本全部共约十万字,藏北京大学图书馆。

(20)(25)(26)(27)《顾准寻思录》,作家出版社1998年版,第250、251、267页。

(21)(24)《顾准日记》,经济日报出版社1997年版,第23、37、132页。

(22)[唐]李翱《李文公集》卷十八。

(23)鲁迅《马上日记》,见《华盖集续编》,人民文学出版社1981年版,第125页。

(28)马积高主编《湘绮楼日记》第一卷序,岳麓书社1997年版。

(29)梁启超:《新大陆游记》卷一由横滨启程:"己亥冬,旧金山之中国维新会初成,诸同志以电见招,即从日本首途。""余自庚于(案即光绪二十六年)正月至五月,蛰居夏威夷。"

(30)《湘绮楼日记》第四卷,2267页。

(31)(34)《鲁迅全集》第十四卷,人民文学出版社1996年版,第605、686页。

(32)刘小惠著《父亲刘半农》,上海人民出版社2000年版,第84页。

(33)《郁达大全集》第十二卷,浙江文艺出版社1992年版,第249页。

(35)《三述奇》,见张德彝《航海述奇汇编》,北京图书馆出版社1997年版。

# 论日记与日记体文学

## 钱念孙

日记是一种非常普及的文体。近现代以来,更有一些作家采用日记体的形式进行创作,写出了不少著名的日记体散文和小说。然而,由于受以往文学理论思维定势的束缚,很少有人从文体学的角度,对日记及日记体文学进行专门研究。本文尝试探讨日记的渊源、特点、价值及日记体文学的种类和特征,意在抛砖引玉。

一

日记可说脱胎于编年纪事体史书,这在中国和西方都不例外。

中国古代有专门官员负责史事。郑玄便有"太史记言,内史记行"

之说。他们记史的方法，大半是遇到一件事发生，随时据实直录，一事一条，如登流水账，先后次第依年、月、日时间顺序安排，这就是编年纪事，《春秋》《左传》《竹书纪年》《汉纪》《后汉纪》《资治通鉴》《大唐创业起居注》《顺宗实录》《明实录》《清实录》等，均属编年纪事体史书。与中国最早的史乘是编年纪事一样，西方各国的历史著述也多起于编年纪事。如著名的《盎格鲁—撒克逊编年纪事》，从公元7世纪直至1154年，逐年逐月逐日记载了英国中世纪的历史，就是英国现存的最早的史书。不过，这部史书与中国古代史著出于朝廷史官不同，它主要成于中世纪寺院的僧侣之手，作者不是以官方身份而是以私人资格记录国家大事的。

如果说，以官方身份写成的编年纪事可名之为"国家日记"，那么，以私人资格写成的编年纪事则几乎可说就是"日记"。但是，它和我们现在通常所说的日记又有一个重要区别：编年纪事以一个国家为中心；而日记以作者个人为中心。这种"中心"的不同，会给史事的记载带来或大或小的差异，因为不同的记录者必然自觉或不自觉地赋予史事不同的色彩。当然，日记作者记自己每日所见所闻所感所思，可能是私人琐事，也可能是国家大事，但即便这样，仍与编年纪事存在明显的差异。编年纪事由于以国家为中心，一般不记私人琐事，纵或偶然破例，也必因为私人琐事有关国家大事；而日记由于以个人为中心，一般主要不记国家大事，倘若记到国家大事，也是以个人的眼光去看，或者事件直接间接地与自己有关。这与编年纪事体史书专注记载国家大事，终究大不相同。

编年纪事产生很早，但日记兴起较晚。在中国，南宋大诗人陆游所撰《老学庵笔记》，可能最早使用"日记"一词，其句云："黄鲁直有日记，谓之家乘，至宜州犹不辍书。"这可能是见诸记载的中国私人日记之始。可惜遍查《豫章黄先生文集》三十卷，未见其家乘只言片语。想来黄庭坚及其文集编者,均以为日记不属正儿八经的著述,不值得收入文集。这种状况,直到清朝中叶都没有改变。遍查《四库全书》也未见"日记"一目。日记在中国被印行,比较为人们知道的大概要算陆清献公(陇其)日记、钱大昕竹汀日记(其实这几种实在是论学笔记,与寻常日记有别)、曾文正公(国藩)日记、李文忠公(鸿章)日记、李慈铭《越缦堂日记》等,这都已经是清朝中后期的事了。

在西方,虽然"日记"一词出现较早,如希腊的"ephemeris"(日记),主要是官员记载军队行动和国王起居;罗马的"diarium"(日记),只是记录奴仆的配给账目,它们都与后来的日记(diary)相去甚远,没有直接的渊源关系。西方纯粹由个人写的日记,最早大概起于文艺复兴时期,法国流传下来两部最早的日记就是当时的产物。这两部日记都不知道作者姓名,一部的作者是一位牧师,另一部的题名是《一位巴黎市民的日记》。写日记的风气,直到17世纪才在英国及其他西方国家逐渐兴盛起来。英国两位极著名的"日记家"——约翰·伊夫林和塞缪尔·佩皮斯,都生活在这个时期。

为什么日记及回忆录等记载个人真实生活的著述,在17世纪英国及其他西方国家如雨后春笋般地突然冒出一批,并从此延续不断?有的学者解释说:这是因为人们"想把自己一生的事迹告诉别人,想记录下时代变化多端的特色,在这个时代,个人抛掉了以往约束着自己的枷锁,因而产生了大量回忆录及日记,以致成为此后文学创作中的一个永久性的特点"。还有的学者说,"这种新的、不受抑制的表现力,产生了17世纪中末叶的大量的日志、杂记和私人日记"。这表明,正是经过文艺复兴的思想文化解放运动,人们摆脱了种种禁锢和束缚,思想活跃,个性伸展,日记及回忆录才得以大量涌现。在中国,日记直至清朝中后期才引起人们重视,作为一种新的图书品类被选刊印行,这是否与当时国门逐渐打开,受到西方风气的影响有关呢?

从文体变迁的角度看，在编年纪事之后和日记起来之前，还有一种过渡的体裁，那就是笔记。"笔记"两字，本指执笔记叙而言。在中国，许多零星琐碎的私家著述，大约都可以归到笔记一类。早期的像《论语》《韩诗外传》、刘向的《说苑》、刘义庆的《世说新语》等，唐朝以后的像孙光宪的《北梦琐言》、苏轼的《东坡志林》、叶梦得的《石林燕语》、张岱的《陶庵梦忆》、王渔洋的《池北偶谈》、俞樾的《春在堂随笔》之类，都是随时记载，日积月累，是笔记而又近于日记的著述。西方的情形也大体如此。日常记事多起于"memoris"（备忘录、回忆录，自传），如古罗马大将军凯撒的《备忘录》（Commentaries），记叙他自己所经历的战争情况，可算是最早的例子。16世纪以后，西方写备忘录或随感录的风气较盛。许多政治家或文艺家等，为了以后写自传式的回忆录，都于平日坚持写备忘录。还有一些文人学者等经常写些随感录、谈话录，如本·琼森的《发现录》、威廉·布莱克的《笔记》、爱克曼的《歌德谈话录》等，就是其中的代表。这些备忘录、随感录、谈话录，实际上也是近于日记的著述。

然而，这些作品近于日记却毕竟不是日记。其原因在于：一、它们多数不标明年、月、日，少了日记的一个要素。二、即便有的标了日期，它们也多半是作者的存心著述，是有意写给别人看的；而日记则是个人秘密的保存，是自己与自己灵魂的对话，是自己隐秘情感的宣泄，许多时候决不愿意让别人窥视。这是日记与一般备忘录、随感录之类作品最重要的区别，也是引己的本质特征所在。

## 二

日记的主要特点就是面向自己进行写作，它是一种最纯粹，最隐秘的私人著述，其本意不仅无心传世，而且担心别人窥探。正因为日记只是对自己的灵魂说话，所以能毫无顾忌，畅所欲言，赤裸裸地写出事情的真相和表达真实的情感。近代以来，前人日记之所以被人们重视，关键在于它往往比其他流传下来的文字资料"率真",能够更真实、更鲜活地反映事物或人物的原貌。

英国17世纪的塞缪尔·佩皮斯从1660年1月1日开始,到1669年5月底因目力衰退而停止,共记了十年日记。为了保密,他不仅从来没有向任何人说过自己记日记,一直很谨慎地把日记作为绝密文件收藏,而且运用当时人很陌生、后人须经一番研究才能认出的速记符号写日记,仿佛深怕人知道其中写了什么拿出去公布。佩皮斯1703年去世后,他的家人将其书籍等遗物赠给了他的母校英特林学院,其中也包括他的六本日记。直到一百多年后,人们在莫特林学院图书馆才注意到佩皮斯的日记本,由当时一位大学生约翰·史密斯花了三年时间才将近乎密码式的速记符号翻译出来,于1825年印行问世。

请看佩皮斯的一篇日记:

(1666年12月)31日结账,最后发现账目清楚无误。最令我不满的是,今年收入比去年少573镑,今年总收入仅为3560镑;而今年开支比去年多644镑,去年全年开支不过509镑,可今年开支看来是1154镑。按我现在财产说,似乎一年不应开支这么多。但上帝万福。我祈求上帝让我感恩吧,因为我的实际存款已超过6200镑,比去年增加了1800镑。国家多灾多难的一年总算结束了,举国上下都希望它结束。我及全家都安好,家中有四个女仆,秘书一人——汤姆,弟弟也寄居家里等候差使。一家人身体极好,国家事务却极糟……人们定居他处,贸易得不到鼓励。朝廷可悲、邪恶、玩忽职守,朝廷中一切头脑清醒的人都担心明年整个公国将要毁灭,上帝拯救我们吧。就我个人情况而言,有件事值得一提,我现已有大批上好餐具,以后请客可以全部用银餐盘,现共有两打半。

作为一位政府官吏,佩皮斯并不是一个死硬的保王派,他批评朝廷,也关心国家命运,但他更关心自己的钱财,权衡出入,斤斤计较。最后一句话可谓于无意中画龙点睛，使他成为一个活生生的有血有肉的人跃然纸上：在朝廷腐败透顶、国家岌岌可危之时，他却为自己弄到一批好餐具而沾沾自喜，还想到要设宴请客以炫耀自己的银餐盘，这至少可说把他的小家子气和虚荣心刻画得淋漓尽致了。这种在日记中不自觉的自我暴露，比小说家笔下刻画的同类官吏形象，往往更加真实有力，打动人心。在1667年8月18日这篇日记里，佩皮斯写道：

今早我去了礼拜堂。牧师演讲甚好，但前一排一位漂亮小姐的背影惹得我心花意乱。我拿一本诵圣诗给她，好使她回过头来。不想照面看去颇让人失望，她像很不高兴。收捐款用盘不用劝施囊，真讨厌。要给半皇冠币（注：值两先令六便士）。以后要记住放些六便士小银币在口袋里。

如此真实而坦率地暴露自我，寥寥数语就让我们立刻见出他的心理和性情，这在一般著述哪怕是自传中都不易看到。在1666年11月1日的日记里，他甚至记有自己诅咒当时皇帝的话，这话如果让别人知道，就会有生命危险，但他居然记在日记里了。可见他的日记真正能够直面自己的灵魂，完全是为自己而写，决不想让别人知道其内容。他为什么要用当时刚刚发明不久、很少有人辨识的速记符号写日记，其原因也在这里。

由此，我觉得现在流传的许多中国近代、现代和当代人的名人日记，几乎都没有达到真正直面自己的灵魂，完全为自己而写的境界，几乎都不同程度地含有"立此存照"让人看的目的。

日记是否可能被别人看，对于写日记者来说关系极大：若无别人看，写作者可以毫无拘束、毫无隐瞒、毫无避讳地与自己的灵魂说话，真正做到为自己而写作。若写日记时知道所写内容会被别人看到，这个无形在场的读者便会不可避免地改变写作者的心态，使他自觉或不自觉地用这个读者的眼光来审视自己写下的文字，与自己灵魂的密谈随之蜕变为向他人的倾诉和表白，社会关系就会闯进日记这一个人的最后的精神密室，使它成为谈心的客厅，甚至演讲的广场和表演的戏院。对此，俄国19世纪大作家列夫·托尔斯泰曾有切身体会。

1862年9月16日，托尔斯泰向他钟爱的十八岁姑娘索菲亚求婚成功，他一面沉浸在兴奋和喜悦之中，一面又为自己的日记将无法守秘而焦虑和不安。他在这天的日记里写道："我不能为自己一个人写日记了。我觉得、我相信，不久我就不再会有属于一个人的秘密，她将看我写的一切。"他的这种焦虑和不安很快得到了证实。九个月后，他在日记里写下了这样一段饱含痛苦和悔恨的话：

我自己喜欢并且了解的我，那个有时完整地显身、叫我高兴也叫我害怕的我，如今在哪里？我成了一个渺小的微不足道的人。自从我娶了我所喜欢的女人以来，我就是这样一个人。这个本子里写的几乎全是谎言——虚伪。一想到她此刻就在我身后看我写的东西，或者她可能趁我不在时看我的东西，就减少了、破坏了我的真实性。

为了有一份只为自己写的日记，托尔斯泰可谓绞尽脑汁，费尽心思。这位举世闻名的大文豪竟然有一段时间把日记藏在靴筒里，后来又把最后十年的日记存进一家银行的保险柜中，连他自己都觉得滑稽可笑，烦恼不堪。索菲亚怎么也想不通：做妻子的为什么不能看丈夫的日记？为此她不断大哭大闹，以致托尔斯泰一次忍无可忍，向她叫嚷道："我把一切都交出来了：财产、作品，只把日记留给了自己，现在要我把这些日记也交出去？如果你还要折磨我，我就出走，我就出走！"就在这次发火的三个月后的一天深夜，八十二岁的托尔斯泰在又一次发现妻子偷偷翻寻他的文件后，终于离家出走，途中病逝在一个小火车站上。对于托尔斯泰来说，死后日记落到谁的手里他管不着也无法管，但生前他却为捍卫只为自己写日记并使其得到保密的权利，进行了不屈不挠、旷日持久的"斗争"。

写日记的本意虽然并非拿出来发表，但发表出来却很有价值。首先，它可以弥补官修正史只记国家大事和难免有所偏袒忌讳的不足,增添社会事态人情的细致情况和观察社会的另种眼光,前面介绍的佩皮斯日记,对英国17世纪60年代发生的许多重大事件,如查理二世加冕、伦敦瘟疫和大火、英荷战争及革命内战等等,都有十分详细的报告和记载,并且这报道和记载带有强烈的个人色彩,被公认为是了解当时社会政治状况和人情心态的第一手资料。其次,日记还是研究一个人物的难得的证据,是透视个人内心生活的可靠文献。英国浪漫派诗歌的代表人物华兹华斯,其妹妹多萝西终身未嫁,一直与他作伴。遇到一个新鲜有趣的境界或人物,华兹华斯多半写成诗歌,而妹妹多萝西则记在日记里。借助她的日记,后人不仅知道了华兹华斯的许多生平佚事,而且对他许多诗歌的灵感来源及写作境况也有了清晰的了解。至于托尔斯泰和托尔斯泰夫人的日记、鲁迅和周作人的日记等,是把握他们生平创作和文坛状况的重要史料,自然更不待言。

　　日记是面对自己灵魂的密谈,它的好处和魅力在于暴露真实的自我,泄露自己内心的秘密。怕暴露自我,怕泄露秘密,那就失去了日记的好处和魅力。惟其如此,不仅作者本人,就是他的亲戚朋友,也往往不愿轻易公开出版日记:一来担心作者不甚体面的一面让人知道现丑,二来担心其中涉及的人和事犯了别人的忌讳,惹来麻烦。这样做本无可厚非,因为公民享有出版或不出版自己作品的自由,更何况法律上还有保护自己和别人隐私权及名誉权的条款呢。大概正是如此,近年我国出版的一些当代名人日记,都不免作了这样或那样的删节。张光年先生的《文坛回春纪事》,是他1977年至1985年九年日记的汇集,对了解十年浩劫后文坛从复苏到趋向繁荣的那段历史颇有价值。但这本日记不仅经过了他自己的"选编",而且"承蒙京中几位友人挤出宝贵时间审读复印件,对内容的或选或删或注或加按语提供宝贵意见"。常任侠先生的《战云纪事》,是他从1937年到1945年抗战时期的日记选辑，选编者在"序"中明确说"日记的内容侧重于反映作者学术活动和交流，对涉及作者本人隐私和不宜公开的人事、生活琐记，适当做了删节"。笔者认为，这种作者的谨慎态度或选编者对作者的关爱心情，虽然完全可以理解并足堪敬佩，但毕竟改变了日记的真面目，终究让人感到有些遗憾。

当然，也有些日记写时就准备拿出去发表，或者发表前对它进行了较大的再创作，这已不是原来意义上的日记，而是涉及日记体文学了。

### 三

日记体文学大致可为两类：一类是日记体散文，一类是日记体小说。散文的概念很宽泛，通常我们所说的日记也可包括在散文中。这里的"日记体散文"与通常所说的日记不同，最大的差异就在于：一般"日记"仅为自己而写，并不准备拿出去发表传之后世；而"日记体散文"则不仅为自己而写，也为读者而写，是作者采用日记的形式有意进行的文学写作。如法国作家龚古尔兄弟的日记、纪德的日记、英国女作家曼斯菲尔德的日记、美国散文家和思想家爱默生以及美裔法国作家格林的日记等，都是西方著名的日记体散文。它们或表露对人生、自然和社会的深刻理解，或描述当时各种思想政治事件和文艺界活动情况，或记录自己的见闻和剖析自己的思想及情感矛盾，往往都文笔优美，启人心智，既是了解作家及其时代极为重要的资料，又是颇有欣赏价值的好文章。

在日本文学中，日记体散文一直占有重要位置。早在平安时期的公元10世纪，《古今和歌集》的编选者纪贯之就写有《土佐日记》。该日记是第一部使用纯粹日文（假名）写成的作品，记录一位在土佐地方担任"国守"（地方长官）的老者及其妻子，任职期满后乘船归京途中的艰难航海历程。作品虽然采用日记的形式逐日记叙，却假托一个妇女的口吻，将老国守（即作者本人）作为客观对象来加以表现和刻画，这说明作者在动笔之初即有意识将其作为文学作品而不是作为个人日记来写作。这部作品表达了一对饱尝忧患的老年人的人生智慧和超脱的生活态度，语言质朴洒脱，富有幽默意味，是日本古典文学中的经典名著。随后，日本出现了大量的日记体散文，藤原道纲母的《蜻蛉日记》、和泉式部的《和泉式部日记》、紫式部的《紫式部日记》、菅原孝标的《更级日记》等，便是其中的代表性作品。其中《和泉式部日记》也是假托第三人称的口吻，以一百一十首爱情赠答歌为中心，毫无顾忌地倾诉了作者与一名天皇的皇子敦道亲王之间感情奔放的爱情生活，从一个侧面反映当时贵族妇女的生活情趣。而《紫式部日记》则是日本最著名作品《源氏物语》的作者所写，它记录了作者作为一个天皇皇后的侍从女官时期的见闻和思考，既反映了宫廷生活的豪华奢侈，又对这种生活感到空虚和怀疑，表现了作者对贵族生活的批判态度。日本文学中的日记体散文，基本特点在于记录和表现个人生活及作者感怀，是日本文学中富有民族特色的体裁之一，对日本文学具有深远的影响。日本近现代文学中大量产生的"私小说"，就与日记体散文一脉相承，是其在新时代的变体和发展。

在中国，最早的日记体散文大概要推南宋诗人陆游的《入蜀记》六卷。乾道六年（公元1170年），陆游从家乡越州山阴（今浙江绍兴）赴蜀中夔州（今四川奉节）任通判。他沿长江西上，经过今天的江苏、安徽、江西、湖北、湖南，穿过三峡进入四川，真是"道路半年行不到，江山万里看无穷"。他沿途逐日记录所见所闻，或考订文物古迹和地理沿革，或描述异域他乡民情风俗和生活状况，笔致简洁而宛然如绘，淡雅隽永而富有情感。许多治宋代文学史的专家誉之为是"优美的散文，读后使人回味无穷"。《徐霞客游记》是中国文学史上另一部著名的日记体散文。明代散文家和地理学家徐霞客从二十二岁起，毕生游览祖国的名山大川。他采用日记形式，逐日记载自己的游历遭际和观察所得，著成六十余万字的《徐霞客游记》。该游记不仅是卓越的地理学著作，而且因文笔优美，

记叙生动,也是杰出的文学作品。如《滇游日记六》一节:

> 盖兰宗所结庐之东,有右崖傍峡而起,高数十丈,其下嵌壁而入,水自崖外飞悬,垂空洒壁,历乱纵横,皆如明珠贯索。余因排帘入嵌壁中,外望兰宗诸人,如隔雾牵绡,其前树影花枝,俱飞魂濯魄,极罨映之妙。崖之西畔,有绿苔上翳,若绚彩铺绒,翠色欲滴,此又化工之点染,非石非风,另成幻相者也。

这段文字,不仅写景状物栩栩如生,如在目前,而且情景交融,富有意境,确有很高的艺术性。类似这样的精彩描写,全书俯拾即是,因而这本日记体游记在中国古代文学史上被公认为是优秀的散文作品。

在中国现代文学史上,日记体散文也不乏佳作名篇。如郁达夫的《日记九种》和《达夫日记》、胡适的《胡适留学日记》、徐志摩的《志摩日记》、陆小曼的《小曼日记》等等。作家日记和日记体散文之间的界线,不仅在于记事的详略和文字的精粗,更主要的差异在于:作家是为了自己记事备忘或自察内省呢,还是有意示之于人而从事文学写作?正是在这一分野上,《鲁迅日记》《周作人日记》、浦江清的《清华园日记·西行日记》等明显属于前者,仅仅是日记;而上面列举的郁达夫等人的日记则属于后者,是日记体散文。请看郁达夫《日记九种》里的"病闲日记——1926年12月3日"中的一段:

> 天清云薄,江水不波,西北望白云山,只见一座紫金堆,横躺在阳光里……一路上听风看水,摇出白鹅潭,横斜叉到了荔枝湾里,到荔枝园上岸,看了凋零的残景,衰败的亭台,颇动着张翰秋风之念。

如此简洁而动人地写景,语言之锤炼,情景之刻画,显然已超过个人记事备忘的需要,而是有意为之的文学创作。郁达夫生前曾在多种文学报刊发表自己的日记,并在结集出版后"风靡一时,脍炙人口",原因乃在于他的日记写得率真而优美,富有艺术魅力。

日记体散文有写作之初就存心创作的,也有为了发表而对原日记进行修改加工，使之成为艺术性散文的。而如当代作家沙叶新出版自己的日记《精神家园》时，不仅为每篇日记都精心起了富有文学色彩的吸引人的题目，而且在很大程度上对日记内容进行了二度创作。对此，他在《自序》中坦诚地说：

我认为日记是给自己看的，如果公开出版，给别人看，那必须在日记的主人公去世之后。如果在生前就出版日记，我以为其内容不可能完全是真实的，必有许多虚假和矫情……当然我不可能将我日记中所有的内容全部、毫无保留地发表出来，这既无必要，我也不会这么傻。我像任何人一样也有不愿公之于众的隐私，也需要将一些"真事隐去"。所以从这一点来说，我如今发表的日记不是全部的真实，只是部分的真实。此外在文字上也已经过加工和修饰，甚至是很大的加工和修饰，某些内容为了集中等原因也重新做了编排，做了某些技术性的处理，因而它们已经不像随笔式的日记，而更像是日记式的随笔了。

这里，沙叶新将自己如何把日记"加工和修饰"成日记体散文的过程，交待得很清楚。它再次表明，对于作家日记来说，是仅为自己而写，还是也为公众而写，将导致不同的结果：前者是原本意义上的日记，而后者则是日记体文学的一种，即日记体散文。

日记体文学的另一形态是日记体小说。它与日记体散文的最大区别在于：日记体散文所记的人是确有其人，所记的事确曾发生，所表达的思想感情多为真情实感，只不过进行了文学的选择提炼和描写润色；而日记体小说所写的人和事及其表达的思想感情，却完全可以跳出事实的框框，进行创造性的虚构，塑造出全新的艺术形象。不论是在西方还是在中国，日记体小说的诞生都相对较晚，均在日记流行之后。但日记体小说出现后，却常常是不鸣则已，一鸣惊人，在西方和中国都产生了一些震古烁今的名作。

欧洲文学史上许多著名的作品，如英国作家格罗斯密的《小人物日记》、意大利作家亚米契斯的《心》(夏丏尊译为《爱的教育》)、爱尔兰作家乔伊斯的《尤利西斯》、英国作家伍尔芙的《黛洛维夫人》等,都是采用日记形式创作的小说。尤其是后两部划时代的作品,整本书就是一天的日记,把主人公一昼夜里对外界的见闻和内心的活动极细腻地描写出来,篇幅达到数百页之多,可说是日记体小说的登峰造极之作。我国现当代文学中也有许多日记体小说,最著名的当然是现代白话文学的开山之作——鲁迅的《狂人日记》。这部在形式上直接受到俄国作家果戈理同名小说影响的作品,"撮录"精神病者"狂人"的十三篇日记,"暴露家族制度和礼教的弊害",猛烈抨击封建制度的"吃人"本质,是中国现代文学史上最具思想和艺术冲击力的小说杰作。其后的日记体小说,如丁玲的成名作《莎菲女士的日记》,塑造了"五四"以后一个大胆叛逆旧礼教,热烈追求爱情生活的新女性形象;而茅盾的长篇作品《腐蚀》,通过披露一个失足女特务赵惠明的日记,揭露抗战大后方国民党特务政治的黑幕及其对青年一代精神和肉体的摧残与毒害,在当时产生了相当大的社会反响。

与一般小说相比,日记体小说在艺术表现上明显有着自己的特色。其一,由于采用日记的形式,日记体小说的结构多是直述的散记体的形态。它一般不以曲折的故事情节和具体的环境描写见长,而是以主题为中心,运用朴素的直线起伏的布局,通过主人公直白的倾诉、尽情的呐喊、深刻的内省,形成情节峰峦,透彻地表达主题思想和塑造人物形象。其二,由于日记是与自己灵魂的对话,具有很强的秘密性,因而采用第一人称自我剖白形式的日记体小说,在叙述语言上有力地增强艺术的真实感和亲历感,更易于把作为"旁观者"的读者拉到作品主人公的叙述情景之中。其三,由于日记在许多时候是作者的自言自语和内心独白,日记体小说尤为擅长揭示和表现作品主人公的主观感觉和心理活动。乔伊斯的《尤利西斯》和伍尔芙的《黛洛维夫人》,之所以能够那样充分地展示人物丰富而复杂的内心世界，开创"意识流小说"的先河并成为其典范性作品，与它们采用了日记体这种更便于表现心理活动的文学形式密切相关。

关于日记体文学的艺术特征，这里只是浅尝辄止地提出问题，笔者将有另文对它进行较深入的探讨。

## 费在山 王稼句

### 关于日记的通信

稼句长兄如握：

寄我《日记报》颇觉新鲜，谢谢你的关怀。我赞成"日记中的我，是自然的我，小小的我，不是放大了的、经过修饰的我"，尤其是后一句很重要。不能为发表而记日记，那样势必矫揉造作，"日记乃自己与自己谈心"，初衷是不让别人看的。那些名家在身后发表似无不可，而生前就迫不及待地拿出来总觉不妥，非但有骗稿费之嫌，也有拔高之态。日记可以说是笔记文学中的一朵小花，从实，却忌虚构，要忠实生活，忠实自己，当然也就根本不要考虑发表后忠实读者的问题。它是自我锻炼写作技巧和生活实录的好方法。每日不断记,必有成效和进步,偶有失记也不硬凑、追记。我就是这样平白实录朋友来信的收覆,特别是有意义、有史料价值的购书、赠书记录,至于《鲁迅日记》最后的类似"书账",我也觉得不拟仿效。以上并不一定可取,供参考。暑气毒人,不多浮言。

敬颂

文祉

小弟崇堂拜状<br>庚辰七月初三晨五时

崇堂先生:

　　大札拜读,先生对日记的几句话,说得实在很好。日记不能为发表而记,深得我意。我想,这至少有两方面的意思:一是日记有它的私秘性,有的写得并不完整,有的字眼似乎只有自己才明白,比如鲁迅先生日记中的"濯足",好像先生平时不天天洗脚似的。正因为当初不想发表,留一些空白,或用一些代词,也是无所谓的事;二是总想着以后要发表,也就会为自己的形象考虑起来,这么一想,就会作一点修饰,作一点加减法,记下的虽完整而通畅,也许就并不真实了。其实,比较聪明的办法,还是学学李越缦,付印之前,用墨笔涂去一些不想让人家知道的,只给人真实的一部分,而不是全部。这倒并不完全是为自己的形象考虑,有些也确实应该有所忌讳,且不说清代的文字狱,晚近以来因日记祸罪而家破人亡者不知几何。

　　由此想到周氏兄弟的日记,都简到不能再简,从中几乎很难看出他们对某人某事的想法,只是排日记事而已,这自有他们的道理。平伯先生是苦雨斋的入室弟子,文章学问颇有不同,惟他不为发表而记的日记,倒和乃师差不多,也是十分简洁,这读读他的《"干校"日记》《京师地震日记》诸篇，便十分了然了。西谛先生则不同，杂事纷陈，情绪宛然，喜怨哀乐，一一留滞纸面，状写了一个真实的自我。西谛先生当初之记也不想发表，否则不会留下那些供人口舌的痕迹。然而我倒从这些痕迹里，更理解了西谛先生。最近又读了两本日记，一本是冯亦代的《悔余日录》，一本是《郭小川1957年日记》，四十多年前，这两位正运交华盖，更不会为发表而去记日记，想来无非只是多年的习惯不能改变，聊以日常的功课以遣有涯之生，另一种情形，仿佛去教堂作忏悔，今日又有何错何误，喃喃自语，以求宽恕，不啻是一种思想的寄托了。虽说这两本日记在出版之前，已经过"整理"，但日记毕竟是最真实、最自然的自我注解，要想摆脱自我，实在也是做不到的，当然时代的风风雨雨也在一天又一天的日记里反映了出来。

再说为发表刊印而作的日记，"五四"以后实在很多，郁达夫之外，如陈万里的《西行日记》，周瘦鹃的《紫兰小筑九日记》，俞平伯的《癸酉年南归日记》，乃至苏青仅一千余字的《苏游日记》等等，不胜枚举。这些和不想公诸于世的日记不同，自有它的意思在，因为除做起居注的皇上外，寻常的人生不可能天天充实，故而截取一段比较充实或有点意思的生活，写出来准备供人阅读。这些日记，除内容比较充实之外，态度亲切，文笔随意，叙述完整，或记寻访幽胜，或记交往名家，或记病榻感悟，或记恋爱悲欢，都有读者感兴趣的内容。当然不能说这些日记是完全真切的生活实录，吃喝拉撒一一照录，其中也自会有取舍，比如买书访友可以详记，吃花酒打茶围也就省略，但至少是绝大部分的真实。正因为如此，它才有读者，读者对它的兴趣，一半儿的原因，是想知道这些不平常人的平常生活。如今所谓"娱乐圈"的演艺界人士，实在有很多忙的地方，懒得去记为发表而刊印的日记，也懒得去请帮闲的文人捉刀，否则编一本印出来，印数是难以想象的。

这些为发表刊印而作的日记，有它文学上的意义，这当然只是一部分人才能做得。大部分人的日记，我想，纯粹是一种平常而琐碎的人生记录，或者称之为小谱，即使放在桌上供人阅读，除熟人有点兴趣之外，大概也无人一窥的。但对自己来说，却有很大的意思，不但是一种自励的手段，让自己来规范自己，而且对琐事的记忆、感情的寄托、回忆的依藉等等，都是很好的办法。如果从小就开始记日记，可以练习文章，养成良好的生活习惯。在我看来，它虽不能算作文学的一个品类，但并非对社会毫无意义，好像就是家庭主妇用于记录日常开销的小册，今日买青菜几何，又买鲜肉几何，目的只是掌握开支，意在节俭。但如今若然发现一本明人记的这样一本小册，那实在堪称是经济史的珍贵资料了。对于历史而言，平常人的日记，也是可作如是之想。至于鲁迅先生每年日记后"书账"，他大概是为了结算一下每年买书的花费，而如今这份"书账"的意义，已大大超过了他当时做这事的目的。

夜来无事，也就胡思乱想，拉杂写上，可以说是我对日记的一点想法。

余言后叙，顺颂

秋安

弟稼句谨覆<br>2000年9月15日夜

# 杨静远

## 致淡庐自牧信

自牧先生：

6月11日大札及《淡庐书简》《疏篱集》《日记杂志》(40)收到多日，拜读后十分感动，你以文学以外的公务在身，能够在日理万机中挤出时间交文友，办文刊，写文章，直上"一级作家"的巅峰，令我惊羡不已。不知道你是怎么做到的，你的"淡庐"，其实是"忙庐"。但对这一切成就，你都是淡然处之，在现今追名逐利的社会风气中能保持一种平淡自然的田园精神，尤其难得。我与文学隔绝几十年，老了才勉强搭上钩，也是以外国文学和翻译工作为主，你书中提到的众多人和事，我都感到生疏，但对你们交往的频繁，心灵互动的热闹愉快，非常羡慕，却又感到是一个圈外之人，不可能参与，有些悲哀。《疏篱集》中提到《废都》和《血色黄昏》的话，虽然只有一两句，我感到和我当时的想法是合拍的。我们在年龄上整整相差一代，在这一点上却没有代沟，很是高兴，我不知你对当今红极一时的"张爱玲热"怎样看，不管文坛上把她捧得多么高，但我总觉得一个没有民族意识的作家，不管文笔怎样好，不能是一个伟大的作家。这一点，我对何满子的看法是抱有同感的，尽管他似乎是有些孤立的。我视力日衰，无法多读书，只能从少数文学报刊上获得点滴信息，有一点想法，也无法与人交流，精神上很寂寞，所以我就把一些胡思乱想的话向你诉说，算是一种解脱。你太忙，不用费精神回复，也不要发表在刊物上，以免得罪人。关于日记出版可不可删节，谢泳一直没有回音，大概是不高兴了吧。关于我母亲是否"小脚"的问题，差一点惹恼了韩石山，后来总算澄清了，我这把子年纪了，何必参卷进文坛的是非曲直中去？还是低调地做一点力所能及的工作吧。百花社高艳华热心地要我写点我父母的轶事，我正为此努力，并由此结识了罗家伦的女儿罗久芳（她写了一本她父母的书），她提供给我一些旧信、手迹等等。各方朋友只要可能，都给我帮助，我心怀感谢，可惜自己不行了，一切来得太迟了。

寄上的小画，只为了供你玩玩，我从没学过画，行家看了要笑的。《半月日影》，我也实在交不出像样的卷子，作罢吧。《咸宁干校》我已向出版社邮购几本，当书到时将寄奉一册，是否能寄到，谁知道呢？

胡扯到此为止吧，祝
夏安！千万保重身体。

杨静远

2006年7月2日

你的笔名典出《诗经》,我不知道,可见我旧学根底之差。刚才收到于晓明寄来的《名流周刊》,嘱寄稿,真令我为难,我怎么够得上"中国名流"呢?——又及。

# 刘宗武

## 关于日记——致古农

古农先生：

现在要搞个什么会，尤其是在北京搞是很难很难的。你们能够搞成，应该说难能而又可贵的。我看到会上有许多边远小地方的人参加，这为他们提供了一次学习、交流的机会。

日记，我以为它首先是一种应用的文体，古代的史官，最主要的任务是随时记录国内外发生的重大事件和重要人物的日常活动，如帝王的起居注，这就是国家的历史。扩展开来，一般的人，写出的日记，就是个人的历史，如是名人，就是他的传记最主要的材料。史和传，都要求一个字——"真",所有的文字都必须千真万确,必须是实实在在发生过的事情,不容半点弄虚作假,不能有"客里空"的东西,不然毫无价值。

日记不要有文学。文学必须虚构,不虚构则麻烦多多。鲁迅的《一件小事》《故乡》等等个人亲历的实事,前者主要是"我"和车夫。车夫的表现很真实,没可说的,"我"并非鲁迅自己,其中有他,又不全是他。文学必须这样。后者,"我"、闰土等也是确有的,却又不全是他自己。不能把小说中的"我",都写入鲁迅传之中的。至于豆腐西施、《祝福》中的鲁四老爷等,不能是实在的人;街坊邻居中此种人抬头不见低头见,可绝不能说就是张三或李四。不然,人家不能起诉,也得辈辈骂你鲁迅,鲁迅何苦找这个骂呢!

孙犁的芸斋小说,大都是真人真事,但不是真名,他把它们叫小说,也是为了免除不必要的麻烦,其中写了"文革"中的恶劣表现,如果你要对号入座,岂不是不打自招了吗?稍微有点头脑,还有羞耻之心,良心未丧尽的人,绝不会去自讨没趣,自找难堪的。这也是孙犁的高明之处。

现在的什么传记文学、纪实文学,更不必说报告文学,都是加工过的,与"真"有出入的。绝不可把它都一一写入某人的传记,尤其是年谱之中。如果那样,现在可以骗取一些人的阅读愉快,将来——如果值得的话,历史学家都要加以甄别、剔除粉饰之词,以还其人的本来面目。

所以,倡导写日记,必须是大力宣传写得"真"、写得"实",看看《鲁迅日记》,看看孙犁的《书衣文录》。前者为流水账,可归入他的传记,后者说那是他的"日记断片",所记较之鲁迅的日记生动、具体多了,包括对话,都是实录,毫无诬人之词。

如果想搞文学,就要广泛地收集材料,充分地发挥想象力,虚构出人和事。只要合情合理,让人觉得都似曾相识,却又说不出到底是张三抑或李四,那就最好了,说明你的创作成功了,你会搞文学创作了。

总之,我是主张日记必须是日日记真人真事、真情实感,绝不要去

"文学"一下。孙犁在《日记总论》中说："日记，归根结底，是个人的生活史。"这是最准确的概括，否则可以不叫日记，另外叫什么都行的。

顺便说一句，孙犁在读书记中读了许多名家的日记，他那精深的看法，值得注意。那本论文集中没收入他的文字，实应补入，文字可见《孙犁全集》。

这个论文集，我没全看，仅从所收篇目可知下了很大的功夫，但应再筛选一下，出得更精粹一些才好。

匆祝

编祺！

刘宗武<br>2006年11月23日于天津

# 韩少华

## 谈谈写日记

近几年,不断有青年朋友问我:"要想提高文字能力,该怎么着手呢?"

我也总是这样回答:"天天写点日记,是提高文字表达能力的一种比较有效的方法。"

当然,能坚持写日记,受益还不限于练笔一个方面,这对培养观察生活、分析问题、积累材料的能力与习惯,乃至加强思想修养等许多方面,都会有相当的促进作用。一些杰出人物,如朱自清、竺可桢、雷锋,他们所写的日记,就可以说明这一点。

那么,要练习写日记,需要了解哪些有关的基础知识呢?

要明确体式。这里说的，就是指具体的体裁、样式或方式，说到"记"做为一种文体，是古已有之的。古籍上曾指出："'记'者，纪事之文也。"从功用上给"记"的体式以基本的规定。宋代人真德秀认为：记以善叙事为主……后人作记，未免杂以议论。认为"记"就是"记"，不宜兼有议论。明代人吴讷就比较开通，认为叙事之后，略作议论以结之，此为正体；而虽专尚议论，然其言足以垂世而立教，弗害其为体之变也，也承认某种以议论为主的，仍不失为"记"的变体。

其实，文体本身就是随着社会发展而演变的，就日记而言，既可以只叙事，也可以只说理，又可以夹叙夹议。凡是当日自己所言、所行、所见、所闻、所思、所感，没有什么不可以入日记的。日记是一种容纳面很广，可以自由运用记叙、描写、说明、议论和抒情多种表达方式的应用文体。因此，记日记也是较全面地提高文字表达水平的一种有效方式。

除了明确体式，还要弄清功用，日记的实际功用同书信、报告等不同。书信是向收信人表情达意，报告是向读者叙事说理，日记则是写给日记本人以备查、待用，即是自我服务性质的，这就使得日记这种文体，在具体写作上具有某些特点：

一是文字力求简约。由于读者即写者本人，所以行文多为备要式的。有些文字修养深的人，也用些文言词语写日记，以求行文凝练。

二是指代写者的"我"常被略去。例如："下午去北京图书馆查资料"，其中主语"我"被省略了。仍因"我即读者，不会发生误解的缘故"。

如果从日记的具体写法上看，大致有：（1）备忘式；（2）纪实式；（3）随感式；（4）研讨式。当然，在一篇日记里，几种方式相互搭界和综合运用的也不少。这将在后文分别加以说明。

需要指出的是，这里所讲的"日记"，是作为日常应用文体来谈的。至于鲁迅的《狂人日记》，丁玲的《莎菲女士的日记》，以及小仲马的名著《茶花女》里玛格丽特的遗物中的日记，则是文学作品特定主题思想、塑造特定人物形象的一种特殊文学手法或表现方式，就同我们所谈的日记没什么直接关系了。

下面大致谈谈日记的不同写法。

## 备忘式

上文提到的明代人吴讷曾说：大抵"记"者，盖所以备不忘。也可以说，"以备不忘"，这是日记的基本功用；而"备忘式"的，也是日记的基本形式。请看：

昙。上午往师大讲并收去年五月份薪水泉伍（即五元钱，"泉"古代钱币的别称。——引文者附注）。午后往北大讲。晚有麟来，赵荫棠来。长虹、钟吾来。夜作《阿Q传序》及《自传略》讫。

这是鲁迅先生于1925年5月29日所写的日记。其中所记的，包括天气、教学、经济收入、朋友往来及写作等。其备忘作用是显然的。这种方式的日记有以下几种特点：

一是不记某事细致内容和具体过程。例如，"往北师大讲"与"往北大讲"讲课的内容均未述及。四位友人来，会客情况、谈话内容也都一概略去。

二是行文简约。例如：指代鲁迅先生的主语"我"，均予省略，使用文言词，"讫"乃至"往师大讲"换行之后，连"课"字也省了。

三是不加议论，描写及抒情之类的内容。

这种方式的日记，如坚持下去，在培养自己对生活的认真态度，避免自己待人接物方面的疏漏等都会有好处。但在锻炼文字表达能力方面，却不一定有什么显著的效果。还是写纪实式的、随感式和研讨式的，对练笔益处更大，更直接。

## 纪实式

这种写法比备忘式的要求具体。所"记"的"实"可以是对客观事物状况的描述，也可以是对一定事件的内容、过程、要点的记叙。如著名科学家竺可桢的一则日记：

1952年4月5日，星期六，昙……晨六点半起，近日北京大有春意，燕子高飞，闻其鸣声，但不见影踪，晨夕树叶大小不同，至晚间十点户外比房中温度高，各地桃李盛开，杨柳已全绿。

如果是备忘式的，只记"大有春意"就行了，现后文所展开描述的，都是"春意"的具体状况，写得准确、鲜明，有情有趣，也很简洁。

又如朱自清先生1948年6月的一则日记：

18日　　星期五　　　　午后有雷雨

在拒绝美援和美国面粉的宣言上签名。这意味着每月的生活费要减少六百万法币。下午认真思索了一阵子，坚信我的签名之举是正确的。因为我们反对美国扶植日本的政策要采取直接行动，就不应逃避个人的责任。

日记所记载的这一行动的重要意义，见之于毛泽东同志《别了，司徒雷登》一文中的高度评价。而这则日记中，把此举的时间、内容、后果，以及自己的决心和认识，都记叙得具体、明确。通过这种纪实写法，这则日记就成了研究朱先生的思想发展以及当时我国知识界政治倾向状况的可贵史料。

生活细事，也可以入日记。如叶圣陶先生1945年除夕写的自重庆返上海江行途中的日记：

雾不浓，船七点后开。略见小滩，水皆平稳。经蔺市、李沱，午刻到涪陵。青年人皆上岸游观，余未上。午后一时许复开船。棹夫停手休息时，青年人往替之。初不熟习，历二三回，居然合拍，上下一致，傍晚歇于南沱，为一小市集，无甚可观。

行文间，把一天里行船和进程记叙得相当完整而扼要。关于时间、地点的交代，一路景物的点染，趣事的叙述，都具体清晰，且有情致，实在是一篇精美的小品文。

这种写法相当常用，它注重记叙内容的具体、鲜明，也不忽略运笔时的情韵、趣味，因此，细致些的观察，深刻些的体验，就成为运用这种写法能否顺手的关键了。

### 随感式

这种写法的日记，也是相当常用、常见的。例如雷锋同志日记的一则：

1961年10月17日

我看到厕所的粪池满了，立即动手把大粪掏出来，虽然牺牲了自己一上午的休息时间，但是厕所里弄得很干净了。人家开玩笑地说我是一个大粪夫。我觉得当一个大粪夫是非常光荣的。1959年参加北京群英会的时传祥同志，不就是一个掏大粪的工人么？我要是能够当一个这样的大粪夫，那该多荣幸啊！

这里是因事而有所感。"事"是生活里的真事，"感"是头脑中的实感。记事，简洁明白抒发感想，也确切自然。行文则朴实、顺畅，作为随感式的日记很可取。

再如雷锋1961年10月20日写的那则有名的日记：

人的生命是有限的，可是，为人民服务是无限的，我要把有限的生命，投入到无限的为人民服务之中去……

这一则直抒胸臆，并没有交代感想，因何而发，但这的确是真情、实感、至理名言，记下来很有意义，很有价值。这样写行文更简约，意思也更集中，更突出了。

由于青年人思想活跃，对生活感受力很强，所以这种随感式的写法，往往容易被青年朋友所习用。不少青年应用人物的日记里，也以这种写法的为多，该不是偶然的。

随感式的日记，为写作者提供一个非常宽阔的天地，无论从提高认识上看，还是从锻炼文笔上看，只要我们重真实，求自然，是可以在这中间有所收益的。当然，在具体笔法上也应该留意，例如，所写的事情同感想之间的本质联系要抓住，不能彼此脱节，否则，就会使所写内容散乱、生硬了。至于所记的事本来缺乏一定的生活意义或社会价值，却硬要生发一通"感想"，那么，要么言不及义，要么无病呻吟，自然是不可取的。

### 研讨式

对所遇到的有一定意义的现象、事件、问题，加以认识、分析、判断，把自己的见解和得出这一见解的认识过程记入日记，这所记的大致就是研讨式的了。例如，竺可桢同志在1962年6月13日的日记中写道：

接郭老（指郭沫若同志——引者注）函，询问毛主席忆秦娥词《娄山关》有'西风烈，长空雁叫霜晨月……'这是否阴历二月现象？……我查日记知1941年3月2日过娄山关时见山顶有雪。1943年4月13遇雪……可见2月间，娄山关是有霜雪，而风向在一千五百米高度也应是西风或西南风的。

读了竺可桢同志的这则日记，对他几十年如一日地记录物候现象的持之以恒的精神，以及他研究问题时取证确切、立论严格的学风，是不能不由衷表示敬佩的。同时也可看出，这样的日记，注重事实的真切，数据的确凿，论述的严谨，结构的明确。当然，在研讨过程中，有时也需记叙，但并非只为纪实，而是为立论准备根据；有时也需描写，但并非只为状物，而是为了把作为论据的事物、现象表述得更准确、更清晰；有时也需抒情，但并非只为了孤立的表示爱憎，而是为了加强论述的感情色彩，增大结论的力度。简言之，研讨式的日记只是以议论为主并带有相当的综合性就是了。

日记作为一种应用文体，是本无定式的，只是为了说明方便，才举了上述各条体式较典型的例子罢了。实际写作中，往往以某种方式为主而兼用其他，特别是青少年朋友如果想把日记当作一种练习写作的方式，就更不必呆板地拘泥于框框套套。

## 建立中国日记学的初步构想

乐秀荣 程韶荣

日记一体,源起唐代,至宋时多以"录"、"记"命名。自古以来就是文人学士和政治家、思想学、科学家们的书斋雅事和生活实录,近百年来愈来愈走向民间,受到各行各业人们的欢迎。这是我国上千年日记史的大变革。大倡日记之风,建立日记之学,以期充分发掘和利用这一浩如烟海的文史宝库,为我国政治、经济、哲学、科技、文学艺术史的研究服务,促进日记本身学术研究的繁荣,就成为日记发展的历史趋势。本文试就建立我国日记学问题陈述一些初步构想,以就教于广大日记爱好者。

日记是隶属于应用文和散文的跨学科文体。它有三个最为基本的要素：一、每天记；二、记一天的见、闻、言、行、思；三、记议并用，手法灵活。日记学即是对日记进行专门研究的学问。

**应当着手建立中国日记学**

当前，在我国建立日记学已具备较好的条件：

首先，中国日记历史悠久，数量宏富。一般认为，唐人李翱的《来南录》为现存日记中最早的篇章。两宋以来，不仅作者人数增长幅度大，而且作者坚持记日记的时间、日记的文字量和涉及的生活面以及表现手法均呈扩大的趋势。光是清代以来的日记稿本、抄本、刻本，已发现的就达千余种之多，李慈铭的《越缦堂日记及日记补》、郭嵩焘的"日记长编"都突破了六十册。现代日记已从政治家、文学家及学者的书斋走出来，语言也由文言逐步过渡到语体，作者普及到工人、战士、青少年，这个数量就无从估算了。日记作为一个人留给后世的精神财富（包括未刊稿），占有相当的比重。我国古今日记之丰，为我们的研究提供了大量的第一手资料。日记价值之高也是不容忽视的。南宋爱国诗人陆游的《入蜀记》，在1893年由日本著名汉学家大规诚之作注介绍到日本。美国哈佛大学开设王韬研究的课程也包括研究王韬日记的史料价值。徐霞客日记被前人以"古今游记之最"、"擅奇之古"、"千古不易之书"论之，今人臧维熙说："《徐霞客游记》在山水散文史上乃至整个中国文学史上都算得上一部卓绝千古的不朽之作。"它是"体大思精、富丽宏博，具有世界意义的地理著作和文学作品"。（《徐霞客游记选·前言》江苏古籍出版社，1985年）今人研究鲁迅，总离不开他八十万字的日记；研究郁达夫的散文，必定要论及他的《日记九种》；至于叶圣陶一生所记日记几百万字（已公开出版约四十万字），则"接触个人著书立说、教学编辑、广泛的社交、应酬以及羁旅和出行，触及时事、人事、公私事务以及家庭生活、个人兴趣，触及论人、论事、论文等等。不论从哪一方面着手，均可作大文章加以论述。"（郭风《关于日记体散文（二）》《解放日报》1989年3月7日）毋庸赘述，日记这个富矿的开掘潜力之大是不言而喻的。有兴趣研究日记的人，大可以在这个尚待开发的领域内大显身手，纵横驰骋。

其次，日记学的理论研究取得不少成果。我国日记历史虽长，但真正自觉地从理论上对它进行研究，才不过六十年左右的时间，这里我们选取本世纪二三十年代最早的一批研究者，像鲁迅、周作人、郁达夫、钱杏邨、施蛰存等人的理论建树略作介绍。他们学问渊博，都从较为广阔的视野审察日记的特点和功用，以及日记的演变，为今人的探索奠定了坚实的理论基础。现存最早的一篇日记专论当推周作人1925年写的《日记与尺牍》（《周作人早期散文选》上海文艺出版社），该文把日记归入文学的范畴，说它是"文学中特别有趣味的东西，因此，比别的文章更鲜明地表出作者的个性"。日记又是一种"考证的资料"。这些见解后人不断加以发挥、引申。鲁迅于1926年写了《马上日记·豫序》（《华盖集续编》），最先对日记作了分类："写给自己看的""正宗嫡派"，和"志在立言，意存褒贬"的述著日记。后者是在"欲人知而又畏人知"的矛盾心境中产生的。鲁迅实际上阐述了日记的辨伪问题，他指出，从日记上固然可以"得到比看他的作品更其明晰的意见"，但"也不能十分当真"（《且介亭杂文二集》序《当代文人尺牍抄》，孔另境编）。鲁迅还从阅读心理角度剖析日记之被人追踪的特殊原因。郁达夫是日记文学的首倡者，也是优秀的日记作者。他的《日记文学》（《达夫日记集》，写于1927年），视野开阔，涉及中、德、英、俄国的情况，第一次肯定了日记的易学性，并把日记与学习文学创作有机联系起来，日记是"散文作品里头，最便当的一种体裁"。关于日记的地位，他说："日记是文学里的一个核心，是正统文学以外的一个宝藏。至于考据学者、文化史学者、传记作者的对于日记的尊重爱惜，更是当然的事情。"关于日记的形式，他主张"除有始有终的记事之外"，"更可以作小品文、感想文、批评文之类，他的范围很广很自由的"。1935年，他又写了《再谈日记》，最早考察了西方日记的发展衍变的历史。钱杏邨是对日记有过突出贡献的作家，他的《语体日记文作法》(上海南强书局，1931年初版)是我国第一部系统的日记写作专著，很可能也是世界上最早的专著。"书中旁征博引，以古今中外大量日记为依据，精细地分析了日记的性质、作用、分类、形式和技法等一系列问题，是对日记文学认真而全面的总结。"(林乐齐《现代日记文学述略》，载于《新文学史料》1988年1期)施蛰存先生较早译介了欧美日本七个近代文人的日记，他在《域外文人日记抄》(上海天马书店1934年初版)自序中谈及日记的结构特点为"断片的连续性"，写作上"无意于求工"，但又能"于寥寥数语之中极尽阐释与描写的能事"，达到精致的艺术效果。不必再作详述，这五位学者对日记理论的开拓之功应予褒扬。自此以后，日记的理论建设时断时续，近几年又活跃起来。

第三，日记研究气氛正在形成。"十年动乱"之前，日记的研究可谓单枪匹马，不成气候。上海的陈左高教授自40年代默默耕耘，比较全面地介绍了古代日记的概貌，如《两宋日记作家》《谈明代日记》《谈清代日记》等。他阅读日记之多，在国内鲜能与之相比。近年他已出版《古代日记选注》《晚清二十五家日记辑录》等。倾注心血最大的《历代日记丛谈》即将问世。在最近十年中，对日记有较多研究的，我们还要提到《历代名人日记选注》(花城出版社，1984年)的作者邓进深、现当代日记研究专家林乐齐，还有韩少华、寇广生、郭风、杭世金等。

由于专业和业余的日记研究队伍不断扩大，刊载日记论文、史料的阵地也在扩大。1980年前后，只有《文史》《人物》《中华文史论丛》等少数几家刊物发一些，近年来，先是《新文学史料》辟专栏，再有《社会科学战线》的不断介绍。《青少年日记》这本普及型日记专刊的出现(1984年创刊)，标志着我国日记研究进入了新的阶段。《文教资料》1988年第6期、1989年第5期刊出了日记研究专辑，在按语中正式提出

"日记学"这一概念，引起了学术界的注意。

第四，写日记初成风气。近年来，由于写日记越来越受到法律的保护和社会的支持，自觉地坚持写日记的人与日俱增，党和国家领导人邓颖超、薄一波、徐向前以及著名作家、教育家如谢冰心、姚雪垠、臧克家、吴祖光、匡亚明等人，都对广大青少年日记爱好者表示了殷切希望与鼓励。社会上各界人士纷纷加入了写日记的行列，出现了许多日记品种，如运动员日记、文艺日记、编辑日记、记者日记、工厂日记、园丁日记、战斗日记、旅游日记、航行日记、考古日记、读书日记……等等。不少刊物竞相倡导，一些出版社相继出版了指导中、小学生写日记的著作。尤其在全国中小学语文写作教学中出现了日记热，积累了许多经验。

基于上述分析，我们认为，在中国建立一门日记学的条件已经成熟。日记学的诞生，不仅有益于日记学术研究的繁荣，更重要的是促进社会日记之风的形成，对青少年一代的道德和文字修养将产生深远的影响。

**浅谈日记学研究的一些课题**

日记是一种古老的体裁，而日记学，则是一门新兴的学问。对于日记的研究，目前还处在探索阶段，缺乏理论的系统性。既然日记学要成为一门独立的学问，那就应当将它纳入科学研究的轨道，进行全面、系统、深入、综合的讨论。我们初步考虑，关于日记学，对下列课题的研究虽然取得了一些成果，但还需要进一步深入展开。

一、日记史。中国的日记发展史绵延千年之上，其间又多变化，值得深入探讨。上海陈左高对唐宋以来各朝日记尤其是清代、近代日记有较系统的研究，已发表论文百余篇，其中单篇史论十余篇。他著述的《中国日记史略》即将出版。北京林乐齐则从搜罗现代作家日记入手，理出脉络。至于现代政治、军事、文化、艺术等方面的日记研究，都还是块处女地，有待开掘。再说当代日记，连从文学角度进行系统整理的工作都没有做。研究中国日记史，有一定的难度。因为，阅读日记不像文学作品那么容易，少量日记公开发表，多半在档案馆、博物馆、展览馆、图书馆，或在日记作者家中，朋友手中，这给研究带来极大不便，需要各方面的支持配合。

二、日记学的理论建设。这是日记学的核心问题，可惜六十多年来发展非常缓慢。40年代至"十年动乱"期间，几乎是一片空白。最近几年一些零散文章也是大同小异，原因是多方面的，从主观上说，一是没有注意从宏观方面考察，二是对近六十年的研究状况不甚了解，无从突破。事实上，日记理论的禁区、误区、空白区还所在皆是，如果我们能从新的视角看问题，如心理学、伦理学、美学、法学、人才学、方法学、治学学、自然科学、文艺学等，必然会大大超越前人。

三、日记的品类。这是日记学研究中一个颇有争议的题目。现在影响大些的有两家：韩少华认为应分为备忘式、记实式、随感式、研讨式四类（见《应用文写作知识》，《中国青年报》知识部编，档案出版社，1983年）林乐齐则分为记事备忘日记（排日记事型）和著述立言日记（志感型、描写型、报告型、笔记型）两大类。我们认为，两种分类法互有短长。固然，从理论上讲，依据不同的标准，可以有不同的分类方法。但是，我们仍有必要去寻求一种或多种带有较广泛概括性和严密科学性的分类法。

四、日记的价值和功用。这是日记学研究中又一个为人们关注的理论问题，迄今主要从五个方面给以肯定：

（1）有助于自我修养。叶圣陶把记日记看作"以求不贰过"的好办法；杨贤江直率地说："日记的目的——备检查，备反省。"夸美纽斯认为坚持写日记，"往往会成为促使一个人不断成长的激素"。中外都不乏以修身为动机写日记的例子。

（2）有利于训练智能。写日记"可以提高自己的观察事物、表现事物的能力"（马烽语），"增强记忆能力，活跃思维能力"（古华语），用于光远的话说就是"每天或多或少都变得聪明些了"(《学聪明日记》1989年9月24日《文汇报》)。日记能反映一个人的兴趣爱好,也会促进对事物兴趣的形成。日记还能稳定人的情绪,保持积极向上的态度,如热情、英勇等,同时克服沮丧、消沉等消极情绪。日记能锻炼人的意志,学者、艺人、运动员等体会最深。他们认为,坚持记可以"帮助自己整理思想、调节心理、提高训练水平"。

(3)有益于写作练习。许多作家都是把勤记日记作为重要的练笔形式,从而走上文学之路的,如吴伯箫、航鹰、冯德英、马烽、刘真、何为,不胜枚举。许多文学作品本身就是日记,或者取材于日记,或进行了艺术加工。日记之有益于文学创作。主要表现在素材的积累、文学语言的锤炼、表现手法的驾驭、文字技巧的磨练等方面。

(4)可促进读书治学。许多革命家、学者常常把读书的情况记入日记中,有的摘记书中的知识趣闻、轶事;有的抒写感想心得;有的记下思考的结晶。日记是求知者的好帮手,许多科学家不遗余力地写考察、观察、旅行、实验日记,其原因即在于此。

(5)可作为珍贵文献。对个人来说,每天写一点,便构成了漫长人生旅程的历史,翻阅日记就是回首往事,这是其他文学所无法代替的。对社会而言,日记具有极高的文献价值,孙犁说它"最能保存时代生活真貌"(《孙犁文集》)。从某种意义上说,读某一时代的日记,就能看到这个时代的折光。日记往往能消除一些令人费解的考证难题,史学家、传记作者对此尤为注重。

五、日记的特质。日记,由一系列相互联系的特点同其他文体相区别。随着理论研究的展开,对日记特点的探索应摆到重要位置上。目前已引起人们注意的特点包括真实性、保密性、灵活性等。

真实性:

日记强调尊重客观事实,"可以使真实性确立"(郁达夫语)。日记是写给自己看的,"绝对不是着意的经营,从来没有装腔作态的描述"(郑振铎语),是在和"我"进行无声的对话。但是,"这种文字,以其是直接的实录,亲身的记载,带着个人感情,亦最易招惹是非,成为灾祸根源。""古今抄家,最注意者即为日记与书信。"(《孙犁文集》)这从反面更能证明日记的真实性。当然,也不排除人在历史的关键时刻,为了保护自己,在日记里做些"手脚",写些违心的话,但这毕竟是少数。

保密性:

日记,记录着个人生活中一些最秘密、最深沉、最亲切的感情,也可以说是写给自己的书信。保护日记的秘密,也就是保护个人的隐私权。日记作者有权拒绝别人随便翻阅,别人也不应未征得作者本人同意就胡乱翻阅。否认日记的保密性特点,日记就常常被作为罗织罪名的"罪证"。清朝雍正年间查嗣庭、吕留良、严鸿逵三大文字狱就是以日记作为他们的主要罪证。"十年动乱"中仅凭查抄的日记而为作者定罪者不计其数:《人民日报》在粉碎"四人帮"后的拨乱反正时期,接连发表了《日记何罪》《再谈日记何罪》《民主、法律与保护日记——三谈日记何罪》等文章,强调日记的保密性特点,明确指出:"日记的内容是不公开的。它一无宣扬,二无流毒,三无影响,四无不良后果。即使内容偏激、错误,也谈不上危害社会秩序,构成犯罪和刑事责任。"法学家张友渔在为《日记悲欢》(乐秀良著)作序时指出:"公民写日记的自由和日记秘密也应该受到法律的保护,不受侵犯。"只有这样,才能"放心地、真实地写日记"。日记的保密性特点得到承认,日记得到法律保护,日记的大繁荣就有希望。

灵活性:

日记的内容海阔天空,挥洒自如,大至时政,小至生活琐事,均可摄入。形式灵活,篇幅既可三言两语,也可长篇大论,手法上记叙、议论、抒情、描写、说明都可使用,或单用、或综合,可实录,也可想象加工,可每日单独成篇,也可几日形成系列。在所有文体中,像日记这样自由的是不多的。

　　日记形式的灵活自由也就便利易学，难怪郁达夫说："小说家在初期习作的时候，用日记体裁来写，其成功的可能性，比用旁的体裁来写更多一点。"

　　六、日记的写法。关于古代日记的写法，邓进深认为，初期为"排日记事式"，多记途程；宋代后期出现"随手札记"，多记名人轶事、历史典故、古迹考证等，取材范围广，篇幅短小，文字精悍，结构上散而有序。现代日记不仅语言用白话，就是在手法上也多新的探索。一般地说，写记事日记、随感日记者最多。写观察日记主要是文学青年和学生，研讨式日记多为学者。当代日记正处在发展变化之中，不必强求一律。日记形式的优劣，以其是否达意为标准。每一个日记爱好者完全可以在写法上有自己的追求和独创。

　　七、日记的鉴赏。前人曾经零星涉及到鉴赏问题，但因为一直还没有把它作为一个专题来认识，所以这方面积累的经验不多。《青少年日记》的编辑进行过尝试，比如搞日记评点、品赏之类。我们认为，日记鉴赏是人们在阅读、观赏、品鉴日记作品时的一种审美活动，也是人们通过具体事情和感受的描述去认识客观世界及日记作者的内心世界。我们读日记时，可获得赏心、怡神的美的享受，又能得到思想、道德、情操方面的教益，进而加深对生活的理解和热爱，提高自己的精神境界。比如读鲁迅日记，我们就可以看到他的坚毅气质，以及他做事持之以恒、待人友善等品格。他的日记记得很简略，也偶然流露出可观的文采。日记作为散文的一支，似乎可以借鉴一般散文的鉴赏方法。散文的主要审美特征有：意蕴美，借一事、一物、一景来寄以深刻的寓意，达到抒情述志的目的。日记较此直露些、透明些；结构美，散文散而有序，形散神聚。日记较此有别，有时仅记一人一事，单一集中，有时包容诸事，呈现"片断的连续性"，"神"却未必凝聚；语言美，篇幅短小，语言讲究简洁流利，形象生动，朴素自然，声调和谐。日记较此相仿，只是在语调、旋律、节奏方面稍宽些，但也不能文白夹杂，"闻之刺耳"，给人不快之感。（曹靖华《〈花〉小跋》）日记鉴赏的高层次是风格美。过去在这方面研究成果甚小。风格因时代、行业、文化素养而不同。比如鲁迅、郭沫若、郁达夫、叶圣陶风格就迥然不同，值得研究者深入探讨。

八、日记名家名著。陈左高教授在40年代就介绍了陆放翁、范石湖、王安石等人的日记，近年来，人们对老一辈革命家、各界知名人士日记广泛地展开了研究，少数作者的全部或部分日记公开出版，如恽代英、谢觉哉、林伯渠和鲁迅、郁达夫等。有些不断被发现，如叶圣陶、徐懋庸、沈醉等的一些日记。我国还重视对反面人物日记的披露，如蒋介石、特务唐纵、汉奸周佛海等。对于名人的日记，我们还必须注意辨伪，外国曾经上演过伪造墨索里尼、希特勒日记的丑剧，中国也有过伪造《石达开日记》的闹剧。对名人日记的介绍，范围还太窄，同时，应当多加译介外国的优秀日记。1986年，施蛰存先生为《域外文人日记抄》一书写《重印后记》时说："五十年来，我国的文学翻译界没有译出过一本外国文人日记。"可见在这方面是薄弱的。

九、日记与职业。有些科学的分支越细，它与职业的距离越近，如职业伦理学、职业心理学的产生即是。随着日记的不断普及，它与职业的联系愈加密切。文学家、政治家、科学家记日记古已有之，现在已出现了书法家日记（如庞中华）、画家日记（如沈天呈）、艺术家日记（如荀慧生、聂耳、新凤霞）、运动员日记（如郎平、李孔政）、记者日记（如冠西）、编辑日记（如张元济）、军旅日记、工厂日记、教师日记、护士日记、律师日记、学生日记等。农民写日记也不再是新鲜事。在这一系列职业日记中，学生日记研究者最多。如果说职业日记这个课题能够成立，并能吸引更多的人展开研究，意义是无法估量的。

十、日记的收藏与传播。日记是重要的文化现象，人类精神文明的可贵财富。日记的收藏与传播,是一个值得研究和总结的问题。有些人的日记本人健在时就公开,有的是身后才问世。为了保证有价值的日记不至失传,不少有心人做了许多有益的工作。如新版《辞源》主编吴泽炎于1969年在商务印书馆从写有"销毁"字样的张元济日记中发现了价值,张氏日记得以幸存。1955年有一位老者从废纸堆里发现了郁达夫的日记,立即买下,交给了姜德明同志。这些有识之士为保存日记立了大功。综上所述,日记学研究的领域是非常宽广的,是个开放的、容易入门而又大有开掘潜力的新学科。

# 编后记

我真正热爱上日记并付诸实践，天天记日记，是从1993年冬天开始的。当时的语文老师在作文课上，给我们推荐了一本书——《人生品录——百味斋日记》。语文老师介绍说，这是一本作家写的日记，所记全是文人雅事。我立即被那雅致的透着书卷气的封面所吸引，表现得有些迫不及待，第一个要求借看这本书。那天下午和整个夜晚，我都沉浸在这本书中不能自拔。我仿佛顿悟一般：原来日记可以这么写！多么有趣，而又多么有价值啊！第二天，语文老师告诉我，那本书可以送给我。我当时的心情，如获至宝，感激、感动、振奋。此后这本书有好几年跟随着我，一直放在枕边，我时不时地翻看，读了足有七八遍。

这本书的作者就是作家自牧。1994年夏天我到济南上大学，那年的冬天有幸见到了自牧先生。

1999年，我与自牧先生商议，创办一份日记内容的报纸或杂志。提了几次，他均未置可否。但因为喜爱，我没有放弃。利用手头仅有的一点材料，把《日记报》创刊号编了出来。山东诸城市的民办教师管炳圣也提供了一些稿件，并出了一些主意，自牧先生题写了报名。不管怎样，创刊号出来了。现在看来，那张四开四版黑白印刷的小报是何等幼稚和粗糙，但毕竟是我们迈出的第一步。尽管幼稚，可是真诚；尽管粗糙，但却用心。此后的几年里，我节衣缩食，四处筹款，侍弄着这张小报。从约稿、编辑、画版、排版、校对、跑印刷厂、通联寄赠，整个办报的流程，都是我一个人在张罗，虽然苦累，但极其充实。那些烈日炎炎的夏日，我铺张草席，打着赤膊，一边闻着报纸的油墨芳香，一边装信封、写信封、粘信封，报纸、信封铺满了小小的居室，满屋子飘满了纸墨的味道。那些寒风呼号的凛凛冬日，我裹紧单薄的大衣，手提报纸，一捆一捆搬运到狭窄的居室。装好封好以后，再一包一包地搬运到离住所有四五里地的邮局寄给全国各地的朋友们。年复一年，顾不上寻思赚钱的营生，顾不上考虑如何给女友一个稳定的住所——所谓成家立业，也顾不上远在乡下的父母双亲。在一家企业打工赚的工资全部花在了印刷、邮寄和房租上。当然远远不够，便找家人借，从银行贷款，就像着了魔，生活的全部，仿佛只是《日记报》了。在物质生活上，当时不是一般的清贫，简直可谓一无所有；但在精神上，却是充满了阳光、充实、快乐且欣慰。我想，即便一个真正的富翁，也难有我那样的精神愉悦吧。

  这张小小的报纸，因为其独特性和可读性，受到了几乎所有读者的喜爱和好评。上到九十多岁的老人，下到不足十岁的孩童；上到学富五车的学者教授，下到偏僻农村的村夫村妇；上到国内外著名的鸿儒名流，下到默默无闻的凡夫俗子。但凡所见《日记报》，无不赞叹惊奇，嘉言勉励。而我，就像一个老农，看到自己的劳动成果被大家肯定，对大家有益，是何其幸福复又充满动力！每天读到朋友们的来信，我是那么欢欣鼓舞，那么感动和振奋，于是抖擞精神信心百倍地投入到下一期报纸的编校工作中。有了这样的生命支撑，生活的清贫和坎坷实在微不足道了。那几年我一直居无定所，但内心却是深有所依的。

除了这些纸面的美誉之词，我实实在在从来稿中受益匪浅。就像一个富矿，越往下深挖，收获就越大。我没有想到，不起眼的日记，背后竟然掩藏着如许动人的故事——不，是学问。《中国日记史略》的出版，"日记学"的提出，"日记代替作文训练"的主张，都是空前的，也都是大有文章可做的。无论"我与日记"的现身说法，还是"日记论坛"的各抒己见；无论"日记原版"的轶事钩沉，还是"日记品读"的精彩点评；无论"日记书影"的书香流韵，还是"日记序跋"的画龙点睛……无不令我深深地陶醉其中，如饮甘泉。

就这样，一晃就是五年，直到我离开济南。

2004年，我回到淄博故里。实在没有能力继续维持这张小报了，心里充满了矛盾和痛苦。我心有不甘，而且倍觉惋惜；而继续下去，资金从哪里来？正踌躇之间，自牧先生伸出了援助之手，把这一工作接了过去。实际上，自从这张小报创刊后，他一直在关注着它的成长，而且身体力行，多次给与力所能及的帮助。著名老报人车辐先生曾开玩笑说，《日记报》是"一个半人"在办。看到报纸的窘况，自牧先生毫不犹豫地接了过去，由顾问而为主编，从幕后走到前台。从第三十一期开始，变报纸为杂志开本，容量有所增加，工作量也大大增加。

一晃，又是五年过去了。《日记杂志》已经整整出满了五十卷（期）。前五年的三十期装订起来是薄薄的一册，后五年的二十本，则是非常厚重的一排。在这二十卷中，尤其值得一提的是厚厚的五卷"日记接力"的《日记杂志》专号,分别是:《半月日谱》(收录四十八人的2005年1月1日~1月15日的同期日记,每人半月)、《半月日影》(收录二十四人的2005年1月1日~12月31日的日记,每人半月接力而成)、《半月日注》(收录二十四人的2006年1月1日~12月31日的日记,每人半月接力而成)、《半月日志》(收录二十四人的2006年12月16日~12月31日的同期日记,每人半月)、《半月日识》(收录二十四人的2008年1月1日~12月31日的日记,每人半月接力而成)。总起来看,是七十二组"同期"半月日记,七十二组"接力"半月日记,共一百二十多万字,并配有数百幅插图。一百多位作者,来自全国各地,既有名家,也有普通人,其职业、风格、情趣各不相同。更有何满子、徐北文、钟叔河、来新夏、王稼句、止庵、徐雁、龚明德、徐明祥等书话名家的序跋文章,和峻青、黄裳、流沙河、王学仲、谷林、陈忠实、侯井天等名作家的题签,可谓锦上添花。每期卷末,主编自牧均撰有万言长跋,对入选作者一一作散点式介绍。作家徐明祥说,"半月日记"系列可以看做是当今爱书人、日记人之"联络图"。"但范围更广、人数更多,且内容原汁原味,全是自己写自己。这样一卷长长的原生态的当代读书生活图,色彩斑斓,五味杂陈,读起来别有意趣。如果从史的角度看,其价值也不可小觑。在当代日记史上,应该是浓墨重彩的一笔;对于了解知识分子的精神世界乃至当代社会,也提供了别致而真实的个人视角。对未来的研究者来说,这或许是一个值得挖掘的民间富矿。"诚哉斯言。

办过杂志的人或许都有一个深切的体会,就是组稿、编校、通联等工作所耗费的时间和精力,还要自筹经费,其困难可想而知。盘点目下国内所谓的"民间报刊",世纪之初曾雨后春笋般一个一个冒出来,但没有几年,便又一家一家偃旗息鼓了无声息。这当中除了体制因素外,更多的恐怕还是经费不足的掣肘。因为办这些杂志的人，大多都有一份固定的工作，也就是说都是业余时间凭一己喜好而侍弄。他们都不是很有钱的人，而是靠个人影响力张罗经费，所以就注定了民刊的不稳定性和良莠不齐。当然，这并不重要，重要的是一种精神的延续，书香一脉的传承。

《日记报》（《日记杂志》）走过十年，积累了大量有关"日记"的美文佳作，或夫子自道写日记的甘苦荣辱，或各抒己见品评某人日记的是非得失，或现身说法议论日记作用于人的种种奇效，或原汁原味展示自己数十年前的老日记……这些篇什无不精彩纷呈，别有情趣和滋味。为了让更多的人分享这些别具一格的文字，我花了半年多时间，分门别类，因循原来的栏目，分别编成《日记闲话》《日记序跋》《日记品读》《日记漫谈》《日记自述》《日记书影》《日记语丝》等卷，人民日报出版社不计市场风险，力促日记丛书出版，显示了独到的眼光和魄力；正是这份眼光和魄力，使得这些散珠碎玉得以贯穿起来，更加赏心悦目。

由于时间仓促和学识所限，难免挂一漏万，瑕瑜互见，敬请读者方家不吝指正。

古 农

2011年4月10日于北京大溪地寓所之静庐

## 图书在版编目（CIP）数据

日记漫谈 / 古农编 .—北京：人民日报出版社，2011.11
（书脉日记文丛）
ISBN 978-7-5115-0705-1

Ⅰ.①日… Ⅱ.①古… Ⅲ.①日记—基本知识
Ⅳ.①I056

中国版本图书馆 CIP 数据核字 (2011) 第 231868 号

| | |
|---|---|
| 书　　名： | 日记漫谈 |
| 主　　编： | 古　农 |
| 出 版 人： | 董　伟 |
| 责任编辑： | 林　薇 |

出版发行：人民日报出版社
社　　址：北京金台西路 2 号
邮政编码：100733
发行热线：（010）65369527　65369512　65369509　65369510
邮购热线：（010）65369530
编辑热线：（010）65369523
网　　址：www.peopledailypress.com
经　　销：新华书店
印　　刷：环球印刷（北京）有限公司

| | |
|---|---|
| 开　　本： | 710mm×1000mm　1/16 |
| 字　　数： | 240 千字 |
| 印　　张： | 18.5 |
| 版　　次： | 2012 年 1 月第 1 版　2012 年 1 月第 1 次印刷 |
| 书　　号： | ISBN 978-7-5115-0705-1 |
| 定　　价： | 32.00 元 |

## 敬 告

本书大部分文章均经授权许可。由于作者较多,作品时间跨度大,我们虽多方努力,仍有一些作者无法取得联系,但为使全书内容更臻完善,也将作品收入进来。凡未征得相关著作权人同意而选用的文章,敬请作者见书后理解与支持,并与北京书脉文化传媒有限公司联系,我们将奉寄样书。

**电子邮箱:shumai2010@126.com**